豐子愷

剪网／渐／立达五周年纪念感想／自然／颜面／儿女／闲居／从孩子得到的启示／天的文学／东京某晚的事／楼板／姓／忆儿时／华瞻的日记／阿难／晨梦／艺术三昧／缘／大帐簿／秋／山水间的生活／白采／邻人／胡桃云片／陋巷／标题音乐／忆弟／取名／作父亲／旧地重游／吃瓜子／梦耶真耶／爱子之心／随感十三则／学画回忆／梦痕／春／肉腿／市街形式／三娘娘

中华散文珍藏版

丰子恺散文

人民文学出版社

图书在版编目(CIP)数据

丰子恺散文/丰子恺著.—北京：人民文学出版社,2013
(中华散文珍藏版)
ISBN 978-7-02-009885-9

Ⅰ.①丰… Ⅱ.①丰… Ⅲ.①散文集—中国—现代 Ⅳ.①I266

中国版本图书馆CIP数据核字(2013)第107514号

责任编辑	陈建宾
装帧设计	刘　静
责任校对	常　虹
责任印制	王景林

出版发行	人民文学出版社
社　　址	北京市朝内大街166号
邮政编码	100705
网　　址	http://www.rw-cn.com

印　　刷	北京市松源印刷有限公司
经　　销	全国新华书店等

字　　数	228千字
开　　本	880毫米×1230毫米　1/32
印　　张	10.25　插页3
印　　数	29001—35000
版　　次	2008年1月北京第1版
印　　次	2017年3月第8次印刷

书　　号	978-7-02-009885-9
定　　价	30.00元

如有印装质量问题，请与本社图书销售中心调换。电话:010-65233595

丰子恺像（1965 年）

丰子恺漫画选（1923 年）

出 版 说 明

　　为了全面展示20世纪以来中华散文的创作成就,我社于2005年4月编辑出版了《中华散文插图珍藏版》系列。到目前为止,已经出版了四辑五十位现当代文学大家的散文集,其目的是要将"五四"新文学革命以来近百年间的中华散文做一次全方位的展现和总结。为此,该系列书也成了"人文版"散文的标志性出版物,在作家、读者和图书市场中产生了极大的影响。

　　这套《中华散文珍藏版》是在此基础上的精选,宗旨是进一步扩大散文的社会影响力,优中选优,精益求精,为读者,特别是青年读者提供一套散文阅读范本。

　　人民文学出版社一直秉承读者至上、质量第一的出版原则,但愿这套书的编辑出版,能为多元思潮中的人们洒下一捧甘霖。

人民文学出版社编辑部

目 录

剪网 …………………………………… 1
渐 ……………………………………… 3
立达五周年纪念感想 ………………… 7
自然 …………………………………… 9
颜面 …………………………………… 13
儿女 …………………………………… 17
闲居 …………………………………… 21
从孩子得到的启示 …………………… 24
天的文学 ……………………………… 28
东京某晚的事 ………………………… 30
楼板 …………………………………… 32
姓 ……………………………………… 34
忆儿时 ………………………………… 36
华瞻的日记 …………………………… 42
阿难 …………………………………… 47
晨梦 …………………………………… 50
艺术三昧 ……………………………… 53
缘 ……………………………………… 55
大帐簿 ………………………………… 58
秋 ……………………………………… 63

山水间的生活	67
白采	70
邻人	72
胡桃云片	75
陋巷	78
标题音乐	83
忆弟	86
取名	90
作父亲	93
旧地重游	97
吃瓜子	100
梦耶真耶	106
爱子之心	110
随感十三则	112
学画回忆	120
梦痕	127
春	132
肉腿	135
市街形式	139
三娘娘	141
蜜蜂	145
杨柳	148
云霓	151
车厢社会	154
梧桐树	160
新年怀旧	163
生机	169
我的母亲	172

中国就像棵大树	176
佛无灵	180
还我缘缘堂	184
告缘缘堂在天之灵	188
养鸭	195
沙坪小屋的鹅	199
沙坪的酒	204
我的烧香癖	208
怀太虚法师	212
白象	214
端阳忆旧	218
湖畔夜饮	220
敬礼	224
爆炒米花	227
随笔漫画	230
西湖春游	233
杭州写生	240
黄山印象	244
天童寺忆雪舟	248
眉	252
牛女	253
食肉	255
酆都	257
癞六伯	259
塘栖	262
中举人	265
菊林	269
清明	271

吃酒	274
四轩柱	278
阿庆	283
乐生	285
宽盖	288
元帅菩萨	290

剪　网

大娘舅白相了"大世界"回来。把两包良乡栗子在桌子上一放,躺在藤椅子里,脸上现出欢乐的疲倦,摇摇头说:

"上海地方白相真开心!京戏,新戏,影戏,大鼓,说书,变戏法,什么都有;吃茶,吃酒,吃菜,吃点心,由你自选;还有电梯,飞船,飞轮,跑冰……老虎,狮子,孔雀,大蛇……真是无奇不有!唉,白相真开心,但是一想起铜钱就不开心。上海地方用铜钱真容易!倘然白相不要铜钱,哈哈哈哈……"

我也陪他"哈哈哈哈……"

大娘舅的话真有道理!"白相真开心,但是一想起铜钱就不开心",这种情形我也常常经验。我每逢坐船,乘车,买物,不想起钱的时候总觉得人生很有意义,对于制造者的工人与提供者的商人很可感谢。但是一想起钱的一种交换条件,就减杀了一大半的趣味。教书也是如此:同一班青年或儿童一起研究,为一班青年或儿童讲一点学问,何等有意义,何等欢喜!但是听到命令式的上课铃与下课铃,做到军队式的"点名",想到商贾式的"薪水",精神就不快起来,对于"上课"的一事就厌恶起来。这与大娘舅的白相大世界情形完全相同。所以我佩服大娘舅的话有道理,陪他一个"哈哈哈哈……"。

原来"价钱"的一种东西,容易使人限制又减小事物的意义。譬如像大娘舅所说:"共和厅里的一壶茶要两角钱,看一看狮子要二十个铜板。"规定了事物的代价,这事物的意义就被限制,似乎吃共和厅里的一壶茶等于吃两只角子,看狮子不外乎是看二十个铜板了。然而实际共和厅里的茶对于饮者的我,与狮子对于看者的我,趣味决不止这样简单。所以倘用估价钱的眼光来看事物,所见的世间就只有钱的一种东西,而更无别的意义,于是一切事物的意义就被减小了。"价钱",就是使事物与钱发生关系。可知世间其他一切的"关系",都是足以妨碍事物的本身的存在的真意义的。故我们倘要认识事物的本身的存在的真意义,就非撤去其对于世间的一切关系不可。

大娘舅一定能够常常不想起铜钱而白相大世界,所以能这样开心而赞美。然而他只是撤去"价钱"的一种关系而已。倘能常常不想起世间一切的关系而在这世界里做人,其一生一定更多欢慰。对于世间的麦浪,不要想起是面包的原料;对于盘中的橘子,不要想起是解渴的水果;对于路上的乞丐,不要想起是讨钱的穷人;对于目前的风景,不要想起是某镇某村的郊野。倘能有这种看法,其人在世间就像大娘舅白相大世界一样,能常常开心而赞美了。

我仿佛看见这世间有一个极大而极复杂的网,大大小小的一切事物,都被牢结在这网中,所以我想把握某一种事物的时候,总要牵动无数的线,带出无数的别的事物来,使得本物不能孤独地明晰地显现在我的眼前,因之永远不能看见世界的真相,大娘舅在大世界里,只将其与"钱"相结的一根线剪断,已能得到满足而归来。所以我想找一把快剪刀,把这个网尽行剪破,然后来认识这世界的真相。

艺术,宗教,就是我想找求来剪破这"世网"的剪刀吧!

丁卯〔1927〕年十月

(原载1928年1月《一般》杂志第4卷第1号)

渐

　　使人生圆滑进行的微妙的要素,莫如"渐";造物主骗人的手段,也莫如"渐"。在不知不觉之中,天真烂漫的孩子"渐渐"变成野心勃勃的青年;慷慨豪侠的青年"渐渐"变成冷酷的成人;血气旺盛的成人"渐渐"变成顽固的老头子。因为其变更是渐进的,一年一年地、一月一月地、一日一日地、一时一时地、一分一分地、一秒一秒地渐进,犹如从斜度极缓的长远的山坡上走下来,使人不察其递降的痕迹,不见其各阶段的境界,而似乎觉得常在同样的地位,恒久不变,又无时不有生的意趣与价值,于是人生就被确实肯定,而圆滑进行了。假使人生的进行不像山坡而像风琴的键板,由 do 忽然移到 re,即如昨夜的孩子今朝忽然变成青年;或者像旋律的"接离进行"地由 do 忽然跳到 mi,即如朝为青年而夕暮忽成老人,人一定要惊讶、感慨、悲伤,或痛感人生的无常,而不乐为人了。故可知人生是由"渐"维持的。这在女人恐怕尤为必要:歌剧中,舞台上的如花的少女,就是将来火炉旁边的老婆子,这句话,骤听使人不能相信,少女也不肯承认,实则现在的老婆子都是由如花的少女"渐渐"变成的。

　　人之能堪受境遇的变衰,也全靠这"渐"的助力。巨富的纨袴子弟因屡次破产而"渐渐"荡尽其家产,变为贫者;贫者只得做佣工,佣工往往变为奴隶,奴隶容易变为无赖,无赖与乞丐相去甚近,乞丐不妨做偷儿……这样的例,在小说中,在实际上,均多得很。因为其变衰是延长为十年二十年而一步一步地"渐渐"地达到的,在本人不感到什么强烈的刺激。故虽到了饥寒病苦刑笞交迫的地步,仍是熙熙然贪恋着目前的生的欢喜。假如一位千金之子忽然变了乞丐或偷儿,这人一定愤不欲生了。

这真是大自然的神秘的原则,造物主的微妙的功夫!阴阳潜移,春秋代序,以及物类的衰荣生杀,无不暗合于这法则。由萌芽的春"渐渐"变成绿阴的夏;由凋零的秋"渐渐"变成枯寂的冬。我们虽已经历数十寒暑,但在围炉拥衾的冬夜仍是难于想象饮冰挥扇的夏日的心情;反之亦然。然而由冬一天一天地、一时一时地、一分一分地、一秒一秒地移向夏,由夏一天一天地、一时一时地、一分一分地、一秒一秒地移向冬,其间实在没有显著的痕迹可寻。昼夜也是如此:傍晚坐在窗下看书,书页上"渐渐"地黑起来,倘不断地看下去(目力能因了光的渐弱而渐渐加强),几乎永远可以认识书页上的字迹,即不觉昼之已变为夜。黎明凭窗,不瞬目地注视东天,也不辨自夜向昼的推移的痕迹。儿女渐渐长大起来,在朝夕相见的父母全不觉得,难得见面的远亲就相见不相识了。往年除夕,我们曾在红蜡烛底下守候水仙花的开放,真是痴态!倘水仙花果真当面开放给我们看,便是大自然的原则的破坏,宇宙的根本的摇动,世界人类的末日临到了!

"渐"的作用,就是用每步相差极微极缓的方法来隐蔽时间的过去与事物的变迁的痕迹,使人误认其为恒久不变。这真是造物主骗人的一大诡计!这有一件比喻的故事:某农夫每天朝晨抱了犊而跳过一沟,到田里去工作,夕暮又抱了它跳过沟回家。每日如此,未尝间断。过了一年,犊已渐大,渐重,差不多变成大牛,但农夫全不觉得,仍是抱了它跳沟。有一天他因事停止工作,次日再就不能抱了这牛而跳沟了。造物的骗人,使人留连于其每日每时的生的欢喜而不觉其变迁与辛苦,就是用这个方法的。人们每日在抱了日重一日的牛而跳沟,不准停止。自己误以为是不变的,其实每日在增加其苦劳!

我觉得时辰钟是人生的最好的象征了。时辰钟的针,平常一看总觉得是"不动"的;其实人造物中最常动的无过于时辰钟的针了。日常生活中的人生也如此,刻刻觉得我是我,似乎这"我"永远不变,实则与时辰钟的针一样地无常!一息尚存,总觉得我仍是我,我没有变,还是留连着我的生,可怜受尽"渐"的欺骗!

"渐"的本质是"时间"。时间我觉得比空间更为不可思议,犹之时间艺术的音乐比空间艺术的绘画更为神秘。因为空间姑且不追究它如何广大或无限,我们总可以把握其一端,认定其一点。时间则全然无从把握,不可挽留,只有过去与未来在渺茫之中不绝地相追逐而已。性质上既已渺茫不可思议,分量上在人生也似乎太多。因为一般人对于时间的悟性,似乎只够支配搭船乘车的短时间;对于百年的长期间的寿命,他们不能胜任,往往迷于局部而不能顾及全体。试看乘火车的旅客中,常有明达的人,有的宁牺牲暂时的安乐而让其坐位于老弱者,以求心的太平(或博暂时的美誉);有的见众人争先下车,而退在后面,或高呼"勿要轧,总有得下去的!""大家都要下去的!"然而在乘"社会"或"世界"的大火车的"人生"的长期的旅客中,就少有这样的明达之人。所以我觉得百年的寿命,定得太长。像现在的世界上的人,倘定他们搭船乘车的期间的寿命,也许在人类社会上可减少许多凶险残惨的争斗,而与火车中一样地谦让,和平,也未可知。

然人类中也有几个能胜任百年的或千古的寿命的人。那是"大人格","大人生"。他们能不为"渐"所迷,不为造物所欺,而收缩无限的时间并空间于方寸的心中。故佛家能纳须弥于芥子。中国古诗人(白居易)说:"蜗牛角上争何事?石火光中寄此身。"英国诗人(Blake①)也说:"一粒沙里见世界,一朵花里见天国;手掌里盛住无限,一刹那便是永劫。"

一九二八年芒种

(原载 1928 年 6 月《一般》杂志第 5 卷第 2 号)

---

① 即布莱克(1757—1827)。

立达五周年纪念感想

立达五周年纪念了。在五周年纪念的时节,我便想起五年前立达诞生的光景。

现在全学园中,眼见立达诞生的人,已经很少。据我算来,只有匡先生、陶先生、练先生①、我,和校工郭志邦五个人。下面的旧话,可在我们五个人的心中唤起同样的感兴。

一九二四年的严冬,我们几个飘泊者在上海老靶子路租了两幢房子,挂起"立达中学"的招牌来。那时我日里② 在西门另一个学校中做教师,吃过夜饭,就搭上五路电车,到老靶子路的两幢房子里来帮办筹备工作。那时我们只有二三张板桌,和几只长凳,点一盏火油灯。我喜欢喝酒,每天晚上一到立达,从袋中摸出两只角子来,托"茶房"(就是郭志邦君,我们只有唯一的校工,故不称他郭志邦,而用"茶房"这个普通名词称呼他)去打黄酒。一面喝酒,一面商谈。吃完了酒,"茶房"烧些面给我们当夜饭吃。夜半模样,我再搭了五路电车回到我的寄食处去睡觉。——这样的日月,度过了约有三四个礼拜。正是这几天的天气。

不久我们为了房租太贵,雇了一辆榻车③,把全校迁到了小西门黄家阙的一所旧房子内,就开学了。在那里房租便宜得多,

---

① 即匡互生、陶载良、练为章。
② 日里,意即白天。
③ 榻车,一种用人力拖拉的载货车。

但房子也破旧得多。楼下吃饭的时候,常有灰尘或水渍从楼板上落在菜碗里。亭子间下面的灶间,是匡先生的办公处兼卧室。教室与走道没有间隔,陶先生去买了几条白布来挂上,当作板壁。……在那房子里上了半年课,迁居到江湾的自建的校舍——就是现在的立达学园——里,于兹四年半了。

讲起这种旧话,现在只有我们五个人心中有具象的回忆。我们五个人,对于立达这五岁的孩子,仿佛是接生的产婆。这孩子的长育,虽然全靠后来的许多乳母的功劳,但仅在这五周年纪念的一天,回想他的诞生的时候,我们五个人脸上似乎有些风光。

但讲到风光,五人中我最惭愧了。我看他诞生以后,五年之中,实在没有好好地抚育他,近来更是疏远。匡先生、陶先生、练先生对他的操心比我深厚得多;然而三位先生还不及郭志邦君的专一。五年间始终不懈地、专心地、出全力地为他服劳的,实在只有郭志邦君一人。

他在五年前给我打酒,为我们烧面,招呼我们搬家。在五年的一千八百天中,不断地看守门房,收发信件,打钟报时。经过他的手的信件,倘以平均每日收发一百封计,已有十万零八千封。他的打钟,倘以平均每天二十次计,已有三万六千次。但他的态度未尝稍变,他的服务未尝稍懈,五年如一日。苦患的时候——例如前年的兵灾——他站在前面;享乐的时候——例如开同乐会——他退在后面。而他所得的工资,又常是微薄得很的。青年的园友们,试想想看:这种刻苦、坚忍、谦虚、知足的精神,我们应该如何钦佩!在五周年纪念会的席上,我们应该赠他"立达元勋"的尊号呢。

我在立达五周年纪念节所起的感想,只有这一点对志邦君的惭愧心。

一九三〇年作

自　然

"美"都是"神"的手所造的。假手于"神"而造美的,是艺术家。

路上的褴褛的乞丐,身上全无一点人造的装饰,然而比时装美(?)女美得多。这里的火车站旁边有一个伛偻的老丐,天天在那里向行人求乞。我每次下了火车之后,迎面就看见一幅米叶〔米勒〕(Millet)的木炭画,充满着哀怨之情。我每次给他几个铜板——又买得一幅充满着感谢之情的画。

女性们煞费苦心于自己的身体的装饰。头发烫也不惜,胸臂冻也不妨,脚尖痛也不怕。然而真的女性的美,全不在乎她们所苦心经营的装饰上。我们反在她们所不注意的地方发现她们的美。不但如此,她们所苦心经营的装饰,反而妨碍了她们的真的女性的美。所以画家不许她们加上这种人造的装饰,要剥光她们的衣服,而赤裸裸地描写"神"的作品。

画室里的模特儿虽然已经除去一切人造的装饰,剥光了衣服;然而她们倘然受了画学生的指使,或出自心的用意,而装腔做势,想用人力硬装出好看的姿态来,往往越装越不自然,而所描的绘画越无生趣。印象派以来,裸体写生的画风盛于欧洲,普及于世界。使人走进绘画展览中,如入浴堂或屠场,满目是肉。然而用印象派的写生的方法来描出的裸体,极少有自然的、美的姿态。自然的美的姿态,在模特儿上台的时候是不会有的;只有在其休息的时候,那女子在台旁的绒毡上任意卧坐,自由活动的时候,方才可以见到美妙的姿态,这大概是世间一切美术学生所同感的情形吧。因为在休息的时候,不复受人为的拘束,可以任其自然的要求而活动。"任天而动",就有"神"所造的美妙的姿态出现了。

人在照相中的姿态都不自然,也就是为此。普通照相中的人物,都装着在舞台上演剧的优伶的神气,或南面而朝的王者的神气,或庙里的菩萨像的神气,又好像正在摆步位的拳教师的神气。因为普通人坐在照相镜头前面被照的时间,往往起一种复杂的心理,以致手足无措,坐立不安,全身紧张得很,故其姿态极不自然。加之照相者又要命令他"头抬高点!""眼睛看着!""带点笑容!"内面已在紧张,外面又要听照相者的忠告,而把头抬高,把眼钉住,把嘴勉强笑出,这是何等困难而又滑稽的办法!怎样教底片上显得出美好的姿态呢?我近来正在学习照相,因为嫌恶这一点,想规定不照人物的肖像,而专照风景与静物,即神的手所造的自然,及人借了神的手而布置的静物。

人体的美的姿态,必是出于自然的。换言之,凡美的姿态,都是从物理的自然的要求而出的姿态,即舒服的时候的姿态。这一点屡次引起我非常的铭感。无论贫贱之人,丑陋(?)之人,劳动者,黄包车夫,只要是顺其自然的天性而动,都是美的姿态的所有者,都可以礼赞。甚至对于生活的幸福全然无分的,第四阶级以下的乞丐,这一点也决不被剥夺,与富贵之人平等。不,乞丐所有的姿态的美,屡比富贵之人丰富得多。试入所谓上流的交际社会中,看那班所谓"绅士",所谓"人物"的样子,点头,拱手,揖让,进退等种种不自然的举动,以及脸的外皮上硬装出来的笑容,敷衍应酬的不由衷的言语,实在滑稽得可笑,我每觉得这种是演剧,不是人的生活。作这样的生活,宁愿作乞丐。

被造物只要顺天而动,即见其真相,亦即见其固有的美。我往往在人的不注意,不戒备的时候,瞥见其人的真而美的姿态。

但倘对他熟视或声明了，这人就注意，戒备起来，美的姿态也就杳然了。从前我习画的时候，有一天发见一个朋友的 pose〔姿态〕很好，要求他让我画一张 sketch〔速写〕，他限我明天。到了明天，他剃了头，换了一套新衣，挺直了项颈危坐在椅子里，教我来画。……这等人都不足与言美。我只有和我的朋友老黄①，能互相赏识其姿态，我们常常相对坐谈到半夜。老黄是画画的人，他常常嫌模特儿的姿态不自然，与我所见相同。他走进我的室内的时候，我倘觉得自己的姿势可观，就不起来应酬，依旧保住我的原状，让他先鉴赏一下。他一相之后，就会批评我的手如何，脚如何，全体如何。然后我们吸烟煮茶，晤谈别的事体。晤谈之中，我忽然在他的动作中发见了一个好的 pose，"不动！"他立刻石化，同画室里的石膏模型一样。我就欣赏或描写他的姿态。

不但人体的姿态如此，物的布置也逃不出这自然之律。凡静物的美的布置，必是出于自然的。换言之，即顺当的，妥帖的，安定的。取最卑近的例来说：假如桌上有一把茶壶与一只茶杯。倘这茶壶的嘴不向着茶杯而反向他侧，即茶杯放在茶壶的后面，犹之孩子躲在母亲的背后，谁也觉得这是不顺当的，不妥帖的，不安定的。同时把这画成一幅静物画，其章法（即构图）一定也不好。美学上所谓"多样的统一"，就是说多样的事物，合于自然之律而作成统一，是美的状态。譬如讲坛的桌子上要放一个花瓶。花瓶放在桌子的正中，太缺乏变化，即统一而不多样。欲其多样，宜稍偏于桌子的一端。但倘过偏而接近于桌子的边上，看去也不顺当，不妥帖，不安定。同时在美学上也就是多样而不统一。大约放在桌子的三等分的界线左右，恰到好处，即得多样而又统一的状态。同时在实际也是最自然而稳妥的位置。这时候

---

① 即作者的好友、口琴家黄涵秋。

花瓶左右所余的桌子的长短,大约是三与五,至四与六的比例。这就是美学上所谓"黄金比例"。黄金比例在美学上是可贵的,同时在实际上也是得用的。所以物理学的"均衡"与美学的"均衡"颇有相一致的地方。右手携重物时左手必须扬起,以保住身体的物理的均衡。这姿势在绘画上也是均衡的。兵队中"稍息"的时候,身体的重量全部搁在左腿上,右腿不得不斜出一步,以保住物理的均衡。这姿势在雕刻上也是均衡的。

故所谓"多样的统一","黄金律","均衡"等美的法则,都不外乎"自然"之理,都不过是人们窥察神的意旨而得的定律。所以论文学的人说,"文章本天成,妙手偶得之";论绘画的人说,"天机勃露,独得于笔情墨趣之外。""美"都是"神"的手所造的,假手于"神"而造美的,是艺术家。

一九二八年十月十二日

(原载1929年1月10日《小说月报》第20卷第1号)

丰子恺童年时与姑母合影

丰子恺在浙江省立第一师范学校(1918年)

颜　　面

我小时候从李叔同先生学习弹琴,每弹错了一处,李先生回头向我一看。我对于这一看比什么都害怕。当时也不自知其理由,只觉得有一种不可当力,使我难于消受。现在回想起来,方知他这一看的颜面表情中历历表出着对于音乐艺术的尊敬,对于教育使命的严重,和对于我的疏忽的惩诫,实在比校长先生的一番训话更可使我感动。古人有故意误拂琴弦,以求周郎的一顾的;我当时实在怕见李先生的一顾,总是预先练得很熟,然后到他面前去还琴。

但是现在,李先生那种严肃的慈祥的脸色已不易再见,却在世间看饱了各种各样的奇异的脸色。——当作雕刻或纸脸具看时,倒也很有兴味。

在人们谈话议论的座中,与其听他们的言辞的意义,不如看他们的颜面的变化,兴味好得多,且在实际上,也可以更深切地了解各人的心理。因为感情的复杂深刻的部分,往往为理义的言说所不能表出,而在"造形的"(plastic)脸色上历历地披露着。不但如此,尽有口上说"是"而脸上明明表出"非"的怪事。聪明的对手也能不听其言辞而但窥其脸色,正确地会得其心理。然而我并不想做这种聪明的对手,我最欢喜当作雕刻或纸脸具看人的脸孔。

看惯了脸,以为脸当然如此。但仔细凝视,就觉得颜面是很奇怪的一种形象。同是两眼,两眉,一口,一鼻排列在一个面中,而有万人各不相同的形式。同一颜面中,又有喜,怒,哀,乐,嫉妒,同情,冷淡,阴险,仓皇,忸怩……等千万种表情。凡词典内所有的一切感情的形容词,在颜面上都可表演,正如自然界一切种类的线具足于裸体中一样。推究其差别的原因,不外乎这数寸宽广的浮雕板中的形状与色彩的变化而已。

就五官而论,耳朵在表情上全然无用。记得某文学家说,耳朵的形状最表出人类的兽相。我从前曾经取一大张纸,在其中央剪出一洞,套在一个朋友的耳朵上,而单独地观看耳朵的姿态,久之不认识其为耳朵,而越觉得可怕。这大概是为了耳朵一向躲在鬓边,素不登颜面表情的舞台的原故。只有日本文学家芥川龙之介对于中国女子的耳朵表示敬意,说玲珑而洁白像贝壳。然耳朵无论如何美好,也不过像鬓边的玉兰花一类的装饰物而已,与表情全无关系。实际,耳朵位在脸的边上,只能当作这浮雕板的两个环子,不入浮雕范围之内。

在浮雕的版图内,鼻可说是颜面中的北辰,固定在中央。眉,眼,口,均以它为中心而活动,而作出各种表情。眉位在上方,形态简单;然与眼有表里的关系,处于眼的伴奏者的地位。演奏"颜面表情"的主要旋律的,是眼与口。二者的性质又不相同:照顾恺之的意见,"传神写照,正在阿堵之中",故其画人常数年不点睛,说"点睛便欲飞去",则眼是最富于表情的。然而口也不差:肖像画的似否,口的关系居多;试用粉笔在黑板上任意画一颜面,而仅变更其口的形状,大小,厚薄,弯度,方向,地位,可得各种完全不同的表情。故我以为眼与口在颜面表情上同样重要,眼是"色的";口是"形的"。眼不能移动位置,但有青眼白眼等种种眼色;口虽没有色,但形状与位置的变动在五官中最为剧烈。倘把颜面看作一个家庭,则口是男性的,眼是女性的,两者常常协力而作出这家庭生活中的诸相。

然更进一步,我就要想到颜面构造的本质的问题。神造人的时候，颜面的创作是根据某种定理的，抑任意造出的？即颜面中的五官的形状与位置的排法是必然的，抑偶然的？从生理上说来，也许是合于实用的原则的，例如眉生在眼上，可以保护眼；鼻生在口上，可以帮助味觉。但从造形上说来，不必一定，苟有别种便于实用的排列法，我们也可同样地承认其为颜面，而看出其中的表情。各种动物的颜面，便得按照别种实用的原则而变更其形状与位置的。我们在动物的颜面中，一样可以看出表情，不过其脸上的筋肉不动，远不及人面的表情的丰富而已。试仔细辨察狗的颜面，可知各狗的相貌也各不相同。我们平常往往以"狗"的一个概念抹杀各狗的差别，难得有人尊重狗的个性，而费心辨察它们的相貌。这犹之我小时候初到上海，第一次看见西洋人，觉得面孔个个一样，红头巡捕尤其如此。——我的母亲每年来上海一二次，看见西洋人总说"这个人又来了"。——实则西洋人与印度人看我们，恐怕也是这样。这全是黄白异种的原故，我们看日本人和朝鲜人就没有这种感觉。这异种的范围推广起来，及于禽兽的时候，即可辨识禽兽的相貌。所以照我想来，人的颜面的形状与位置不一定要照现在的排法，不过偶然排成这样而已。倘变换一种排法，同样地有表情。只因我们久已看惯了现在状态的颜面，故对于这种颜面的表情，辨识力特别丰富又精细而已。

　　至于眼睛有特殊训练的艺术家，尤其是画家，就能推广其对于颜面表情的辨识力，而在自然界一切生物无生物中看出种种的表情。"拟人化"（personification）的看法即由此而生。在桃花中看出笑颜，在莲花中看出粉脸，又如德国理想派画家Böcklin〔勃克林〕，其描写波涛，曾画一魔王追扑一弱女，以象征大波的吞没小浪，这可谓拟人化的极致了。就是非画家的普通人，倘能应用其对于颜面的看法于一切自然界，也可看到物象表情。有一个小孩子曾经发见开盖的洋琴〔钢琴〕（piano）的相貌好像露出一口整齐而洁白的牙齿的某先生，Waterman① 的墨水瓶姿态像邻家的肥胖的妇人。我叹佩这孩子的造形的敏感。孩子比大人，概念弱而直观强，故所见更多拟人的印象，容易看见物象的真相。艺术家就是学习孩子们这种看法的。艺术家要在自然中看出生命，要在一草一木中发见自己，故必推广其同情心，普及于一切自然，有情化一切自然。

这样说来，不但颜面有表情而已；无名的形状，无意义的排列，在明者的眼中都有表情，与颜面表情一样地明显而复杂。中国的书法便是其一例。西洋现代的立体派等新兴美术又是其一例吧？

一九二八年耶稣圣诞前十日在江湾缘缘堂

（原载1929年2月10日《小说月报》第20卷第2号）

---

① 华特门，一种墨水的牌子名（原系人名）。

儿　女

回想四个月以前，我犹似押送囚犯，突然地把小燕子似的一群儿女从上海的租寓中拖出，载上火车，送回乡间，关进低小的平屋中。自己仍回到上海的租界中，独居了四个月。这举动究竟出于什么旨意，本于什么计划，现在回想起来，连自己也不相信。其实旨意与计划，都是虚空的，自骗自扰的，实际于人生有什么利益呢？只赢得世故尘劳，做弄几番欢愁的感情，增加心头的创痕罢了！

当时我独自回到上海，走进空寂的租寓，心中不绝地浮起这两句《楞严》经文："十方虚空在汝心中，犹如白云点太清里；况诸世界在虚空耶！"

晚上整理房室，把剩在灶间里的篮钵、器皿、余薪、余米，以及其他三年来寓居中所用的家常零星物件，尽行送给来帮我做短工的、邻近的小店里的儿子。只有四双破旧的小孩子的鞋子（不知为什么缘故），我不送掉，拿来整齐地摆在自己的床下，而且后来看到的时候常常感到一种无名的愉快。直到好几天之后，邻居的友人过来闲谈，说起这床下的小鞋子阴气迫人，我方始悟到自己的痴态，就把它们拿掉了。

朋友们说我关心儿女。我对于儿女的确关心，在独居中更常有悬念的时候。但我自以为这关心与悬念中，除了本能以外，似乎尚含有一种更强的加味。所以我往往不顾自己的画技与文笔的拙陋，动辄描摹。因为我的儿女都是孩子们，最年长的不过九岁,所以我对于儿女的关心与悬念中,有一部分是对于孩子们——普天下的孩子们——的关心与悬念。他们成人以后我对他们怎样?现在自己也不能晓得,但可推知其一定与现在不同,因为不复含有那种加味了。

回想过去四个月的悠闲宁静的独居生活,在我也颇觉得可恋,又可感谢。然而一旦回到故乡的平屋里,被围在一群儿女的中间的时候,我又不禁自伤了。因为我那种生活,或枯坐、默想,或钻研、搜求,或敷衍、应酬,比较起他们的天真、健全、活跃的生活来,明明是变态的,病的,残废的。

有一个炎夏的下午,我回到家中了。第二天的傍晚,我领了四个孩子——九岁的阿宝、七岁的软软、五岁的瞻瞻、三岁的阿韦——到小院中的槐荫下,坐在地上吃西瓜。夕暮的紫色中,炎阳的红味渐渐消减,凉夜的青味渐渐加浓起来。微风吹动孩子们的细丝一般的头发,身体上汗气已经全消,百感畅快的时候,孩子们似乎已经充溢着生的欢喜,非发泄不可了。最初是三岁的孩子的音乐的表现,他满足之余,笑嘻嘻摇摆着身子,口中一面嚼西瓜,一面发出一种像花猫偷食时候的"ngam ngam"的声音来。这音乐的表现立刻唤起了五岁的瞻瞻的共鸣,他接着发表他的诗:"瞻瞻吃西瓜,宝姐姐吃西瓜,软软吃西瓜,阿韦吃西瓜。"这诗的表现又立刻引起了七岁与九岁的孩子的散文的、数学的兴味:他们立刻把瞻瞻的诗句的意义归纳起来,报告其结果:"四个人吃四块西瓜。"

于是我就做了评判者,在自己心中批判他们的作品。我觉得三岁的阿韦的音乐的表现最为深刻而完全,最能全般表出他的欢喜的感情。五岁的瞻瞻把这欢喜的感情翻译为(他的)诗,已打了一个折扣;然尚带着节奏与旋律的分子,犹有活跃的生命流露着。至于软软与阿宝的散文的、数学的、概念的表现,比较起来更肤浅一层。然而看他们的态度,全部精神没入在吃西瓜的一事中,其明慧的心眼,比大人们所见的完全得多。天地间最健全的心眼,只是孩子们的所有物,世间事物的真相,只有孩子们能最明确、最完全地见到。我比起他们来,真的心眼已经被世智尘劳所蒙蔽,所斲丧,是一个可怜的残废者了。我实在不敢受他们"父亲"的称呼,倘然"父亲"是尊崇的。

我在平屋的南窗下暂设一张小桌子,上面按照一定的秩序而布置着稿纸、信笺、笔砚、墨水瓶、浆糊瓶、时表和茶盘等,不喜欢别人来任意移动,这是我独居时的惯癖。我——我们大人——平常的举止,总是谨慎,细心,端详,斯文。例如磨墨,放笔,倒茶等,都小心从事,故桌上的布置每日依然,不致破坏或扰乱。因为我的手足的筋觉已经由于屡受物理的教训而深深地养成一种谨惕的惯性了。然而孩子们一爬到我的案上,就捣乱我的秩序,破坏我的桌上的构图,毁损我的器物。他们拿起自来水笔来一挥,洒了一桌子又一衣襟的墨水点;又把笔尖蘸在浆糊瓶里。他们用劲拔开毛笔的铜笔套,手背撞翻茶壶,壶盖打碎在地板上……这在当时实在使我不耐烦,我不免哼喝他们,夺脱他们手里的东西,甚至批他们的小颊。然而我立刻后悔:哼喝之后立刻继之以笑,夺了之后立刻加倍奉还,批颊的手在中途软却,终于变批为抚。因为我立刻自悟其非:我要求孩子们的举止同我自己一样,何其乖谬!我——我们大人——的举止谨惕,是为了身体手足的筋觉已经受了种种现实的压迫而痉挛了的缘故。孩子们尚保有天赋的健全的身手与真朴活跃的元气,岂像我们的穷屈?揖让、进退、规行、矩步等大人们的礼貌,犹如刑具,都是戕贼这天赋的健全的身手的。于是活跃的人逐渐变成了手足麻痹、半身不遂的残废者。残废者要求健全者的举止同他自己一样,何其乖谬!

儿女对我的关系如何?我不曾预备到这世间来做父亲,故心中常是疑惑不明,又觉得非常奇怪。我与他们(现在)完全是异世界的人,他们比我聪明、健全得多;然而他们又是我所生的儿女。这是何等奇妙的关系!世人以膝下有儿女为幸福,希望以儿女永续其自我,我实在不解他们的心理。我以为世间人与人的关系,最自然最合理的莫如朋友。君臣、父子、昆弟、夫妇之情,在十分自然合理的时候都不外乎是一种广义的友谊。所以朋友之情,实在是一切人情的基础。"朋,同类也。"并育于大地上的人,都是同类的朋友,共为大自然的儿女。世间的人,忘却了他们的大父母,而只知有小父母,以为父母能生儿女,儿女为父母所生,故儿女可以永续父母的自我,而使之永存。于是无子者叹天道之无知,子不肖者自伤其天命,而狂进杯中之物,其实天道有何厚薄于其齐生并育的儿女!我真不解他们的心理。

近来我的心为四事所占据了:天上的神明与星辰,人间的艺术与儿童,这小燕子似的一群儿女,是在人世间与我因缘最深的儿童,他们在我心中占有与神明、星辰、艺术同等的地位。

戊辰〔1928〕年韦驮圣诞作于石湾

(原载1928年10月10日《小说月报》第19卷第10号)

闲　居

闲居，在生活上人都说是不幸的，但在情趣上我觉得是最快适的了。假如国民政府新定一条法律："闲居必须整天禁锢在自己的房间里"，我也不愿出去干事，宁可闲居而被禁锢。

在房间里很可以自由取乐；如果把房间当作一幅画看的时候，其布置就如画的"置陈"了。譬如书房，主人的座位为全局的主眼，犹之一幅画中的 middle point〔中心点〕，须居全幅中最重要的地位。其他自书架、几、椅、藤床、火炉、壁饰、自鸣钟，以至痰盂、纸篓等，各以主眼为中心而布置，使全局的焦点集中于主人的座位，犹之画中的附属物、背景，均须有护卫主物，显衬主物的作用。这样妥帖之后，人在里面，精神自然安定，集中，而快适。这是谁都懂得，谁都可以自由取乐的事。虽然有的人不讲究自己的房间的布置，然走进一间布置很妥帖的房间，一定谁也觉得快适。这可见人都会鉴赏，鉴赏就是被动的创作，故可说这是谁也懂得，谁也可以自由取乐的事。

我在贫乏而粗末① 的自己的书房里，常常欢喜作这个玩意儿。把几件粗陋的家具搬来搬去，一月中总要搬数回。搬到痰盂不能移动一寸，脸盆架子不能旋转一度的时候，便有很妥帖的位置出现了。那时候我自己坐在主眼的座上，环视上下四周，君临一切。觉得一切都朝宗于我，一切都为我尽其职司，如百官之

---

① 意即粗陋、不精致。

朝天,众星之拱北辰。就是墙上一只很小的钉,望去也似乎居相当的位置,对全体为有机的一员,对我尽专任的职司。我统御这个天下,想象南面王的气概,得到几天的快适。

有一次我闲居在自己的房间里,曾经对自鸣钟寻了一回开心。自鸣钟这个东西,在都会里差不多可说是无处不有,无人不备的了。然而它这张脸皮,我看惯了真讨厌得很。罗马字的还算好看;我房间里的一只,又是粗大的数学码子的。数学的九个字,我见了最头痛,谁愿意每天做数学呢! 有一天,大概是闲日月中的闲日,我就从墙壁上请它下来,拿油画颜料把它的脸皮涂成天蓝色,在上面画几根绿的杨柳枝,又用硬的黑纸剪成两只飞燕,用浆糊粘住在两只针的尖头上。这样一来,就变成了两只燕子飞逐在杨柳中间的一幅圆额的油画了。凡在三点二十几分,八点三十几分等时候,画的构图就非常妥帖,因为两只飞燕适在全幅中稍偏的位置,而且追随在一块,画面就保住均衡了。辨识时间,没有数目字也是很容易的:针向上垂直为十二时,向下垂直为六时,向左水平为九时,向右水平为三时。这就是把圆周分为四个 quarter〔一刻钟〕,是肉眼也很容易办到的事。一个 quarter 里面平分为三格,就得长针五分钟的距离了,这不十分容易正确,然相差至多不过一两分钟,只要不是天文台,电报局或火车站里,人家家里上下一两分钟本来是不要紧的。倘眼睛锐利一点,看惯之后,其实半分钟也是可以分明辨出的。这自鸣钟现在还挂在我的房间里,虽然惯用之后不甚新颖了,然终不觉得讨厌,因为它在壁上不是显明的实用的一只自鸣钟,而可以冒充一幅油画。

除了空间以外,闲居的时候我又欢喜把一天的生活的情调来比方音乐。如果把一天的生活当作一个乐曲,其经过就像乐章(movement)的移行了。一天的早晨,晴雨如何? 冷暖如何? 人事的情形如何? 犹之第一乐章的开始,先已奏出全曲的根柢的"主题"（theme）。一天的生活，例如事务的纷忙，意外的发生，祸福的临门，犹如曲中的长音阶〔大音阶〕变为短音阶〔小音阶〕的，C调变为F调，adagio〔柔板〕变为allegro〔快板〕。其或昼永人闲，平安无事，那就像始终C调的andante〔行板〕的长大的乐章了。以气候而论，春日是孟檀尔伸〔门德尔松〕（Men delsson），夏日是斐德芬〔贝多芬〕（Beethoven），秋日是晓邦〔肖邦〕（Chopin）、修芒〔舒曼〕（Schumann），冬日是修斐尔德〔舒柏特〕（Schubert）。这也是谁也可以感到，谁也可以懂得的事，试看无论什么机关里，团体里，做无论什么事务的人，在阴雨的天气，办事一定不及在晴天的起劲，高兴，积极。如果有不论天气，天天照常办事的人，这一定不是人，是一架机器。只要看挑到我们后门头来卖臭豆腐干的江北人，近来秋雨连日，他的叫声自然懒洋洋地低钝起来，远不如一月以前的炎阳下的"臭豆腐干！"的热辣了。

（原载1927年7月10日《小说月报》第18卷第7号）

从孩子得到的启示

一

晚上喝了三杯老酒,不想看书,也不想睡觉,捉一个四岁的孩子华瞻来骑在膝上,同他寻开心。我随口问:

"你最喜欢什么事?"

他仰起头一想,率然地回答:

"逃难。"

我倒有点奇怪:"逃难"两字的意义,在他不会懂得,为什么偏偏选择它?倘然懂得,更不应该喜欢了。我就设法探问他:

"你晓得逃难就是什么?"

"就是爸爸、妈妈、宝姐姐、软软……娘姨,大家坐汽车,去看大轮船。"

啊!原来他的"逃难"的观念是这样的!他所见的"逃难",是"逃难"的这一面!这真是最可喜欢的事!

一个月以前,上海还属孙传芳的时代,国民革命军将到上海的消息日紧一日,素不看报的我,这时候也定一份《时事新报》,每天早晨看一遍。有一天,我正在看昨天的旧报,等候今天的新报的时候,忽然上海方面枪炮声起了,大家惊惶失色,立刻约了邻人,扶老携幼地逃到附近的妇孺救济会里去躲避。其实倘然此地果真进了战线,或到了败兵,妇孺救济会也是不能救济的。

不过当时张皇失措，有人提议这办法，大家就假定它为安全地带，逃了进去。那里面地方很大，有花园、假山、小川、亭台、曲栏、长廊、花树、白鸽，孩子们一进去，登临盘桓，快乐得如入新天地了。忽然兵车在墙外轰过，上海方面的机关枪声、炮声，愈响愈近，又愈密了。大家坐定之后，听听，想想，方才觉到这里也不是安全地带，当初不过是自骗罢了。有决断的人先出来雇汽车逃往租界。每走出一批人，留在里面的人增一次恐慌。我们结合邻人来商议，也决定出来雇汽车，逃到杨树浦的沪江大学。于是立刻把小孩子们从假山中、栏杆内捉出来，装进汽车里，飞奔杨树浦了。

所以决定逃到沪江大学者，因为一则有邻人与该校熟识，二则该校是外国人办的学校，较为安全可靠。枪炮声渐远渐弱，到听不见了的时候，我们的汽车已到沪江大学。他们安排一个房间给我们住，又为我们代办膳食。傍晚，我坐在校旁的黄浦江边的青草堤上，怅望云水遥忆故居的时候，许多小孩子采花、卧草，争看无数的帆船、轮船的驶行，又是快乐得如入新天地了。

次日，我同一邻人步行到故居来探听情形的时候，青天白日的旗子已经招展在晨风中，人人面有喜色，似乎从此可庆承平了。我们就雇汽车去迎回避难的眷属，重开我们的窗户，恢复我们的生活。从此"逃难"两字就变成家人的谈话的资料。

这是"逃难"。这是多么惊慌、紧张而忧患的一种经历！然而人物一无损丧，只是一次虚惊；过后回想，这回好似全家的人突发地出门游览两天。我想假如我是预言者，晓得这是虚惊，我在逃难的时候将何等有趣！素来难得全家出游的机会，素来少有坐汽车、游览、参观的机会。那一天不论时，不论钱，浪漫地、豪爽地、痛快地举行这游历，实在是人生难得的快事！只有小孩子真果感得这快味！他们逃难回来以后，常常拿香烟簏子来叠作栏杆、小桥、汽车、轮船、帆船；常常问我关于轮船、帆船的事；

墙壁上及门上又常常有有色粉笔画的轮船、帆船、亭子、石桥的壁画出现。可见这"逃难",在他们脑中有难忘的欢乐的印象。所以今晚我无端地问华瞻最喜欢什么事,他立刻选定这"逃难"。原来他所见的,是"逃难"的这一面。

不止这一端:我们所打算,计较,争夺的洋钱,在他们看来个个是白银的浮雕的胸章;仆仆奔走的行人,血汗涔涔的劳动者,在他们看来个个是无目的地在游戏,在演剧;一切建设,一切现象,在他们看来都是大自然的点缀,装饰。

唉!我今晚受了这孩子的启示了:他能撤去世间事物的因果关系的网,看见事物的本身的真相。他是创造者,能赋给生命于一切的事物。他们是"艺术"的国土的主人。唉,我要从他学习!

二

两个小孩子,八岁的阿宝与六岁的软软,把圆凳子翻转,叫三岁的阿韦坐在里面。他们两人同他抬轿子。不知哪一个人失手,轿子翻倒了。阿韦在地板上撞了一个大响头,哭了起来。乳母连忙来抱起。两个轿夫站在旁边呆看。乳母问:"是谁不好?"

阿宝说:"软软不好。"

软软说:"阿宝不好。"

阿宝又说:"软软不好,我好!"

软软也说:"阿宝不好,我好!"

阿宝哭了,说:"我好!"

软软也哭了,说:"我好!"

他们的话由"不好"转到了"好"。乳母已在喂乳,见他们哭了,就从旁调解:

"大家好,阿宝也好,软软也好,轿子不好!"

孩子听了,对翻倒在地上的轿子看看,各用手背揩揩自己的眼睛,走开了。

孩子真是愚蒙。直说"我好",不知谦让。

所以大人要称他们为"童蒙","童昏",要是大人,一定懂得谦让的方法:心中明明认为自己好而别人不好,口上只是隐隐地或转弯地表示,让众人看,让别人自悟。于是谦虚,聪明,贤慧等美名皆在我了。

讲到实在,大人也都是"我好"的。不过他们懂得谦让的一种方法,不像孩子地直说出来罢了。谦让方法之最巧者,是不但不直说自己好,反而故意说自己不好。明明在谆谆地陈理说义,劝谏君王,必称"臣虽下愚"。明明在自陈心得,辩论正义,或惩斥不良、训诫愚顽,表面上总自称"不佞","不慧",或"愚"。习惯之后,"愚"之一字竟通用作第一身称的代名词,凡称"我"处,皆用"愚"。常见自持正义而赤裸裸地骂人的文字函牍中,也称正义的自己为"愚",而称所骂的人为"仁兄"。这种矛盾,在形式上看来是滑稽的;在意义上想来是虚伪的,阴险的。"滑稽","虚伪","阴险",比较大人评孩子的所谓"蒙","昏",丑劣得多了。

对于"自己",原是谁都重视的。自己的要"生",要"好",原是普遍的生命的共通的大欲。今阿宝与软软为阿韦抬轿子,翻倒了轿子,跌痛了阿韦,是谁好谁不好,姑且不论;其表示自己要"好"的手段,是彻底地诚实,纯洁而不虚饰的。

我一向以小孩子为"昏蒙"。今天看了这件事,恍然悟到我们自己的昏蒙了。推想起来,他们常是诚实的,"称心而言"的;而我们呢,难得有一日不犯"言不由衷"的恶德!

唉!我们本来也是同他们那样的,谁造成我们这样呢?

一九二六年作

(原载1927年7月10日《小说月报》第18卷第7号)

天的文学

丰子恺散文

晚上九点半钟以后,孩子们都已熟睡,别人不会再来找我,便是我自己的时间了。

照例喝过一杯茶,用大学① 眼药擦过眼睛,点起一支香烟,从书架上抽了一张星座图,悄悄地到门前的广场上去看星。

一支香烟是必要的。星座位置认不清楚的时候,可以把它当作灯,向图中探索一下。

看到北斗沉下去,只见斗柄的时候,我回到房间里,拿一册《天文学》来一翻。用铅笔在纸上试算:地球一匝为七万二千里,光每秒钟绕地球七匝,即每秒钟行五十万四千里;一小时有三千六百秒,一天有八万六千四百秒,一年有三万一千一百零四万② 秒;光走一年的路长,为五十万四千乘三万一千一百零四万③ 里,即一"光年"之长。自地球到织女星的距离为十光年,到牵牛星的距离为十四光年,到大熊星的星云要一千万光年!……我算到这里,忽然头痛起来,手里的铅笔沉重得不能移动,没有再算下去的精神了。于是放下铅笔,抛弃纸头,倒在床里了。

我躺在床上,从枕上窥见窗外的星,如练的银河,"秋宵的女王"的织女,南王的热闹。啊,秋夜的盛妆!我忘记了我的头痛了。我脑中浮出朝华的诗句来:"织女明星来枕上,了知身不在

---

① 大学是日本大阪参天堂药铺产销的一种眼药牌子。
②③ 计算有误。应为三千一百五十三万六千秒。

丰子恺在上海与妻徐力民合影（1919年）

丰子恺摄于一九二〇年

人间。"立刻似乎身轻如羽,翱翔于星座之间了。

我俯视银河之波澜,访问织女的孤居,抚慰卡丽斯德神女的化身的大熊……"地球,再会!"我今晚要徜徉于银河之滨,牛女北斗之间了。

第二天早晨起来,我脑中历历地残留着昨夜的星界漫游的记忆;可是昨夜的头痛,也还保留着一些余味。

我想:几万万里,几千万年,算它做什么?天文本来是"天的文学",谁教你们算的?

〔1927年〕

(原载1927年7月10日《小说月报》第18卷第7号)

东京某晚的事

我在东京某晚遇见一件很小的事,然而这件事我永远不能忘记,并且常常使我憧憬。

有一个夏夜,初黄昏时分,我们同住在一个"下宿"① 里的四五个中国人相约到神保町去散步。东京的夏夜很凉快。大家带着愉快的心情出门,穿和服的几个人更是风袂飘飘,徜徉徘徊,态度十分安闲。

一面闲谈,一面踱步,踱到了十字路口的时候,忽然横路里转出一个伛偻的老太婆来。她两手搬着一块大东西,大概是铺在地上的席子,或者是纸窗的架子吧,鞠躬似地转出大路来。她和我们同走一条大路,因为走得慢,跟在我们后面。

我走在最先。忽然听得后面起了一种与我们的闲谈调子不同的日本语声音,意思却听不清楚。我回头看时,原来是老太婆在向我们队里的最后的某君讲什么话。我只看见某君对那老太婆一看,立刻回转头来,露出一颗闪亮的金牙齿,一面摇头,一面笑着说:

"Iyada,iyada!"(不高兴,不高兴!)

似乎趋避后面的什么东西,大家向前挤挨一阵,走在最先的我被他们一推,跨了几脚紧步。不久,似乎已经到了安全地带,大家稍稍回复原来的速度的时候,我方才探问刚才所发生的

---

① 下宿,意即旅馆。

事情。

原来这老太婆对某君说话,是因为她搬那块大东西搬得很吃力,想我们中间哪一个帮她搬一会。她的话是:

"你们哪一位替我搬一搬,好不好?"

某君大概是因为带了轻松愉快的心情出来散步,实在不愿意替她搬运重物,所以回报她两个"不高兴"。然而说过之后,在她近旁徜徉,看她吃苦,心里大概又觉得过意不去,所以趋避似地快跑几步,务使吃苦的人不在自己眼睛面前。我探问情由的时候,我们已经离开那老太婆十来丈路,颜面已经看不清楚,声音也已听不到了。然而大家的脚步还是有些紧,不像初出门时那么从容安闲。虽然不说话,但各人一致的脚步,分明表示大家都有这样的感觉。

我每次回想起这件事,总觉得很有意味。我从来不曾从素不相识的路人受到这样唐突的要求。那老太婆的话,似乎应该用在家庭里或学校里,决不是在路上可以听到的。这是关系深切而亲爱的小团体中的人们之间所有的话,不适用于"社会"或"世界"的大团体中的所谓"陌路人"之间。这老太婆误把陌路当作家庭了。

这老太婆原是悖事的,唐突的。然而我却在想象:假如真能像这老太婆所希望,有这样的一个世界:天下如一家,人们如家族,互相亲爱,互相帮助,共乐其生活,那时陌路就变成家庭,这老太婆就并不悖事,并不唐突了。这是多么可憧憬的世界!

(原载1927年7月10日《小说月报》第18卷第7号)

楼　　板

记得我小时的事：我们家里那只很低小的厅上正在供起香烛，请六神菩萨。离开蜡烛火焰两尺就是单薄的楼板，楼板上面正是置马桶的地方，有人在便溺的时候，楼下历历可闻其声。当时我已经从祖母及母亲的平日的举动言语间习知菩萨与便溺的相犯。这时候看见了在马桶声底下请六神的情形，就责问母亲，母亲用一个"呸"字批掉我的责问，继续又说："隔重楼板隔重山。"

当时我并不敢确信"板"的效用如是其大，只是被母亲这"呸"字压倒了。后来我在上海租住房子，才晓得这句古典语的确是至理名言。"隔重楼板隔重山"，上海的空间的经济，住家的拥挤，隔一重板，简直可有交通断绝而气候不同的两个世界，"板"的力竟比山还大。

五六年之前，我初到上海，曾在上海的西门的某里租住人家的一间楼底。楼面与楼底分住两份人家，这回是我初次经验。在我们的故乡，楼上总是卧房，楼下总是供家堂六神的厅，决没有楼上楼下分住两份人家的习惯。我托人找到了这房子，进屋的前两天，自己先去看一次。三开间的一座楼屋，楼上三个楼面是二房东自己住的，楼下左面一间已另有一份人家租住，中央一间正面挂着一张朱柏庐先生治家格言，两壁挂着书画，是公用的客堂，右面一间空着，就是我要租住的。在初到上海的我看来，这实在是一家，我们此后将同这素不相识的两份人家同居，朝夕同堂，出入同门，这是何等偶然而奇妙的因缘。将来我们对这两份人家一定比久疏的亲戚同族要亲近得多,我们一定从此添了两家新的亲友,这是何等偶然而奇妙的因缘。我独自起了这样的心情,就请楼上的二房东下来,预备同他接洽,并作初见的谈话。

一个男子的二房东从楼窗里伸出头来,问我有什么事。我走到天井里,仰起头来回答他说,"我就是来租住这间房间的,要和房东先生谈一谈。"那人把眉头一皱对我说:

"你租房子?没有什么可谈的。你拿出十二块钱,明天起这房子归你。"

那头就缩了进去。随后一个娘姨出来,把那缩进去的头所说的话对我复述一遍。我心中有点不快,但想租定了也罢,就付他十二块钱,出门去了。

后来我们搬进去住了。虽然定房子那一天我已经见过这同居者的颜色,但总不敢相信人与人的相对待是这样冷淡的,楼板的效用这样大的。偶然在门间或窗际看见邻家的人的时候,我总想招呼他们,同他们结邻人之谊。然而他们的脸上有一种不可侵犯的颜色,和一种拒人的力,常常把我推却在千里之外。尽我们租住这房子的六个月之间,与隔一重楼板的二房东家及隔一所客堂的对门的人家朝夕相见,声音相闻,而终于不相往来,不相交语,偶然在里门口或天井里交臂,大家故意侧目而过,反似结了仇怨。

那时候我才回想起母亲的话,"隔重楼板隔重山",我们与他们实在分居着空气不同的两个世界,而只要一重楼板就可隔断。板的力比山还大!

〔1927 年〕

姓

我姓丰。丰这个姓,据我们所晓得,少得很。在我故乡的石门湾里,也"只此一家",跑到外边来,更少听见有姓丰的人。所以人家问了我尊姓之后,总说"难得,难得!"

因这原故,我小时候受了这姓的暗示,大有自命不凡的心理。然而并非单为姓丰难得,又因为在石门湾里,姓丰的只有我们一家,而中举人的也只有我父亲一人。在石门湾里,大家似乎以为姓丰必是举人,而举人必是姓丰的。记得我幼时,父亲的用人褚老五抱我去看戏回来,途中对我说:"石门湾里没有第二个老爷,只有丰家里是老爷,你大起来也做老爷,丰老爷!"

科举废了,父亲死了。我十岁的时候,做短工的黄半仙有一天晚上对我的大姐说:"新桥头米店里有一个丰官,不晓得是什么地方人。"大姐同母亲都很奇怪,命黄半仙当夜去打听,是否的确姓丰?哪里人?意思似乎说,姓丰会有第二家的?不要是冒牌?

黄半仙回来,说:"的确姓丰,'养鞠须丰'的'丰',说是斜桥人。"大姐含着长烟管说:"难道真的?不要是'鄞鲍史唐'的'鄞'吧?"但也不再追究。

后来我游杭州,上海,东京,朋友中也没有同姓者。姓丰的果然只有我一人。然而不拘我一向何等自命不凡地做人,总做不出一点姓丰的特色来,到现在还是与非姓丰的一样混日子,举人也尽管不中,倒反而为了这姓的怪僻,屡屡打麻烦:人家问起

"尊姓?"我说"敝姓丰",人家总要讨添,或者误听为"冯"。旅馆里,城门口查夜的警察,甚至疑我假造,说"没有这姓!"

最近在宁绍轮船里,一个钱庄商人教了我一个很简明的说法:我上轮船,钻进房舱里,先有这个肥胖的钱庄商人在内。他照例问我"尊姓?"我说:"丰,咸丰皇帝的丰。"大概时代相隔太远,一时教他想不起咸丰皇帝,他茫然不懂。我用指在掌中空划,又说:"五谷丰登的丰。"大概"五谷丰登"一句成语,钱庄上用不到,他也一向不曾听见过。他又茫然不懂,于是我摸出铅笔来,在香烟簏上写了一个"丰"字给他看,他恍然大悟似地说:"啊!不错不错,汇丰银行的丰!"

啊,不错不错!汇丰银行的确比咸丰皇帝时髦,比五谷丰登通用!以后别人问我的时候我就这样回答了。

〔1927年〕

(原载1927年7月10日《小说月报》第18卷第7号)

忆儿时

一

我回忆儿时,有三件不能忘却的事。

第一件是养蚕。那是我五六岁时、我祖母在日的事。我祖母是一个豪爽而善于享乐的人,良辰佳节不肯轻轻放过。养蚕也每年大规模地举行。其实,我长大后才晓得,祖母的养蚕并非专为图利,叶贵的年头常要蚀本,然而她喜欢这暮春的点缀,故每年大规模地举行。我所喜欢的,最初是蚕落地铺。那时我们的三开间的厅上、地上统是蚕,架着经纬的跳板,以便通行及饲叶。蒋五伯挑了担到地里去采叶,我与诸姐跟了去,去吃桑葚。蚕落地铺的时候,桑葚已很紫而甜了,比杨梅好吃得多。我们吃饱之后,又用一张大叶做一只碗,采了一碗桑葚,跟了蒋五伯回来。蒋五伯饲蚕,我就以走跳板为戏乐,常常失足翻落地铺里,压死许多蚕宝宝,祖母忙喊蒋五伯抱我起来,不许我再走。然而这满屋的跳板,像棋盘街一样,又很低,走起来一点也不怕,真是有趣。这真是一年一度的难得的乐事!所以虽然祖母禁止,我总是每天要去走。

蚕上山之后,全家静默守护,那时不许小孩子们吵了,我暂时感到沉闷。然而过了几天,采茧、做丝,热闹的空气又浓起来了。我们每年照例请牛桥头七娘娘来做丝。蒋五伯每天买枇杷和软糕来给采茧、做丝、烧火的人吃。大家认为现在是辛苦而有希望的时候,应该享受这点心,都不客气地取食。我也无功受禄地天天吃多量的枇杷与软糕,这又是乐事。

七娘娘做丝休息的时候,捧了水烟筒,伸出她左手上的短少半段的小指给我看,对我说:做丝的时候,丝车后面,是万万不可走近去的。她的小指,便是小时候不留心被丝车轴棒轧脱的。她又说:"小囝囝不可走近丝车后面去,只管坐在我身旁,吃枇杷,吃软糕。还有做丝做出来的蚕蛹,叫妈妈油炒一炒,真好吃哩!"然而我始终不要吃蚕蛹,大概是我爸爸和诸姐都不要吃的原故。我所乐的,只是那时候家里的非常的空气。日常固定不动的堂窗、长台、八仙椅子,都收拾去,而变成不常见的丝车、匾、缸。又不断地公然地可以吃小食。

丝做好后,蒋五伯口中唱着"要吃枇杷,来年蚕罢",收拾丝车,恢复一切陈设。我感到一种兴尽的寂寥。然而对于这种变换,倒也觉得新奇而有趣。

现在我回忆这儿时的事,常常使我神往!祖母、蒋五伯、七娘娘和诸姐都像童话里、戏剧里的人物了。且在我看来,他们当时这剧的主人公便是我。何等甜美的回忆!只是这剧的题材,现在我仔细想想觉得不好:养蚕做丝,在生计上原是幸福的,然其本身是数万的生灵的杀虐!《西青散记》里面有两句仙人的诗句:"自织藕丝衫子嫩,可怜辛苦赦春蚕。"安得人间也发明织藕丝的丝车,而尽赦天下的春蚕的性命!

我七岁上祖母死了①,我家不复养蚕。不久父亲与诸姐弟相继死亡,家道衰落了,我的幸福的儿时也过去了。因此这回忆一面使我永远神往,一面又使我永远忏悔。

---

① 作者祖母卒于1902年12月,当时作者五岁。

二

第二件不能忘却的事,是父亲的中秋赏月,而赏月之乐的中心,在于吃蟹。

我的父亲中了举人之后,科举就废,他无事在家,每天吃酒,看书。他不要吃羊、牛、猪肉,而喜欢吃鱼、虾之类。而对于蟹,尤其喜欢。自七八月起直到冬天,父亲平日的晚酌规定吃一只蟹,一碗隔壁豆腐店里买来的开锅热豆腐干。他的晚酌,时间总在黄昏。八仙桌上一盏洋油灯,一把紫砂酒壶,一只盛热豆腐干的碎瓷盖碗,一把水烟筒,一本书,桌子角上一只端坐的老猫,我脑中这印象非常深刻,到现在还可以清楚地浮现出来。我在旁边看,有时他给我一只蟹脚或半块豆腐干。然我喜欢蟹脚。蟹的味道真好,我们五个姊妹兄弟,都喜欢吃,也是为了父亲喜欢吃的原故。只有母亲与我们相反,喜欢吃肉,而不喜欢又不会吃蟹,吃的时候常常被蟹螯上的刺刺开手指,出血;而且抉剔得很不干净,父亲常常说她是外行。父亲说:吃蟹是风雅的事,吃法也要内行才懂得。先折蟹脚,后开蟹斗……脚上的拳头(即关节)里的肉怎样可以吃干净,脐里的肉怎样可以剔出……脚爪可以当作剔肉的针……蟹螯上的骨头可以拼成一只很好看的蝴蝶……父亲吃蟹真是内行,吃得非常干净。所以陈妈妈说:"老爷吃下来的蟹壳,真是蟹壳。"

蟹的储藏所,就在天井角落里的缸里,经常总养着十来只。到了七夕、七月半、中秋、重阳等节候上,缸里的蟹就满了,那时我们都有得吃,而且每人得吃一大只,或一只半。尤其是中秋一天,兴致更浓。在深黄昏,移桌子到隔壁的白场① 上的月光下

---

① 白场,作者家乡话,意即场地。

面去吃。更深人静,明月底下只有我们一家的人,恰好围成一桌,此外只有一个供差使的红英坐在旁边。大家谈笑,看月亮,他们——父亲和诸姐——直到月落时光,我则半途睡去,与父亲和诸姐不分而散。

  这原是为了父亲嗜蟹,以吃蟹为中心而举行的。故这种夜宴,不仅限于中秋,有蟹的节季里的月夜,无端也要举行数次。不过不是良辰佳节,我们少吃一点,有时两人分吃一只。我们都学父亲,剥得很精细,剥出来的肉不是立刻吃的,都积受在蟹斗里,剥完之后,放一点姜醋,拌一拌,就作为下饭的菜,此外没有别的菜了。因为父亲吃菜是很省的,而且他说蟹是至味,吃蟹时混吃别的菜肴,是乏味的。我们也学他,半蟹斗的蟹肉,过两碗饭还有余,就可得父亲的称赞,又可以白口吃下余多的蟹肉,所以大家都勉力节省。现在回想那时候,半条蟹腿肉要过两大口饭,这滋味真好!自父亲死了以后,我不曾再尝这种好滋味。现在,我已经自己做父亲,况且已经茹素,当然永远不会再尝这滋味了。唉!儿时欢乐,何等使我神往!

  然而这一剧的题材,仍是生灵的杀虐!因此这回忆一面使我永远神往,一面又使我永远忏悔。

三

  第三件不能忘却的事。是与隔壁豆腐店里的王囡囡的交游,而这交游的中心,在于钓鱼。

  那是我十二三岁时的事,隔壁豆腐店里的王囡囡是当时我的小侣伴中的大阿哥。他是独子,他的母亲、祖母和大伯,都很疼爱他,给他很多的钱和玩具,而且每天放任他在外游玩。他家与我家贴邻而居。我家的人们每天赴市,必须经过他家的豆腐店的门口,两家的人们朝夕相见,互相来往。小孩们也朝夕相见，互相来往。此外他家对于我家似乎还有一种邻人以上的深切的交谊，故他家的人对于我特别要好，他的祖母常常拿自产的豆腐干、豆腐衣等来送给我父亲下酒。同时在小侣伴中，王囡囡也特别和我要好。他的年纪比我大，气力比我好，生活比我丰富，我们一道游玩的时候，他时时引导我，照顾我，犹似长兄对于幼弟。我们有时就在我家的染坊店里的榻上玩耍，有时相偕出游。他的祖母每次看见我俩一同玩耍，必叮嘱囡囡好好看待我，勿要相骂。我听人说，他家似乎曾经患难，而我父亲曾经帮他们忙，所以他家大人们吩咐王囡囡照应我。

我起初不会钓鱼，是王囡囡教我的。他叫他大伯买两副钓竿，一副送我，一副他自己用。他到米桶里去捉许多米虫，浸在盛水的罐头里，领了我到木场桥头去钓鱼。他教给我看，先捉起一个米虫来，把钓钩由虫尾穿进，直穿到头部。然后放下水去。他又说："浮珠一动，你要立刻拉，那么钩子钩住鱼的颚，鱼就逃不脱。"我照他所教的试验，果然第一天钓了十几头白条，然而都是他帮我拉钓竿的。

第二天，他手里拿了半罐头扑杀的苍蝇，又来约我去钓鱼。途中他对我说："不一定是米虫，用苍蝇钓鱼更好。鱼喜欢吃苍蝇！"这一天我们钓了一小桶各种的鱼。回家的时候，他把鱼桶送到我家里，说他不要。我母亲就叫红英去煎一煎，给我下晚饭。

自此以后，我只管欢喜钓鱼。不一定要王囡囡陪去，自己一人也去钓，又学得了掘蚯蚓来钓鱼的方法。而且钓来的鱼，不仅够自己下晚饭，还可送给店里的人吃，或给猫吃。我记得这时候我的热心钓鱼，不仅出于游戏欲，又有几分功利的兴味在内。有三四个夏季，我热心于钓鱼，给母亲省了不少的菜蔬钱。

后来我长大了，赴他乡入学，不复有钓鱼的工夫。但在书中常常读到赞咏钓鱼的文句，例如什么"独钓寒江雪"，什么"渔樵度此身",才知道钓鱼原来是很风雅的事。后来又晓得有所谓"游钓之地"的美名称,是形容人的故乡的。我大受其煽惑,为之大发牢骚:我想"钓鱼确是雅的,我的故乡,确是我的游钓之地,确是可怀的故乡。"但是现在想想,不幸而这题材也是生灵的杀虐!

  我的黄金时代很短,可怀念的又只有这三件事。不幸而都是杀生取乐,都使我永远忏悔。

一九二七年梅雨时节

（原载 1927 年 6 月 10 日《小说月报》第 18 卷第 6 号）

华瞻的日记

一

隔壁二十三号里的郑德菱,这人真好!今天妈妈抱我到门口,我看见她在水门汀上骑竹马。她对我一笑,我分明看出这一笑是叫我去一同骑竹马的意思。我立刻还她一笑,表示我极愿意,就从母亲怀里走下来,和她一同骑竹马了。两人同骑一枝竹马,我想转弯了,她也同意;我想走远一点,她也欢喜;她说让马儿吃点草,我也高兴;她说把马儿系在冬青上,我也觉得有理。我们真是同志和朋友!兴味正好的时候,妈妈出来拉住我的手,叫我去吃饭。我说:"不高兴。"妈妈说:"郑德菱也要去吃饭了!"果然郑德菱的哥哥叫着"德菱!"也走出来拉住郑德菱的手去了。我只得跟了妈妈进去。当我们将走进各自的门口的时候,她回头向我一看,我也回头向她一看,各自进去,不见了。

我实在无心吃饭。我晓得她一定也无心吃饭。不然,何以分别的时候她不对我笑,而且脸上很不高兴呢?我同她在一块,真是说不出的有趣。吃饭何必急急?即使要吃,尽可在空的时候吃。其实照我想来,像我们这样的同志,天天在一块吃饭,在一块睡觉,多好呢?何必分作两家?即使要分作两家,反正爸爸同郑德菱的爸爸很要好,妈妈也同郑德菱的妈妈常常谈笑,尽可你们大人作一块,我们小孩子作一块,不更好吗?

这"家"的分配法，不知是谁定的，真是无理之极了。想来总是大人们弄出来的。大人们的无理，近来我常常感到，不止这一端：那一天爸爸同我到先施公司去，我看见地上放着许多小汽车、小脚踏车，这分明是我们小孩子用的；但是爸爸一定不肯给我拿一部回家，让它许多空摆在那里。回来的时候，我看见许多汽车停在路旁；我要坐，爸爸一定不给我坐，让它们空停在路旁。又有一次，娘姨抱我到街里去，一个捆着许多小花篮的老太婆，口中吹着笛子，手里拿着一只小花篮，向我看，把手中的花篮递给我；然而娘姨一定不要，急忙抱我走开去。这种小花篮，原是小孩子玩的，况且那老太婆明明表示愿意给我，娘姨何以一定叫我不要接呢？娘姨也无理，这大概是爸爸教她的。

我最欢喜郑德菱。她同我站在地上一样高，走路也一样快，心情志趣都完全投合。宝姐姐或郑德菱的哥哥，有些不近情的态度，我看他们不懂。大概是他们身体长大，稍近于大人，所以心情也稍像大人的无理了。宝姐姐常常要说我"痴"。我对爸爸说，要天不下雨，好让郑德菱出来，宝姐姐就用指点着我，说："瞻瞻痴！"怎么叫"痴"？你每天不来同我玩耍，夹了书包到学校里去，难道不是"痴"吗？爸爸整天坐在桌子前，在文章格子上一格一格地填字，难道不是"痴"吗？天下雨，不能出去玩，不是讨厌的吗？我要天不要下雨，正是近情合理的要求。我每天晚快听见你要爸爸开电灯，爸爸给你开了，满房间就明亮；现在我也要爸爸叫天不下雨，爸爸给我做了，晴天岂不也爽快呢？你何以说我"痴"？郑德菱的哥哥虽然没有说我什么，然而我总讨厌他。我们玩耍的时候，他常常板起脸，来拉郑德菱，说"赤了脚到人家家里，不怕难为情！"又说"吃人家的面包，不怕难为情！"立刻拉了她去。"难为情"是大人们惯说的话，大人们常常不怕厌气，端坐在椅子里，点头、弯腰，说什么"请，请"，"对不起"，"难为情"一类的无聊的话。他们都有点像大人了！

啊！我很少知己！我很寂寞！母亲常常说我"会哭"，我哪得不哭呢？

二

今天我看见一种奇怪的现状：

吃过糖粥，妈妈抱我走到吃饭间里的时候，我看见爸爸身上披一块大白布，垂头丧气地朝外坐在椅子上，一个穿黑长衫的麻脸的陌生人，拿一把闪亮的小刀，竟在爸爸后头颈里用劲地割。啊哟！这是何等奇怪的现状！大人们的所为，真是越看越稀奇了！爸爸何以甘心被这麻脸的陌生人割呢？痛不痛呢？

更可怪的，妈妈抱我走到吃饭间里的时候，她明明也看见这爸爸被割的骇人的现状。然而她竟毫不介意，同没有看见一样。宝姐姐夹了书包从天井里走进来，我想她见了一定要哭。谁知她只叫一声"爸爸"，向那可怕的麻子一看，就全不经意地到房间里去挂书包了。前天爸爸自己把手指割开了，他不是大叫"妈妈"，立刻去拿棉花和纱布来吗？今天这可怕的麻子咬紧了牙齿割爸爸的头，何以妈妈和宝姐姐都不管呢？我真不解了。可恶的，是那麻子。他耳朵上还夹着一支香烟，同爸爸夹铅笔一样。他一定是没有铅笔的人，一定是坏人。

后来爸爸挺起眼睛叫我："华瞻，你也来剃头，好否？"

爸爸叫过之后，那麻子就抬起头来，向我一看，露出一颗闪亮的金牙齿来。我不懂爸爸的话是什么意思，我真怕极了。我忍不住抱住妈妈的项颈而哭了。这时候妈妈、爸爸和那个麻子说了许多话，我都听不清楚，又不懂。只听见"剃头"、"剃头"，不知是什么意思。我哭了，妈妈就抱我由天井里走出门外。走到门边的时候，我偷眼向里边一望，从窗缝窥见那麻子又咬紧牙齿，在割爸爸的耳朵了。

戴墨镜者为丰子恺,摄于浙江省石门镇(约1936年)

丰子恺在桂林（1938年）

门外有学生在抛球,有兵在体操,有火车开过。妈妈叫我不要哭,叫我看火车。我悬念着门内的怪事,没心情去看风景,只是凭在妈妈的肩上。

我恨那麻子,这一定不是好人。我想对妈妈说,拿棒去打他。然而我终于不说。因为据我的经验,大人们的意见往往与我相左。他们往往不讲道理,硬要我吃最不好吃的"药",硬要我做最难当的"洗脸",或坚不许我弄最有趣的水、最好看的火。今天的怪事,他们对之都漠然,意见一定又是与我相左的。我若提议去打,一定不被赞成。横竖拗不过他们,算了吧。我只有哭!最可怪的,平常同情于我的弄水弄火的宝姐姐,今天也跳出门来笑我,跟了妈妈说我"痴子"。我只有独自哭!有谁同情于我的哭呢?

到妈妈抱了我回来的时候,我才仰起头,预备再看一看,这怪事怎么样了?那可恶的麻子还在否?谁知一跨进墙门槛,就听见"拍,拍"的声音。走进吃饭间,我看见那麻子正用拳头打爸爸的背。"拍,拍"的声音,正是打的声音。可见他一定是用力打的,爸爸一定很痛。然而爸爸何以任他打呢?妈妈何以又不管呢?我又哭。妈妈急急地抱我到房间里,对娘姨讲些话,两人都笑起来,都对我讲了许多话。然而我还听见隔壁打人的"拍,拍"的声音,无心去听她们的话。

爸爸不是说过"打人是最不好的事"吗?那一天软软不肯给我香烟牌子,我打了她一掌,爸爸曾经骂我,说我不好;还有那一天我打碎了寒暑表,妈妈打了我一下屁股,爸爸立刻抱我,对妈妈说"打不行。"何以今天那麻子在打爸爸,大家不管呢?我继续哭,我在妈妈的怀里睡去了。

我醒来,看见爸爸坐在披雅娜〔钢琴〕旁边,似乎无伤,耳朵也没有割去,不过头很光白,像和尚了。我见了爸爸,立刻想起了睡前的怪事,然而他们——爸爸、妈妈等——仍是毫不介意,绝不谈起。我一回想,心中非常恐怖又疑惑。明明是爸爸被割项颈,割耳朵,又被用拳头打,大家却置之不问,任我一个人恐怖又疑惑。唉!有谁同情于我的恐怖?有谁为我解释这疑惑呢?

一九二七年初夏

(原载1927年6月10日《小说月报》第18卷第6号)

阿　难

往年我妻曾经遭逢小产的苦难。在半夜里,六寸长的小孩辞了母体而默默地出世了。医生把他裹在纱布里,托出来给我看,说着:

"很端正的一个男孩!指爪都已完全了,可惜来得早了一点!"我正在惊奇地从医生手里窥看的时候,这块肉忽然动起来,胸部一跳,四肢同时一撑,宛如垂死的青蛙的挣扎。我与医生大家吃惊,屏息守视了良久,这块肉不再跳动,后来渐渐发冷了。

唉!这不是一块肉,这是一个生灵,一个人。他是我的一个儿子,我要给他起名字:因为在前有阿宝,阿先,阿瞻,又他母亲为他而受难,故名曰"阿难"。阿难的尸体给医生拿去装在防腐剂的玻璃瓶中;阿难的一跳印在我的心头。

阿难!一跳是你的一生!你的一生何其草草?你的寿命何其短促?我与你的父子的情缘何其浅薄呢?

然而这等都是我的妄念。我比起你来,没有什么大差异。数千万光年中的七尺之躯,与无穷的浩劫中的数十年,叫做"人生"。自有生以来,这"人生"已被反复了数千万遍,都像昙花泡影地倏现倏灭,现在轮到我在反复了。所以我即使活了百岁,在浩劫中,与你的一跳没有什么差异。今我嗟伤你的短命,真是九十九步的笑百步!

阿难!我不再为你嗟伤,我反要赞美你的一生的天真与明慧。原来这个我,早已不是真的我了。人类所造作的世间的种种现象,迷塞了我的心眼,隐蔽了我的本性,使我对于扰攘奔逐的地球上的生活,渐渐习惯,视为人生的当然而恬不为怪。实则坠地时的我的本性,已经斲丧无余了。《西青散记》里史震林的《自序》中有这样的话:

"余初生时,怖夫天之乍明乍暗,家人曰:昼夜也。怪夫人之乍有乍无,曰:生死也。教余别星,曰:孰箕斗;别禽,曰:孰乌鹊,识所始也。生以长,乍暗乍明乍有乍无者,渐不为异。间于纷纷混混之时,自提其神于太虚而俯之,觉明暗有无之乍乍者,微可悲也。"

我读到这一段,非常感动,为之掩卷悲伤,仰天太息。以前我常常赞美你的宝姐姐与瞻哥哥,说他们的儿童生活何等的天真,自然,他们的心眼何等的清白,明净,为我所万不敢望。然而他们哪里比得上你?他们的视你,亦犹我的视他们。他们的生活虽说天真,自然,他们的眼虽说清白,明净;然他们终究已经有了这世间的知识,受了这世界的种种诱惑,染了这世间的色彩,一层薄薄的雾障已经笼罩了他们的天真与明净了。你的一生完全不着这世间的尘埃。你是完全的天真,自然,清白,明净的生命。世间的人,本来都有像你那样的天真明净的生命,一入人世,便如入了乱梦,得了狂疾,颠倒迷离,直到困顿疲毙,始仓皇地逃回生命的故乡。这是何等昏昧的痴态!你的一生只有一跳,你在一秒间干净地了结你在人世间的一生,你坠地立刻解脱。正在中风狂走的我,更何敢企望你的天真与明慧呢?

我以前看了你的宝姐姐瞻哥哥的天真烂漫的儿童生活,惋惜他们的黄金时代的将逝,常常作这样的异想:"小孩子长到十岁左右无病地自己死去,岂不完成了极有意义与价值的一生呢?"但现在想想,所谓"儿童的天国","儿童的乐园",其实贫乏而低小得很,只值得颠倒困疲的浮世苦者的艳羡而已,又何足挂齿？像你的以一跳了生死，绝不撄浮生之苦，不更好吗？在浩劫中，人生原只是一跳。我在你的一跳中，瞥见一切的人生了。

然而这仍是我的妄念。宇宙间人的生灭，犹如大海中的波涛的起伏。大波小波，无非海的变幻，无不归元于海，世间一切现象，皆是宇宙的大生命的显示。阿难！你我的情缘并不淡薄，你就是我，我就是你；无所谓你我了！

一九二七年九月十七日

（原载1927年11月10日《小说月报》第18卷第11号）

晨　梦

我常常在梦中晓得自己做梦。晨间,将醒未醒的时候,这种情形最多,这不是我一人独有的奇癖,讲出来常常有人表示同感。

近来我尤多经验这种情形:我妻到故乡去作长期的归宁,把两个小孩子留剩在这里,交托我管。我每晚要同他们一同睡觉。他们先睡,九点钟定静,我开始读书,作文,往往过了半夜,才钻进他们的被窝里。天一亮,小孩子就醒,像鸟儿地在我耳边喧聒,又不绝地催我起身。然这时候我正在晨梦,一面隐隐地听见他们的喧聒,一面作梦中的遨游。他们叫我不醒,将嘴巴合在我的耳朵上,大声疾呼"爸爸!起身了!"立刻把我从梦境里拉出。有时我的梦正达于兴味的高潮,或还没有告段落,就回他们话,叫他们再唱一曲歌,让我睡一歇,连忙蒙上被头,继续进行我的梦游。这的确会继续进行,甚且打断两三次也不妨。不过那时候的情形很奇特:一面寻找梦的头绪,继续演进,一面又能隐隐地听见他们的唱歌声的断片。即一面在热心地做梦中的事,一面又知道这是虚幻的梦。有梦游的假我,同时又有伴小孩子睡着的真我。

但到了孩子大哭,或梦完结了的时候,我也就毅然地起身了。披衣下床,"今日有何要务"的真我的正念凝集心头的时候,梦中的妄念立刻被排出意外,谁还留恋或计较呢?

"人生如梦",这话是古人所早已道破的,又是一切人所痛感而承认的。那末我们的人生，都是——同我的晨梦一样——在梦中晓得自己做梦的了。这念头一起，疑惑与悲哀的感情就支配了我的全体，使我终于无可自解，无可自慰。往往没有穷究的勇气，就把它暂搁在一旁，得过且过地过几天再说。这想来也不是我一人的私见，讲出来一定有许多人表示同感吧！

因为这是众目昭彰的一件事：无穷大的宇宙间的七尺之躯，与无穷久的浩劫中的数十年，而能上穷星界的秘密，下探大地的宝藏，建设诗歌的美丽的国土，开拓哲学的神秘的境地。然而一到这脆弱的躯壳损坏而朽腐的时候，这伟大的心灵就一去无迹，永远没有这回事了。这个"我"的儿时的欢笑，青年的憧憬，中年的哀乐，名誉，财产，恋爱……在当时何等认真，何等郑重；然而到了那一天，全没有"我"的一回事了！哀哉，"人生如梦！"

然而回看人世，又觉得非常诧异：在我们以前，"人生"已被反复了数千万遍，都像昙花泡影地倏现倏灭。大家一面明明知道自己也是如此，一面却又置若不知，毫不怀疑地热心做人。——做官的热心办公，做兵的热心体操，做商的热心算盘，做教师的热心上课，做车夫的热心拉车，做厨房的热心烧饭……还有做学生的热心求知识，以预备做人，——这明明是自杀，慢性的自杀！

这便是为了人生的饱暖的愉快，恋爱的甘美，结婚的幸福，爵禄富厚的荣耀，把我们骗住，致使我们无暇回想，流连忘返，得过且过，提不起穷究人生的根本的勇气，糊涂到死。

"人生如梦！"不要把这句话当作文学上的装饰的丽句！这是当头的棒喝！古人所道破，我们所痛感而承认的。我们的人生的大梦，确是——同我的晨梦一样——在梦中晓得自己做梦的。我们一面在热心地做梦中的事，一面又知道这是虚幻的梦。我们有梦中的假我，又有本来的"真我"。我们毅然起身，披衣下床，真我的正念凝集于心头的时候，梦中的妄念立刻被置之一笑,谁还留恋或计较呢?

　　同梦的朋友们！我们都有"真我"的,不要忘记了这个"真我",而沉酣于虚幻的梦中！我们要在梦中晓得自己做梦,而常常找寻这个"真我"的所在。

〔1927年〕

(原载 1927 年 11 月 10 日《小说月报》第 18 卷第 11 号)

艺 术 三 昧

有一次我看到吴昌硕写的一方字。觉得单看各笔划,并不好。单看各个字,各行字,也并不好。然而看这方字的全体,就觉得有一种说不出的好处。单看时觉得不好的地方,全体看时都变好,非此反不美了。

原来艺术品的这幅字,不是笔笔,字字,行行的集合,而是一个融合不可分解的全体。各笔各字各行,对于全体都是有机的,即为全体的一员。字的或大或小,或偏或正,或肥或瘦,或浓或淡,或刚或柔,都是全体构成上的必要,决不是偶然的。即都是为全体而然,不是为个体自己而然的。于是我想象:假如有绝对完善的艺术品的字,必在任何一字或一笔里已经表出全体的倾向。如果把任何一字或一笔改变一个样子,全体也非统统改变不可;又如把任何一字或一笔除去,全体就不成立。换言之,在一笔中已经表出全体,在一笔中可以看出全体,而全体只是一个个体。

所以单看一笔一字或一行,自然不行。这是伟大的艺术的特点。在绘画也是如此。中国画论中所谓"气韵生动",就是这个意思。西洋印象画派的持论:"以前的西洋画都只是集许多幅小画而成一幅大画,毫无生气。艺术的绘画,非画面浑然融合不可。"在这点上想来,印象派的创生确是西洋绘画的进步。

这是一个不可思议的艺术的三昧境。在一点里可以窥见全体,而在全体中只见一个体。所谓"一有多种,二无两般。"(《碧岩录》）就是这个意思吧！这道理看似矛盾又玄妙，其实是艺术的一般的特色，美学上的所谓"多样的统一"，很可明了地解释其意义：譬如有三只苹果，水果摊上的人把它们规则地并列起来，就是"统一"。只有统一是板滞的，是死的。小孩子把它们触乱，东西滚开，就是"多样"。只有多样是散漫的，是乱的。最后来了一个画家，要写生它们，给它们安排成一个可以入画的美的位置，——两个靠拢在后方一边，余一个稍离开在前方，——望去恰好的时候，就是所谓"多样的统一"，是美的。要统一，又要多样；要规则，又要不规则；要不规则的规则，规则的不规则；要一中有多，多中有一。这是艺术的三昧境！

宇宙是一大艺术。人何以只知鉴赏书画的小艺术，而不知鉴赏宇宙的大艺术呢？人何以不拿看书画的眼来看宇宙呢？如果拿看书画的眼来看宇宙，必可发见更大的三昧境。宇宙是一个浑然融合的全体，万象都是这全体的多样而统一的诸相。在万象的一点中，必可窥见宇宙的全体；而森罗的万象，只是一个个体。勃雷克〔布莱克〕的"一粒沙里见世界"，孟子的"万物皆备于我"，就是当作一大艺术而看宇宙的吧！艺术的字画中，没有可以独立存在的一笔。即宇宙间没有可以独立存在的事物。倘不为全体，各个体尽是虚幻而无意义了。那末这个"我"怎样呢？自然不是独立存在的小我，应该融入于宇宙全体的大我中，以造成这一大艺术。

（原载1927年8月10日《小说月报》第18卷第8号）

缘

这是前年秋日的事：弘一法师云游经过上海，不知因了什么缘，他愿意到我的江湾的寓中来小住了。我在北火车站遇见他，从他手中接取了拐杖和扁担，陪他上车，来到江湾的缘缘堂，请他住在前楼，我自己和两个孩子住在楼下。

每天晚快天色将暮的时候我规定到楼上来同他谈话。他是过午不食的，我的夜饭吃得很迟。我们谈话的时间，正是别人的晚餐的时间。他晚上睡得很早，差不多同太阳的光一同睡着，一向不用电灯。所以我同他谈话，总在苍茫的暮色中。他坐在靠窗口的藤床上，我坐在里面椅子上，一直谈到窗外的灰色的天空衬出他的全黑的胸像的时候，我方才告辞，他也就歇息。这样的生活，继续了一个月。现在已变成丰富的回想的源泉了。

内中有一次，我上楼来见他的时候，看他脸上充满着欢喜之色，顺手向我的书架上抽一册书，指着书面上的字对我说道：

"谢颂羔居士。你认识他否？"

我一看他手中的书，是谢颂羔君所著的《理想中人》。这书他早已送我，我本来平放在书架的下层。我的小孩子欢喜火车游戏，前几天把这一堆平放的书拿出来，铺在床上，当作铁路。后来火车开毕了，我的大女儿来整理，把它们直放在书架的中层的外口，最容易拿着的地方。现在被弘一法师抽着了。我就回答他说：

"谢颂羔君是我的朋友，一位基督教徒……"

"他这书很好！很有益的书！这位谢居士住在上海吗？"

"他在北四川路底的广学会中当编辑。我是常常同他见面的。"

说起广学会，似乎又使他感到非常的好意。他告诉我，广学会创办很早，他幼时，住在上海的时候，广学会就已成立。又说其中有许多热心而真挚的宗教徒，有一个外国教士李提摩太曾经关心于佛法，翻译过《大乘起信论》。说话归根于对《理想中人》及其著者谢颂羔居士的赞美。他说这种书何等有益，这著者何等可敬。又说他一向不看我书架上的书，今天偶然在最近便的地方随手抽着了这一册。读了很感激，以为我的书架上大概富有这类的书。检点一下，岂知别的都是关于绘画，音乐的日本文的书籍。他郑重地对我说：

"这是很奇妙的'缘'！"

我想用人工来造成他们的相见的缘，就乘机说道：

"几时我邀谢君来这里谈谈，如何？"

他说，请他来很对人不起。但他脸上明明表示着很盼望的神色。

过了几天，他写了一张横额，"慈良清直"四字，卷好，放在书架上。我晚快上去同他谈话的时候，他就拿出来命我便中送给谢居士。

次日我就怀了这横额来到广学会，访问谢君，把这回事告诉他，又把这横额转送他。他听了，看了，也很感激，就对我说：

"下星期日我来访他。"

这一天，邻人陶载良君备了素斋，请弘一法师到他寓中午餐。谢君和我也被邀了去。我在席上看见一个虔敬的佛徒和一个虔敬的基督徒相对而坐着，谈笑着，我心中不暇听他们的谈话，只是对着了目前的光景而冥想世间的"缘"的奇妙：目前的良会的缘，是我所完成的。但倘使谢君不著这册《理想中人》，或著而不送我,又倘使弘一法师不来我的寓中,或来而不看我书架上的书,今天的良会我也无从完成。再进一步想,这书原来久已埋在书架的下层,倘使我的小孩子不拿出来铺铁路,或我的大女儿整理的时候不把它放在可使弘一法师随手抽着的地方,今天这良会也决不会在世间出现。仔细想来,无论何事都是大大小小,千千万万的"缘"所凑合而成,缺了一点就不行。世间的因缘何等奇妙不可思议!——这是前年秋日的事。

现在谢君的《理想中人》要再版了,嘱我作序。我听见《理想中人》这一个书名,不暇看它的内容,心中又忙着回想前年秋日的良会的奇缘。就把这回想记在这书的卷首。

一九二九年劳动节子恺记于江湾缘缘堂

(原载1929年6月10日《小说月报》第20卷第6号)

大 帐 簿

我幼年时,有一次坐了船到乡间去扫墓。正靠在船窗口出神观看船脚边层出不穷的波浪的时候,手中拿着的不倒翁失足翻落河中。我眼看它跃入波浪中,向船尾方面滚腾而去,一刹那间形影俱杳,全部交付与不可知的渺茫的世界了。我看看自己的空手,又看看窗下的层出不穷的波浪,不倒翁失足的伤心地,再向船后面的茫茫白水怅望了一会,心中黯然地起了疑惑与悲哀。我疑惑不倒翁此去的下落与结果究竟如何,又悲哀这永远不可知的命运。它也许随了波浪流去,搁住在岸滩上,落入于某村童的手中;也许被渔网打去,从此做了渔船上的不倒翁;又或永远沉沦在幽暗的河底,岁久化为泥土,世间从此不再见这个不倒翁。我晓得这不倒翁现在一定有个下落,将来也一定有个结果,然而谁能去调查呢?谁能知道这不可知的命运呢?这种疑惑与悲哀隐约地在我心头推移。终于我想:父亲或者知道这究竟,能解除我这种疑惑与悲哀。不然,将来我年纪长大起来,总有一天能知道这究竟,能解除这疑惑与悲哀。

后来我的年纪果然长大起来。然而这种疑惑与悲哀,非但依旧不能解除,反而随了年纪的长大而增多增深了。我借了小学校里的同学赴郊外散步,偶然折取一根树枝,当手杖用了一会,后来抛弃在田间的时候,总要对它回顾好几次,心中自问自答:"我不知几时得再见它?它此后的结果不知究竟如何?我永远不得再见它了!它的后事永远不可知了!"倘是独自散步,遇到这种事的时候我更要依依不舍地留连一会。有时已经走了几步,又回转身去,把所抛弃的东西重新拾起来,郑重地道个诀别,然后硬着头皮抛弃它,再向前走。过后我也曾自笑这痴态,而且明明晓得这些是人生中惜不胜惜的琐事;然而那种悲哀与疑惑确实地充塞在我的心头,使我不得不然!

在热闹的地方,忙碌的时候,我这种疑惑与悲哀也会被压抑在心的底层,而安然地支配取舍各种事物,不复作如前的痴态。间或在动作中偶然浮起一点疑惑与悲哀来;然而大众的感化与现实的压迫的力非常伟大,立刻把它压制下去,它只在我的心头一闪而已。一到静僻的地方,孤独的时候,最是夜间,它们又全部浮出在我的心头了。灯下,我推开算术演草簿,提起笔来在一张废纸上信手涂写日间所谙诵的诗句:"春蚕到死丝方尽,蜡炬成灰……"没有写完,就拿向灯火上,烧着了纸的一角。我眼见火势孜孜地蔓延过来,心中又忙着和个个字道别。完全变成了灰烬之后,我眼前忽然分明现出那张字纸的完全的原形;俯视地上的灰烬,又感到了暗淡的悲哀:假定现在我要再见一见一分钟以前分明存在的那张字纸,无论托绅董、县官、省长、大总统,仗世界一切皇帝的势力,或尧舜、孔子、苏格拉底、基督等一切古代圣哲复生,大家协力帮我设法,也是绝对不可能的事了!——但这种奢望我决计没有。我只是看看那堆灰烬,想在没有区别的微尘中认识各个字的死骸,找出哪一点是春字的灰,哪一点是蚕字的灰。……又想象它明天朝晨被此地的仆人扫除出去,不知结果如何:倘然散入风中,不知它将分飞何处?春字的灰飞入谁家,蚕字的灰飞入谁家?……倘然混入泥土中,不知它将滋养哪几株植物?……都是渺茫不可知的千古的大疑问了。

吃饭的时候,一颗饭粒从碗中翻落在我的衣襟上。我顾视这颗饭粒,不想则已,一想又惹起一大篇的疑惑与悲哀来:不知哪一天哪一个农夫在哪一处田里种下一批稻,就中有一株稻穗上结着煮成这颗饭粒的谷。这粒谷又不知经过了谁的刈、谁的磨、谁的舂、谁的粜,而到了我们的家里,现在煮成饭粒,而落在我的衣襟上。这种疑问都可以有确实的答案;然而除了这颗饭粒自己晓得以外,世间没有一个人能调查,回答。

　　袋里摸出来一把铜板,分明个个有复杂而悠长的历史。钞票与银洋经过人手,有时还被打一个印;但铜板的经历完全没有痕迹可寻。它们之中,有的曾为街头的乞丐的哀愿的目的物,有的曾为劳动者的血汗的代价,有的曾经换得一碗粥,救济一个饿夫的饥肠,有的曾经变成一粒糖,塞住一个小孩的啼哭,有的曾经参与在盗贼的赃物中,有的曾经安眠在富翁的大腹边,有的曾经安闲地隐居在毛厕的底里,有的曾经忙碌地兼备上述的一切的经历。且就中又有的恐怕不是初次到我的袋中,也未可知。这些铜板倘会说话,我一定要尊它们为上客,恭听它们历述其漫游的故事。倘然它们会纪录,一定每个铜板可著一册比《鲁滨逊飘流记》更奇离的奇书。但它们都像死也不肯招供的犯人,其心中分明秘藏着案件的是非曲直的实情,然而死也不肯泄漏它们的秘密。

　　现在我已行年三十,做了半世的人,那种疑惑与悲哀在我胸中,分量日渐增多;但刺激日渐淡薄,远不及少年时代以前的新鲜而浓烈了。这是我用功的结果。因为我参考大众的态度,看他们似乎全然不想起这类的事,饭吃在肚里,钱进入袋里,就天下太平,梦也不做一个。这在生活上的确大有实益,我就拼命以大众为师,学习他们的幸福。学到现在三十岁,还没有毕业。所学得的,只是那种疑惑与悲哀的刺激淡薄了一点,然其分量仍是跟了我的经历而日渐增多。我每逢辞去一个旅馆,无论其房间何等坏,臭虫何等多,临去的时候总要低徊一下子,想起"我有否再住这房间的一日?"又慨叹"这是永远的诀别了!"每逢下火车,无论这旅行何等劳苦,邻座的人何等可厌,临走的时候总要发生

丰子恺与梅兰芳、郎静山及记者陈警赜合影于上海梅寓（1947年）

丰子恺合家摄于上海（1957年）
（前排坐者，左起：妻徐力民，三姐丰满，丰子恺；后排站者，左起：次女丰林先，幼女丰一吟，幼子丰新枚，长子丰华瞻，次子丰元草，三女丰宁馨，长女丰陈宝）

一种特殊的感想:"我有否再和这人同座的一日?恐怕是对他永诀了!"但这等感想的出现非常短促而又模糊,像飞鸟的黑影在池上掠过一般,真不过数秒间在我心头一闪,过后就全无其事。我究竟已有了学习的功夫了。然而这也全靠在老师——大众——面前,方始可能。一旦不见了老师,而离群索居的时候,我的故态依然复萌。现在正是其时:春风从窗中送进一片白桃花的花瓣来,落在我的原稿纸上。这分明是从我家的院子里的白桃花树上吹下来的,然而有谁知道它本来生在哪一枝头的哪一朵花上呢?窗前地上白雪一般的无数的花瓣,分明各有其故枝与故萼,谁能一一调查其出处,使它们重归其故萼呢?疑惑与悲哀又来袭击我的心了。

总之,我从幼时直到现在,那种疑惑与悲哀不绝地袭击我的心,始终不能解除。我的年纪越大,知识越富,它的袭击的力也越大。大众的榜样的压迫越严,它的反动也越强。倘一一记述我三十年来所经验的此种疑惑与悲哀的事例,其卷帙一定可同《四库全书》、《大藏经》争多。然而也只限于我一个人在三十年的短时间中的经验;较之宇宙之大,世界之广,物类之繁,事变之多,我所经验的真不啻恒河中的一粒细沙。

我仿佛看见一册极大的大帐簿,簿中详细记载着宇宙间世界上一切物类事变的过去、现在、未来三世的因因果果。自原子之细以至天体之巨,自微生虫的行动以至混沌的大劫,无不详细记载其来由、经过与结果,没有万一的遗漏。于是我从来的疑惑与悲哀,都可解除了。不倒翁的下落,手杖的结果,灰烬的去处,一一都有记录;饭粒与铜板的来历,一一都可查究;旅馆与火车对我的因缘,早已注定在项下;片片白桃花瓣的故萼,都确凿可考。连我所屡次叹为永不可知的、院子里的沙堆的沙粒的数目,也确实地记载着,下面又注明哪几粒沙是我昨天曾经用手掬起来看过的。倘要从沙堆中选出我昨天曾经掬起来看过的沙,也不难按这帐簿而探索。——凡我在三十年中所见、所闻、所为的一切事物,都有极详细的记载与考证;其所占的地位只有书页的一角,全书的无穷大分之一。

我确信宇宙间一定有这册大帐簿。于是我的疑惑与悲哀全部解除了。

一九二九年清明过了写于石湾

(原载 1929 年 5 月 10 日《小说月报》第 20 卷第 5 号)

秋

我的年岁上冠用了"三十"二字,至今已两年了。不解达观的我,从这两个字上受到了不少的暗示与影响。虽然明明觉得自己的体格与精力比二十九岁时全然没有什么差异,但"三十"这一个观念笼在头上,犹之张了一顶阳伞,使我的全身蒙了一个暗淡色的阴影,又仿佛在日历上撕过了立秋的一页以后,虽然太阳的炎威依然没有减却,寒暑表上的热度依然没有降低,然而只当得余威与残暑,或霜降木落的先驱,大地的节候已从今移交于秋了。

实际,我两年来的心情与秋最容易调和而融合。这情形与从前不同。在往年,我只慕春天。我最欢喜杨柳与燕子。尤其欢喜初染鹅黄的嫩柳。我曾经名自己的寓居为"小杨柳屋",曾经画了许多杨柳燕子的画,又曾经摘取秀长的柳叶,在厚纸上裱成各种风调的眉,想象这等眉的所有者的颜貌,而在其下面添描出眼鼻与口。那时候我每逢早春时节,正月二月之交,看见杨柳枝的线条上挂了细珠,带了隐隐的青色而"遥看近却无"的时候,我心中便充满了一种狂喜,这狂喜又立刻变成焦虑,似乎常常在说:"春来了!不要放过!赶快设法招待它,享乐它,永远留住它。"我读了"良辰美景奈何天"等句,曾经真心地感动。以为古人都太息一春的虚度,前车可鉴!到我手里决不放它空过了。最是逢到了古人惋惜最深的寒食清明,我心中的焦灼便更甚。那一天我总想有一种足以充分酬偿这佳节的举行。我准拟作诗,作画,或痛饮,漫游。虽然大多不被实行;或实行而全无效果,反而中了酒,闹了事,换得了不快的回忆;但我总不灰心,总觉得春的可恋。我心中似乎只有知道春,别的三季在我都当作春的预备,或待春的休息时间,全然不曾注意到它们的存在与意义。而对于秋,尤无感觉:因为夏连续在春的后面,在我可当作春的过剩;冬先行在春的前面,在我可当作春的准备;独有与春全无关联的秋,在我心中一向没有它的位置。

自从我的年龄告了立秋以后,两年来的心境完全转了一个方向,也变成秋天了。然而情形与前不同:并不是在秋日感到像昔日的狂喜与焦灼。我只觉得一到秋天,自己的心境便十分调和。非但没有那种狂喜与焦灼,且常常被秋风秋雨秋色秋光所吸引而融化在秋中,暂时失却了自己的所在。而对于春,又并非像昔日对于秋的无感觉。我现在对于春非常厌恶。每当万象回春的时候,看到群花的斗艳,蜂蝶的扰攘,以及草木昆虫等到处争先恐后地滋生繁殖的状态,我觉得天地间的凡庸,贪婪,无耻,与愚痴,无过于此了!尤其是在青春的时候,看到柳条上挂了隐隐的绿珠,桃枝上着了点点的红斑,最使我觉得可笑又可怜。我想唤醒一个花蕊来对它说:"啊!你也来反复这老调了!我眼看见你的无数的祖先,个个同你一样地出世,个个努力发展,争荣竞秀;不久没有一个不憔悴而化泥尘。你何苦也来反复这老调呢?如今你已长了这孽根,将来看你弄娇弄艳,装笑装颦,招致了蹂躏,摧残,攀折之苦,而步你的祖先们的后尘!"

实际,迎送了三十几次的春来春去的人,对于花事早已看得厌倦,感觉已经麻木,热情已经冷却,决不会再像初见世面的青年少女地为花的幻姿所诱惑而赞之,叹之,怜之,惜之了。况且天地万物,没有一件逃得出荣枯,盛衰,生灭,有无之理。过去的历史昭然地证明着这一点,无须我们再说。古来无数的诗人千篇一律地为伤春惜花费词,这种效颦也觉得可厌。假如要我对于世间的生荣死灭费一点词,我觉得生荣不足道,而宁愿欢喜赞叹一切的死灭。对于前者的贪婪,愚昧,与怯弱,后者的态度何等谦逊,悟达,而伟大!我对于春与秋的舍取,也是为了这一点。

夏目漱石三十岁的时候,曾经这样说:"人生二十而知有生的利益;二十五而知有明之处必有暗;至于三十的今日,更知明多之处暗亦多,欢浓之时愁亦重。"我现在对于这话也深抱同感;有时又觉得三十的特征不止这一端,其更特殊的是对于死的体感。青年们恋爱不遂的时候惯说生生死死,然而这不过是知有"死"的一回事而已,不是体感。犹之在饮冰挥扇的夏日,不能体感到围炉拥衾的冬夜的滋味。就是我们阅历了三十几度寒暑的人,在前几天的炎阳之下也无论如何感不到浴日的滋味。围炉,拥衾,浴日等事,在夏天的人的心中只是一种空虚的知识,不过晓得将来须有这些事而已,但是不能体感它们的滋味。须得入了秋天,炎阳逞尽了威势而渐渐退却,汗水浸胖了的肌肤渐渐收缩,身穿单衣似乎要打寒噤,而手触法郎绒觉得快适的时候,于是围炉,拥衾,浴日等知识方能渐渐融入体验界中而化为体感。我的年龄告了立秋以后,心境中所起的最特殊的状态便是这对于"死"的体感。以前我的思虑真疏浅!以为春可以常在人间,人可以永在青年,竟完全没有想到死。又以为人生的意义只在于生,而我的一生最有意义,似乎我是不会死的。直到现在,仗了秋的慈光的鉴照,死的灵气钟育,才知道生的甘苦悲欢,是天地间反复过亿万次的老调,又何足珍惜?我但求此生的平安的度送与脱出而已。犹之罹了疯狂的人,病中的颠倒迷离何足计较?但求其去病而已。

我正要搁笔,忽然西窗外黑云弥漫,天际闪出一道电光,发出隐隐的雷声,骤然洒下一阵夹着冰雹的秋雨。啊!原来立秋过得不多天,秋心稚嫩而未曾老练,不免还有这种不调和的现象,可怕哉!

一九二九年秋日

(原载 1929 年 10 月 10 日《小说月报》第 20 卷第 10 号)

山水间的生活

我家迁住白马湖上后三天,我在火车中遇见一个朋友,对我这样说:"山水间虽然清静,但物质的需要不便之外,住家不免寂寞,办学校不免闭门造车,有利亦有弊。"我当时对于这话就起一种感想,后来忙中就忘却了。

现在春晖在山水间已生活了近一年了,我的家庭在山水间已生活了一月多了。我对于山水间的生活,觉得有意义,又想起了火车中的友人的话。写出我的几种感想在下面。

我曾经住过上海,觉得上海住家,邻人都是不相往来,而且敌视的。我也曾做过上海的学校教师,觉得上海的繁华和文明,能使聪明的明白人得到暗示和觉悟,而使悟力薄弱的人收到很恶的影响。我觉得上海虽热闹,实在寂寞,山中虽冷静,实在热闹,不觉得寂寞。就是上海是骚扰的寂寞,山中是清静的热闹。

在火车里的几小时,是在这社会里四五十年的人生的缩图。座位被占,提包被偷等恐慌,就是生活恐慌的缩形。倘嫌山水间的生活的寂寞,而慕都会的热闹,犹之在只乘四五个相熟的人的火车里嫌寂寞,要望别的拥挤着的车子里去。如果有这样的人,他定是要描写拥挤的车子而去观察的小说家,否则是想图利去的 pickpocket〔扒手〕。

我在教授图画唱歌的时候,觉得以前曾在别处学过图画唱歌的人最难教授,全然没有学过的人容易指导。同样,我觉得在社会里最感到困难的是"因袭的打破难"。许多学校风潮,许多家庭悲剧,许多恶劣的人类分子,都是"因袭的罪恶",何尝是人间本身的不良。因袭好比遗传,永不断绝。新文化一次输入因袭旧恶的社会里,仿佛注些花露水在粪里,气味更难当。再输入一次,仿佛在这花露水和粪里再注入些香油,又变一种臭气。我觉得无论什么改造,非先除去因袭的恶弊终归越弄越坏。在山水间的学校和家庭,不拘何等孤僻,何等少见闻,何等寂寥,"因袭的传的隔远"和"改造的容易入手"是实实在在的事实。

我从前往往听见人讲到子弟求学或职业等问题,都说:"总要出上海①!"听者带着一种对于将来生活的恐慌的自警的态度默应着。把这等话的心理解剖起来,里面含着这样的几个要素:(一)上海确是文明地,冠盖之区,要路津。(二)少年应当策高足,先据这要路津。(三)这就是吾人应走的前途。所谓闭门造车,也是具有这样的内容的话。怀着这样的思想的人,是因袭的奴隶,是因袭的维持者。

闭门造车,是指说不符合门外的轨道的大小,造了不能在门外的轨道上运行的车。行车一定要在已成的轨道上吗?这已成的轨道确是引导我们走正路的吗?有了车不能造轨道的吗?在这"闭门造车"一句话里,分明表示着人们的依赖、因袭,和创造力多么薄弱。

不造则已,如果要造车,一定非闭门造不可。如果依照已成的轨道而造,所造出的车子和以前已有的车子一样,就在已成的轨道上随波逐流地去了。即使已有的车子是好的,已成的轨道是正的,造车的效力也不过加多了车,不是造车的进步。何况已

---

① 出上海,指到上海去。

有的车子或者不好,已成的轨道或者不正呢。

"好久不到都会了,好久不看报了,退步了。"这样说的人也有。实在,进步是前进的意思,进步越快,离社会越远,离社会越远,进步越深(这是厨川白村说的)。子路说道:"吾过矣,吾离群而索居,亦已久矣。"这便是子路所以为子路。

"山水间生活,有利亦有弊",这大概是指清静、空气新鲜、生活程度低……等是利。需要不便、寂寞、闭门造车……等是弊。这是要计较两方的利弊长短而取舍的意思。这话的内容和"新思想并不恶、时势变更了不得已而然的。但从前的习惯一概不好,也不能说"的话同是乡愿的话。

这话的变形,就是"凡物都有明暗两方面的"。这话固然不错。但我觉得明暗是一体的。非但如此,明是因为有暗而益明的。仿佛绘画,明调子因暗调子而益美,暗调子因明调子而也美了。断不是明面好,暗面不好。如果取明而弃暗,就是 Ruskin〔罗斯金〕所谓:"自然像日光和阴影相交一般混合着优劣两种要素,使双方相互地供给效用和势力。所以除去阴影的画家,定要在他自己造出来的无荫的沙漠里烧死!"

爱一物,是兼爱它的阴暗两方面。否,没有暗的明是不明的,是不可爱的。我往往觉得山水间的生活,因为需要不便而菜根更香,豆腐更肥。因为寂寥而邻人更亲。

且勿论都会的生活与山水间的生活孰优孰劣,孰利孰弊。人生随处皆不满,欲图解脱,唯于艺术中求之。

一九二三,五,一四,在小杨柳屋

(原载1923年6月1日浙江上虞春晖中学校刊《春晖》第13期)

白　采

今年正月初六的上午,忽然白采君冒雨到我家来道别。说即晚要上船赴厦门集美学校,又讲了许多客气的话。我和白采君虽然在立达同事半年,因为我有无事不到别人房间里或家里的癖,他也沉默不大讲话,每天在教务室会见时只是点头一笑,或竟不打招呼,故我对他很生疏。这一天他突然冒雨来道别,使我发生异常的感觉:我懊恼从前不去望望他,同他谈谈,如今他要去了,我又感激他对我的厚意,惭愧我对他的冷淡。他穿着浑身装点小水晶球似的雨点的呢大衣,弯着背坐在藤椅上。我觉得在教务室中寻常见惯的白采君的姿态,今日忽然异常地可亲可爱了!我的热情涌了起来,立刻叫人去沽酒办肴,为他饯别。他起初不允,我留之再三,他才答允。他自己说不大会喝酒,但这一次总算尽量,喝了一满碗。我送他出门时,他用他的通红的老鹰式的大鼻头向我点了好几次而去。

暑假中的某日,我在从故乡到上海的火车中坐得气闷了,偶然买一份《申报》来翻。素不看报的我,无心去读专电或时评,只是看看本埠小新闻,就不要了。已把报纸丢在对座的椅子下面,偶然视线落在那报纸上的"白采家族戚友鉴"的几个大字上。重番拾起来看,才知是白采君死在从广东来的轮船上,立达学园为他料理后事,登报通知他的家族戚友。我不肯立刻相信这就是我所认识的白采!仔细再读,到无可疑议了的时候,我半晌如入梦中,感到了无限的惊讶与悲哀。我偶然认识白采君,偶然与他同事,偶然为他饯别,今又从偶然中得到他的最后的消息!

　　我回学园后,检阅他的遗稿,见油印的讲义上有一段日记:"元宵初六,醉别于丰子恺家,雨中登舰……"他记念着我家的饯别。我觉得回想中的白采比前日坐在藤椅上的愈加可亲爱了!我的热情又涌起来。就写了这篇短文,以代永远的饯别。

〔1926 年〕

（原载 1926 年 10 月《一般》杂志第 1 卷第 2 号）

邻　　人[①]

前年我曾画了这样的一幅画：两间相邻的都市式的住家楼屋，前楼外面是走廊和栏杆。栏杆交界处，装着一把很大的铁条制的扇骨，仿佛一个大车轮，半个埋在两屋交界的墙里，半个露出在檐下。两屋的栏杆内各有一个男子，隔着那铁扇骨一坐一立，各不相干。画题叫做"邻人"。

这是我从上海回江湾时，在天通庵附近所见的实景。这铁扇骨每根头上尖锐，好像一把枪。这是预防邻人的逾墙而设的。若在邻人面前，可说这是预防窃贼的蔓延而设的。譬如一个窃贼钻进了张家的楼上，界墙外有了这把尖头的铁扇骨，他就无法逾墙到隔壁的李家去行窃。但在五方杂处，良莠不齐的上海地方，它的作用一半原可说是防邻人的。住在上海的人有些儿太古风，"打牌猜拳之声相闻，至老死不相往来。"这样，邻人的身家性行全不知道，这铁扇骨的防备原是必要的了。

我经过天通庵的时候，觉得眼前一片形形色色的都市的光景中，这把铁扇骨最为触目惊心。这是人类社会的丑恶的最具体，最明显，最庞大的表象。人类社会的设备中，像法律，刑罚等，都是为了防范人的罪恶而设的；但那种都不显露形迹。从社会的表面上看，我们只见锦绣河山，衣冠文物之邦，一时不会想

[①] 本篇在1933年1月《良友》图书月刊第73期发表时，题名为《羞耻的象征》，后收入《随笔二十篇》时有些改动。

到其间包藏着人类的种种丑恶。又如城、郭、门、墙,也是为防盗贼而设的。这虽然是具体而又庞大的东西,但形状还文雅,暗藏。我们看了似觉这是与山岭、树木等同类的东西,不会明显地想见人类中的盗贼。更进一步,例如锁,具体而又明显地表示着人类互相防备的用意,可说是人类的丑恶的证据,羞耻的象征了。但它的形象太小,不容易使人注意;用处太多,混迹在箱笼门窗的装饰纹样中,看惯了一时还不容易使人明显地联想到偷窃。只有那把铁扇骨,又具体,又明显,又庞大地表示着它的用意,赤裸裸地宣示着人类的丑恶与羞耻。所以我每次经过天通庵,这件东西总是强力地牵惹我的注意,使我发生种种的感想。造物主赋人类以最高的智慧,使他们做了万物之灵,而建设这庄严灿烂的世界。在自称文明进步的今日,假如造物主降临世间,——地检点人类的建设,看到锁和那把铁扇骨而查问它们的用途与来历时,人类的回答将何以为颜?对称的形状,均齐的角度,秀美的曲线,是人类文化最上乘的艺术的样式。把这等样式应用在建筑上,家具上,汽车上,飞机上,原足以夸耀现代人生活的进步;但应用在锁和这铁扇骨上,真有些儿可惜。上海的五金店里,陈列着各式各样的"四不灵"① 锁。有德国制的,有美国制的;有几块钱一把的,有几十块钱一把的;有方的,有圆的,有作各种玲珑的形状的。工料都很精,形式都很美,好像一种徽章。这确是一种徽章,这是人类的丑恶与羞耻的徽章!人类似嫌这种徽章太小,所以又在屋上装起很大的铁扇骨来,以表扬其羞耻。使人一见就可想起世间有着须用这大铁扇骨来防御的人,以及这种人的产生的原因。

  我在画上题了"邻人"两字,联想起了"肯与邻翁相对饮,隔篱呼取尽余杯"的诗句。虽然自己不喝酒,但想象诗句所咏的那种生活,悠然神往,几乎把画中的铁扇骨误认为篱了。

二十一〔1932〕年十二月十四日

(原载 1933 年 1 月《良友》图书月刊第 73 期)

---

① "四不灵",英文 spring(弹簧)的音译,指弹簧锁。

胡桃云片

凭窗闲眺，想觅一个随感的题目。

说出来真觉得有些惭愧：今天我对于展开在窗际的"一二八"战争的炮火的痕迹，不能兴起"抗日救国"的愤慨，而独仰望天际散布的秋云，甜蜜地联想到松江的胡桃云片。也想把胡桃云片隐藏在心里，而在嘴上说抗日救国。但虚伪还不如惭愧些吧。

三四年前在松江任课的时候，每星期课毕返上海，黄包车经过望江楼隔壁的茶食店，必然停一停车，买一尺胡桃云片带回去吃。这种茶食是否松江的名物，我没有调查过。我是有一回同一个朋友在望江楼喝茶，想买些点心吃吃，偶然在隔壁的茶食店里发见的。发见以后，我每次携了藤篋坐黄包车出城的时候必定要买。后来成为定规，那店员看见我的车子将停下来，就先向橱窗里拿一尺糕来称分量。我走到柜上，不必说话，只须摸出一块钱来等他找我。他找我的有时两角小洋，有时只几个铜板，视糕的分量轻重而异。每月的糕钱约占了我的薪水的十二分之一。我为什么肯拿薪水的十二分之一来按星期致送这糕店呢？因为这种糕实有使我欢喜之处，且听我说：

云片糕，这个名词高雅得很。云片二字是糕的色彩形状的印象的描写。其白如云，其薄如片，名之曰云片，真是高雅而又适当。假如有一片糕向空中不翼而飞，我们大可用古人"白云一片去悠悠"之句来题赞这景象。但我还以为这名词过于象征了些。因为糕的厚薄固然宜于称片,但就糕的轮廓的形状上看,对于上面的云字似觉不切。这糕的四边是直线,四根直线围成一个长方形。用直线围成的长方形来比拟天际缭绕不定的云,似乎过于象征而有些牵强了。若把云片二字专用于胡桃云片上,那么我就另有一种更有趣味的看法。

胡桃云片,本是加有胡桃的云片糕的意思。想象它的制法,大约是把一块一块的胡桃肉装入米粉里,做成一段长方柱形,然后用刀切成薄薄的片。这样一来,每一片糕上都有胡桃肉的各种各样的切断面的形状。胡桃肉的形体本是非常复杂,现在装入糕中而切成片子,就因了它的位置、方向,及各部形体的不同,而在糕片上显出变化多样的形象来。试切下几片糕来,不要立刻塞进口里,先来当作小小的画片观赏一下。有许多极自然的曲线,描出变化多样的形象,疏疏密密地排列在这些小小的画片上。倘就各个形象看:有的像果物,有的像人形,有的像鸟兽,还有许多像台湾。就全体看:有时像蠹鱼钻过的古书,有时像别的世界的地图,有时像古代的象形文字,然而大都疏密无定,颇像现在窗外的散布着秋云的天空。古人诗云:"人似秋云散处多。"秋天的云,大都是一朵一朵地分散而疏密无定的。这颇像胡桃云片上的模样。故我每吃胡桃云片便想起秋天,每逢秋天便想吃胡桃云片。根据了这看法而称这种糕曰"胡桃云片",岂不更为雅致适切而更有趣味吗?

松江人似乎曾在胡桃云片上发见了这种画意的。他们所制的糕,不像别处的产物似地仅在云片中嵌入胡桃肉,他们在糕的四周用红色的线条作一黄金律的缘,而把胡桃的断面装点在这缘线内。这宛如在一幅中国画上加了装裱,或是在一幅西洋画上加了镜框,画的意趣更加焕发了。这些胡桃肉受了缘的隔离,已与实际的世间绝缘,不复是可食的胡桃肉,而成为独立的美的形体了。

丰子恺与马一浮在杭州蒋庄（1962年）

丰子恺在上海日月楼（1963年）

因这缘故，松江的胡桃云片使我特别欢喜。辞了松江的教职以后，我不能常得这种胡桃糕，但时时要想念它——例如今天凭窗闲眺而望天际散布的秋云的时候。读者也许要笑："你在想吃松江胡桃糕，何必絮絮叨叨地说出这一大篇！"不，不，我要吃糕很容易：到江湾街上去买两百文胡桃肉，七个铜板云片糕，拿回家来用糕包裹胡桃肉，闭了眼睛塞进嘴里，嚼起来味道和松江胡桃云片完全一样。我的想念松江胡桃云片，是为了想看。至少，半是为了想看，半是为了想吃。若要说吃，我吃这种糕是并用了眼睛和嘴巴而吃的。

我们中国的市上，仅用嘴巴吃的东西太多了。因此使我拿薪水的十二分之一来按星期致送松江的糕店，又使我在江湾的窗际遥遥地想念松江的胡桃云片。我希望我国到处的市上，并用眼睛和嘴巴来吃的东西渐渐多起来。不但嘴吃的东西，身体各部所用的东西，也都要教眼睛参加进去才好。我又希望我国到处的市上，并用眼睛和身体来用的东西也渐渐多起来。

民国二十一〔1932〕年十一月一日

（原载1933年1月16日《东方杂志》第30卷第2号）

陋　巷

杭州的小街道都称为巷。这名称是我们故乡所没有的。我幼时初到杭州,对于这巷字颇注意。我以前在书上读到颜子"居陋巷,一箪食,一瓢饮"的时候,常疑所谓"陋巷",不知是甚样的去处。想来大约是一条坍圮、龌龊而狭小的弄,为灵气所钟而居了颜子的。我们故乡尽不乏坍圮、龌龊、狭小的弄,但都不能使我想象做陋巷。及到了杭州,看见了巷的名称,才在想象中确定颜子所居的地方,大约是这种巷里。每逢走过这种巷,我常怀疑那颓垣破壁的里面,也许隐居着今世的颜子。就中有一条巷,是我所认为陋巷的代表的。只要说起陋巷两字,我脑中会立刻浮出这巷的光景来。其实我只到过这陋巷里三次,不过这三次的印象都很清楚,现在都写得出来。

第一次我到这陋巷里,是将近二十年前的事。那时我只十七八岁,正在杭州的师范学校里读书。我的艺术科教师L先生①似乎嫌艺术的力道薄弱,过不来他的精神生活的瘾,把图画音乐的书籍用具送给我们,自己到山里去断了十七天食,回来又研究佛法,预备出家了。在出家前的某日,他带了我到这陋巷里去访问M先生②。我跟着L先生走进这陋巷中的一间老屋,就看见一位身材矮胖而满面须髯的中年男子从里面走出

---

① L先生,指李叔同先生。
② M先生,指马一浮先生。

来应接我们。我被介绍,向这位先生一鞠躬,就坐在一只椅子上听他们的谈话。我其实全然听不懂他们的话,只是断片地听到什么"楞严"、"圆觉"等名词,又有一个英语"philosophy〔哲学〕"出现在他们的谈话中。这英语是我当时新近记诵的,听到时怪有兴味。可是话的全体的意义我都不解。这一半是因为L先生打着天津白,M先生则叫工人倒茶的时候说纯粹的绍兴土白,面对我们谈话时也作北腔的方言,在我都不能完全通用。当时我想,你若肯把我当作倒茶的工人,我也许还能听得懂些。但这话不好对他说,我只得假装静听的样子坐着,其实我在那里偷看这位初见的M先生的状貌。他的头圆而大,脑部特别丰隆,假如身体不是这样矮胖,一定负载不起。他的眼不像L先生的眼地纤细,圆大而炯炯发光,上眼帘弯成一条坚致有力的弧线,切着下面的深黑的瞳子。他的须髯从左耳根缘着脸孔一直挂到右耳根,颜色与眼瞳一样深黑。我当时正热中于木炭画,我觉得他的肖像宜用木炭描写,但那坚致有力的眼线,是我的木炭所描不出的。我正在这样观察的时候,他的谈话中突然发出哈哈的笑声。我惊奇他的笑声响亮而愉快,同他的话声全然不接,好像是两个人的声音。他一面笑,一面用炯炯发光的眼黑顾视到我。我正在对他作绘画的及音乐的观察,全然没有知道可笑的理由,但因假装着静听的样子,不能漠然不动;又不好意思问他"你有什么好笑"而请他重说一遍,只得再假装领会的样子,强颜作笑。他们当然不会考问我领会到如何程度,但我自己问心,很是惭愧。我惭愧我的装腔作笑,又痛恨自己何以听不懂他们的话。他们的话愈谈愈长,M先生的笑声愈多愈响,同时我的愧恨也愈积愈深。从进来到辞去,一向做个怀着愧恨的傀儡,冤枉地被带到这陋巷中的老屋里来摆了几个钟头。

第二次我到这陋巷,在于前年,是做傀儡之后十六年的事了。这十六七年之间,我东奔西走地糊口于四方,多了妻室和一群子女,少了一个母亲;M先生则十余年如一日,长是孑然一身地隐居在这陋巷的老屋里。我第二次见他,是前年的清明日,我是代L先生送两块印石而去的。我看见陋巷照旧是我所想象的颜子的居处,那老屋也照旧古色苍然。M先生的音容和十余年前一样,坚致有力的眼帘,炯炯发光的黑瞳,和响亮而愉快的谈笑声。但是听这谈笑声的我,与前大异了。我对于他的话,方言不成问题,意思也完全懂得了。像上次做傀儡的苦痛,这回已经没有,可是另感到一种更深的苦痛:我那时初失母亲——从我孩提时兼了父职抚育我到成人,而我未曾有涓埃的报答的母亲。痛恨之极,心中充满了对于无常的悲愤和疑惑。自己没有解除这悲和疑的能力,便堕入了颓唐的状态。我只想跟着孩子们到山巅水滨去picnic〔郊游〕,以暂时忘却我的苦痛,而独怕听接触人生根本问题的话。我是明知故犯地堕落了。但我的堕落在我所处的社会环境中颇能隐藏。因为我每天还为了糊口而读几页书,写几小时的稿,长年除荤戒酒,不看戏,又不赌博,所有的嗜好只是每天吸半听美丽牌香烟,吃些糖果,买些玩具同孩子们弄弄。在我所处的社会环境中的人看来,这样的人非但不堕落,着实是有淘剩①的。但M先生的严肃的人生,显明地衬出了我的堕落。他和我谈起我所作而他所序的《护生画集》,勉励我;知道我抱着风木之悲,又为我解说无常,劝慰我。其实我不须听他的话,只要望见他的颜色,已觉羞愧得无地自容了。我心中似有一团"剪不断,理还乱"的丝,因为解不清楚,用纸包好了藏着。M先生的态度和说话,着力地在那里发开我这纸包来。我在他面前渐感局促不安,坐了约一小时就告辞。当他送我出门的时候,我感到与十余年前在这

---

① 淘剩,作者家乡话,意即出息。

里做了几小时傀儡而解放出来时同样愉快的心情。我走出那陋巷,看见街角上停着一辆黄包车,便不问价钱,跨了上去。仰看天色晴明,决定先到采芝斋买些糖果,带了到六和塔去度送这清明日。但当我晚上拖了疲倦的肢体而回到旅馆的时候,想起上午所访问的主人,热烈地感到畏敬的亲爱。我准拟明天再去访他,把心中的纸包打开来给他看。但到了明朝,我的心又全被西湖的春色所占据了。

第三次我到这陋巷,是最近一星期前的事。这回是我自动去访问的。M先生照旧孑然一身地隐居在那陋巷的老屋里,两眼照旧描着坚致有力的线而炯炯发光,谈笑声照旧愉快。只是使我惊奇的,他的深黑的须髯已变成银灰色,渐近白色了。我心中浮出"白发不能容宰相,也同闲客满头生"之句,同时又悔不早些常来亲近他,而自恨三年来的生活的堕落。现在我的母亲已死了三年多了,我的心似已屈服于"无常",不复如前之悲愤,同时我的生活也就从颓唐中爬起来,想对"无常"作长期的抵抗了。我在古人诗词中读到"笙歌归院落,灯火下楼台","六朝旧时明月,清夜满秦淮","白头宫女在,闲坐说玄宗"等咏叹无常的文句,不肯放过,给它们翻译为画。以前曾寄两幅给M先生,近来想多集些文句来描画,预备作一册《无常画集》。我就把这点意思告诉他,并请他指教。他欣然地指示我许多可找这种题材的佛经和诗文集,又背诵了许多佳句给我听。最后他翻然地说道:"无常就是常。无常容易画,常不容易画。"我好久没有听见这样的话了,怪不得生活异常苦闷。他这话把我从无常的火宅中救出,使我感到无限的清凉。当时我想,我画了《无常画集》之后,要再画一册《常画集》。《常画集》不须请他作序,因为自始至终每页都是空白的。这一天我走出那陋巷,已是傍晚时候。岁暮的景象和雨雪充塞了道路。我独自在路上彷徨,回想前年不问价钱跨上黄包车那一回,又回想二十年前作了几小时傀儡而解放出来那一会,似觉身在梦中。

一九三三年一月十五日于石门湾

(原载 1933 年 4 月 16 日《东方杂志》第 30 卷第 8 号)

标 题 音 乐

"雨是哪里落下来的?"

窗外一个孩子的话声牵惹了我的注意。我放下手中的书,侧着耳朵,静听下文。

"雨?雨是天上菩萨① 落下来的呀!"

李家大妈用竹丝扫帚"沙沙"地扫着天井里的梅雨的积水,有口无心地回答四岁的一宁② 的质问。一宁把"天上菩萨"这个名词反复说了三遍,似乎对它颇感兴味的。但继续又是疑问:

"天上菩萨面盆里倒出来的吗,天上菩萨?"

她大约是要练习这刚才学来的新名词"天上菩萨",所以尽量地应用,开头用一个,末脚再用一个。

"嗳!勿错!天上菩萨!乖官官③,真聪明!"

李家大妈把说话合上了"沙沙"的拍子,有口无心地,断断续续地回答。

我听了发生兴味,抛弃手中的书,立起身来,准备开门去参加他们的说话。但又立刻缩回开门的手,仍旧坐下来,侧着耳朵静听。因为我忽然悟到,我似乎没有参与她们那种说话的资格。

"面盆呢?面盆在哪里?"

---

① 在作者家乡一带,称老天爷为"天上菩萨"。
② 一宁,作者之幼女,后改名一吟。
③ 官官,作者家乡一带对小主人的称呼。

这回一宁的话声比前响亮得多。我想见她正在仰起头向空中找寻面盆,朝天喊着。但李家大妈只管拼命地"沙沙",置之不答,恐怕是没有听见她的话的。她接连问了几遍,带着哭声了。李家大妈这才停止了"沙沙",而专任对付她:

"什么了,什么了?"

"面盆呢!你为啥勿响?"

"面盆?"李家大妈惊奇地反问,"要面盆做什么?面盆水弄勿得,弄湿了衣裳姆妈要骂。"

"勿是!"一宁顿着脚,恨恨地喊,"喏:落雨呀,面盆呢?面盆在哪里?"

"落雨世界①,面盆水弄勿得,弄湿了衣裳姆妈要骂。"李家大妈说过,便开始"沙沙"地扫到大门口去了。

一宁在阶沿上顿着足,连叫"勿是!勿是!勿是!"但李家大妈愈扫愈远,渐渐扫到门外去了。一宁便开始盛气地号哭。

我隔着窗子静听,明知道她是被误解而受冤屈了。那老太婆真是糊涂透顶!我恨不得把自己的灵魂钻进一宁的身体中,帮她表白,但立刻知道无须。因为我静听她的哭声,觉得其抑扬顿挫的音节中已雄辩地详尽地发泄着她心中的愤懑了。现在我试把这片洋洋的哭声翻译为言语:

"你这老太婆该死!我刚才问你'雨是否天上菩萨从面盆里倒出来的',你不是说过'勿错',又赞我'聪明'吗?既然我的话是'勿错'的,现在我就请你把天上菩萨的面盆指出来给我看!怎么你又诬我想弄面盆水呢?既然你称赞我'聪明',我这质问正是'聪明'的进步,怎么你反拿'姆妈要骂'这等话来坍我的台呢?你所答非所问,你无端污人清白!你这老太婆该死!"

我因此联想到近代的"标题音乐"(program music)——用音

---

① 石门湾方言,称天气为世界。

描写事象或心情的音乐,换言之,含有文学的内容的音乐。裴德芬〔贝多芬〕(Beethoven)以来世间所盛行的标题音乐,就是从我家的一宁的哭声进步而成的。

一九三三年六月二十日

(原载 1933 年 8 月 1 日《文学》月刊第 1 卷第 2 号)

忆　弟

突然外面走进一个人来,立停在我面前咫尺之地,向我深深地作揖。我连忙拔出口中的卷烟而答礼,烟灰正擦在他的手背上,卷烟熄灭了,连我也觉得颇有些烫痛。

等他仰起头来,我看见一个衰老憔悴的面孔,下面穿一身褴褛的衣裤,伛偻地站着。我的回想在脑中曲曲折折地转了好几个弯,才寻出这人的来历。起先认识他是太,后来记得他姓朱,我便说道:

"啊!你是朱家大伯!长久不见了。近来……"

他不等我说完就装出笑脸接上去说:

"少爷,长久不见了,我现在住在土地庵里,全靠化点香钱过活。少爷现在上海发财?几位官官了?真是前世修的好福气!"

我没有逐一答复他在不在上海,发不发财,和生了几个儿子;只是唯唯否否。他也不要求一一答复,接连地说过便坐下在旁边的凳子上。

我摸出烟包,抽出一支烟来请他吸,同时忙碌地回想过去。

二十余年之前,我十三四岁的时候,和满姐、慧弟① 跟着母亲住在染坊店里面的老屋里。同住的是我们的族叔一家。这位朱家大伯便是叔母的娘家的亲戚而寄居在叔母家的。他年纪与叔母仿佛。也许比叔母小,但叔母叫他"外公",叔母的儿子叫他

---

① 满姐,即作者的三姐丰满(梦忍)。慧弟,即作者的大弟丰浚(慧珠)。

"外公太太"（注：石门湾方言。称曾祖为太）。论理我们也该叫他"外公太太"；但我们不论。一则因为他不是叔母的嫡亲外公，听说是她娘家同村人的外公；且这叔母也不是我们的嫡亲叔母，而是远房的。我们倘对他攀亲，正如我乡俗语所说："攀了三日三夜，光绪皇帝是我表兄"了。二则因为他虽然识字，但是挑水果担的，而且年纪并不大，叫他"太太"有些可笑。所以我们都跟染坊店里的人叫他朱家大伯。而在背后谈他的笑话时，简称他为"太"。这是尊称的反用法。

　　太的笑话很多，发见他的笑话的是慧弟。理解而赏识这些笑话的只有我和满姐。譬如吃夜饭的时候，慧忽然用饭碗接住了他的尖而长的下巴，独自吃吃地笑个不住。我们便知道他是想起了今天所发见的太的笑话了，就用"太今天怎么样？"一句话来催他讲。他笑完了便讲：

　　"太今天躺在店里的榻上看《康熙字典》。竺官① 坐在他旁边，也拿起一册来翻。翻了好久，把书一掷叫道：'竺字在哪里？你这部字典翻不出的！'太一面看字典，一面随口回答：'蛮好翻的！'竺官另取一册来翻了好久，又把书一掷叫道：'翻不出的！你这部字典很难翻！'他又随口回答'蛮好翻的！再要好翻没有了！'"

　　讲到这里，我们三人都笑不可抑了。母亲催我们吃饭。我们吃了几口饭又笑了起来。母亲说出两句陈语来："食不言，寝不语。你们父亲前头……"但下文大都被我们的笑声淹没了。从此以后，我们要说事体的容易做，便套用太的语法，说"再要好做没有了"。后来更进一步，便说"同太的字典一样"了。现在慧弟的墓木早已拱了，我同满姐二人有时也还在谈话中应用这句古话以取笑乐。——虽然我们的笑声枯燥冷淡，远不及二十

---

① 竺官，即店里的伙计。

余年前夜饭桌上的热烈了。

有时他用手按住了嘴巴从店里笑进来,又是发现了太的笑话了。"太今天怎么样?"一问,他便又讲出一个来。

"竺官问太香瓜几钱一个,太说三钱一个,竺官说:'一钱三个?'太说:'勿要假来假去!'竺官向他担子里捧了三个香瓜就走,一面说着:'一个铜元欠一欠,大年夜里有月亮,还你。'太追上去夺回香瓜。一个一个地还到担子里去,口里唱一般地说:'别的事情可假来假去,做生意勿可假来假去!'"

讲到"别的事情都可假来假去"一句,我们又都笑不可抑了。

慧弟所发见的趣话,大都是这一类的。现在回想起来,他真是一个很别致的人。他能在寻常的谈话中随处发见笑的资料。例如嫌冷的人叫一声"天为什么这样冷!"装穷的人说了一声"我哪里有钱!"表明不赌的人说了一声"我几时弄牌!"又如怪人多事的人说了一句"谁要你讨好!"虽然他明知道这是借疑问词来加强语气的,并不真个要求对手的解答,但他故意捉住了话中的"为什么","哪里","几时","谁"等疑问词而作可笑的解答。倘有人说"我马上去",他便捉住他问"你的马在哪里?"倘有人说"轮船马上开",他就笑得满座皆笑了。母亲常说他"吃了笑药",但我们这孤儿寡妇的家庭幸有这吃笑药的人,天天不缺乏和乐而温暖的空气。我和满姐虽然不能自动发见笑的资料,但颇能欣赏他的发见,尤其是关于太的笑话,在我们脑中留下不朽的印象。所以我和他虽已阔别二十余年,今天一见立刻认识,而且立刻想起他那部"再要好翻没有了"的字典。

但他今天不讲字典,只说要买一只甏缸,向我化一点钱。他说:

"我今年七十五岁了,近来一年不如一年。今年三月里在桑树根上绊一绊跌了一交,险险乎病死。靠菩萨,还能走出来。但是还有几时活在世上呢?庵里毫无出息。化化香钱呢,大字号店家也只给一两个小钱,初一月半两次,每次最多得到三角钱,连一口白饭也吃不饱。店里先生还嫌我来得太勤。饿死了也干净,只怕这几根骨头没有人收拾,所以想买一只缸。缸价要七八块钱,汪恒泰里已答应我出两块钱,请少爷也做个好事。钱呢,买好了缸来领。"

我和满姐立刻答应他每人出一块钱。又请他喝一杯茶,留他再坐。我们想从他那里找寻自己童年的心情,但终于找不出,即使找出了也笑不出。因为主要的赏识者已不在人世,而被赏识的人已在预备买缸收拾自己的骨头,残生的我们也没有心思再作这种闲情的游戏了。我默默地吸卷烟,直到他的辞去。

一九三三年六月二十四日在石门湾

(原载1933年8月《文学》杂志第1卷第2号)

取 名

孩子们的名字,叫惯了似乎是各人出世时就写好在额骨上的,其实都是他们的外公所取定。且据我回想,外公的取名都有深长的用心。想起之后不免记录一些。

阿大是半夜里出世的,很肥胖,哭声甚大,但是女。她的外婆和娘舅都预先来我家等他出世,虽然只等着一个外甥女,但头生,不论男女总是大家欢喜的。次日娘舅回城,我就托他代请外公给阿大取一个名字。过几天收到外公的回信,信内附一张红纸,红纸上面横写着"长命富贵"四个小字,下面直写着"丰陈宝"三个大字。信内说,知道她是夜里出世的,哭声甚大,故引用古典,给她取名"陈宝"。

我不知道古典,检查《辞源》,果然找到了"陈宝"一项,下面写着:"神名,秦文公获若石于陈仓北阪城。祠之。其神来。常于夜。……其声殷殷。以一牢祠之名曰陈宝。见《史记》。"

我一向不懂取名的方法,《康熙字典》里有数万个字,无头无脑,教从何处取起?我叹佩外公的博闻,这真可谓巧立名目。可惜我们的陈宝现在虽已十四岁而在小学毕业了,但只是一个寻常的少女,并不像神,将来不致变为神女。这也可谓名不副实了。

阿二出世时我在东京,没有看她堕地。家人写信告诉我说,这回又是女,她的祖母和外婆略微有些失望。外公已给她取名叫做"麟先"。这回不必翻《辞源》,我也知道外公的用心了:"麟之趾,振振公子,"麟是男儿,先是先行,麟先就是男儿的先行。外公的意思,这女儿是将来的男儿的先锋。换言之,我们的阿二非为自己做人而投生,只是为男的阿三报信而来的。总言之,将来的阿三定要他是男。

但麟先也是名不副实的,他不能尽先锋之职,终于引出了一个女的阿三来。这会失望的不但祖母和外婆,外公一定更甚。但祖母用心尤深:阿三临盆的一天,她袋里预先藏着一只洋钉和两粒黄豆。听见阿三的呱呱声之后,没有稳婆的"恭喜"声,便把洋钉和两粒黄豆投在胞瓶里,这叫做"演样"。这样一来,将来的阿四身上一定带了一只洋钉和两粒黄豆的东西而出世。故失望之余,大家还是放心。不过对于这滥竽的阿三大家很冷淡,没有人提出给她取名字的话。外公也不寄红纸来。起初大家叫她"小毛头"或阿三,后来乳母在眠歌里偶然唱了一声"三宝宝",从此大家就自然地叫她三宝。三是她的排行,宝是女孩子的通称(嘉兴人称女儿为宝宝),这名字确是很自然的。但没有外公写在红纸上,终非名正言顺。这无名的三宝终在四岁上辞职而去。不称职的麟先似乎怕被革职,她入学之后自己把名字改写为"林仙"了。

阿四出世在我所旅食的他乡,祖母投在胞瓶里的一只洋钉和两粒黄豆,果然移在他身上了。祖母在故乡得信后,连忙做寿桃分送诸亲百眷。外公信里附一张红纸来,红纸上头横写着"长命富贵",下面直写着"丰华赡"。并在信里说:"赡是丰足的意思。"外公的深长用心真使我感动。那时我从东京回来,负了一身债,家累义日重一日,生活窘迫得很。故外公的意思,明白地说,是"有了儿子以后,还要有钱"。我家虽然此后增出了一个乳母的开销,但有儿子名"赡",似乎也就胆大了。

阿五又是男,块头大得很,外公给他取名奇伟。但他负了这大名,到五岁上就死去。阿六又是男的,外公给他取名元草。这里的用意我可不知,也没有问外公。将来我到地下,倘遇见我的岳父一定要补问。生到阿六,我家子女稍稍嫌多了,但钱却还是不多。这恐怕是阿四的"赡"字常常被人误写为"瞻"字的缘故。不然,阿四也是名不副实的。

  最后的阿七在肚里的时候就被惹厌,问起的人都说"又要生了?"生的时候也没有人盼望他是男,她就做了女。外公给她取名一宁。又在信上告诉我们说,一宁是"得一以宁"之意。明白地说,就是"生了这一个不可再生,免得烦恼"。一宁总算听外公的话的,今年五岁了,没有弟妹。

一九三三年六月二十五日于石门湾

(原载 1933 年 8 月 16 日《东方杂志》第 30 卷第 16 号)

丰子恺在扬州（1963年）

丰子恺与广洽法师在上海日月楼（1965年）

作 父 亲

楼窗下的弄里远地传来一片声音:"咿哟,咿哟……"渐近渐响起来。

一个孩子从算草簿中抬起头来,张大眼睛倾听一会,"小鸡!小鸡!"叫了起来。四个孩子同时放弃手中的笔,飞奔下楼,好像路上的一群麻雀听见了行人的脚步声而飞去一般。

我刚才扶起他们所带倒的凳子,拾起桌子上滚下去的铅笔,听见大门口一片呐喊:"买小鸡!买小鸡!"其中又混着哭声。连忙下楼一看,原来元草因为落伍而狂奔,在庭中跌了一交,跌痛了膝盖骨不能再跑,恐怕小鸡被哥哥、姐姐们买完了轮不着他,所以激烈地哭着。我扶了他走出大门口,看见一群孩子正向一个挑着一担"咿哟,咿哟"的人招呼,欢迎他走近来。元草立刻离开我,上前去加入团体,且跳且喊:"买小鸡!买小鸡!"泪珠跟了他的一跳一跳而从脸上滴到地上。

孩子们见我出来,大家回转身来包围了我。"买小鸡!买小鸡!"的喊声由命令的语气变成了请愿的语气,喊得比前更响了。他们仿佛想把这些音蓄入我的身体中,希望它们由我的口上开出来。独有元草直接拉住了担子的绳而狂喊。

我全无养小鸡的兴趣;而且想起了以后的种种麻烦,觉得可怕。但乡居寂寥,绝对屏除外来的诱惑而强迫一群孩子在看惯的几间屋子里隐居这一个星期日,似也有些残忍。且让这个"咿哟、咿哟"来打破门庭的岑寂,当作长闲的春昼的一种点缀吧。我就招呼挑担的,叫他把小鸡给我们看看。

他停下担子,揭开前面的一笼。"咿哟,咿哟"的声音忽然放大。但见一个细网的下面,蠕动着无数可爱的小鸡,好像许多活的雪球。五六个孩子蹲集在笼子的四周,一齐倾情地叫着"好来!好来!"一瞬间我的心也屏绝了思虑而没入在这些小动物的姿态的美中,体会了孩子们对于小鸡的热爱的心情。许多小手伸入笼中,竞指一只纯白的小鸡,有的几乎要隔网捉住它。挑担的忙把盖子无情地冒上,许多"咿哟,咿哟"的雪球和一群"好来,好来"的孩子就变成了咫尺天涯。孩子们怅望笼子的盖,依附在我的身边,有的伸手摸我的袋。我就向挑担的人说话:

"小鸡卖几钱一只?"

"一块洋钱四只。"

"这样小的,要卖二角半钱一只?可以便宜些否?"

"便宜勿得,二角半钱最少了。"

他说过,挑起担子就走。大的孩子脉脉含情地目送他,小的孩子拉住了我的衣襟而连叫"要买!要买!"挑担的越走得快,他们喊得越响。我摇手止住孩子们的喊声,再向挑担的问:

"一角半钱一只卖不卖?给你六角钱买四只吧!"

"没有还价!"

他并不停步,但略微旋转头来说了这一句话,就赶紧向前面跑。"咿哟,咿哟"的声音渐渐地远起来了。

元草的喊声就变成哭声。大的孩子锁着眉头不绝地探望挑担者的背影,又注视我的脸色。我用手掩住了元草的口,再向挑担人远远地招呼:

"二角大洋一只,卖了吧!"

"没有还价!"

他说过便昂然地向前进行,悠长地叫出一声"卖——小——鸡——!"其背影便在弄口的转角上消失了。我这里只留着一个嚎啕大哭的孩子。

对门的大嫂子曾经从矮门上探头出来看过小鸡,这时候就拿着针线走出来,倚在门上,笑着劝慰哭的孩子,她说:

"不要哭!等一会儿还有担子挑来,我来叫你呢!"她又笑着向我说:

"这个卖小鸡的想做好生意。他看见小孩子哭着要买,越是不肯让价了。昨天坍墙圈里买的一角洋钱一只,比刚才的还大一半呢!"

我同她略谈了几句,硬拉了哭着的孩子回进门来。别的孩子也懒洋洋地跟了进来。我原想为长闲的春昼找些点缀而走出门口来的,不料讨个没趣,扶了一个哭着的孩子而回进来。庭中柳树正在骀荡的春光中摇曳柔条,堂前的燕子正在安稳的新巢上低徊软语。我们这个刁巧的挑担者和痛哭的孩子,在这一片和平美丽的春景中很不调和啊!

关上大门,我一面为元草揩拭眼泪,一面对孩子们说:

"你们大家说'好来,好来','要买,要买',那人就不肯让价了!"

小的孩子听不懂我的话,继续抽噎着;大的孩子听了我的话若有所思。我继续抚慰他们:

"我们等一会再来买吧,隔壁大妈会喊我们的。但你们下次……"

我不说下去了。因为下面的话是"看见好的嘴上不可说好,想要的嘴上不可说要。"倘再进一步,就变成"看见好的嘴上应该说不好,想要的嘴上应该说不要"了。在这一片天真烂漫光明正大的春景中,向哪里容藏这样教导孩子的一个父亲呢?

二十二〔1933〕年五月二十日

(原载 1933 年 7 月 1 日《文学》杂志第 1 卷第 1 号)

旧　地[①]重游

旧地重游，以前所惯识的各种景物争把过去的事情告诉我，使我耳目不暇应接，心情不胜感慨。我素不喜重游旧居之地，便是为此。但到了不得已的时候，也只得硬着头皮，带着赴难似的心情去重游。前天又为了不得已之故，重到旧地。诗人在这当儿一定可以吟几句。我也想学学看，但觉心绪缭乱，气结不能言，遑论做诗？只是那迎人的柳树使我忆起了从前在不知什么书上读过的一首古人诗："此地曾居住。今年宛如归。可怜汶上柳。相见也依依。"

这二十个字在我心中通过，心绪似被整理，气也通畅得多了。

次日上午，朋友领我到了旧时所惯到的茶楼上，坐在旧时所惯坐的藤椅里。便有旧时惯见的茶伙计的红肿似的手臂，拿了旧时所惯用的茶具来，给我们倒茶。这里是楼上的内室。室中只设五桌座位，他们称之为"雅座"。茶钱比他处贵，外室和楼上每壶十一个铜元，这里要十六个铜元。因这原故，雅座常很清静。外室和楼下充满了紫铜色的脸，翡翠色的脸，和愤恨不平的话声时，你只要走上扶梯，钻进一个环门，就有闲静的明窗净几。有时空无一人，专等你来享用；有时窗下墙角疏朗朗地点缀着几个小白脸，金牙齿，或仁丹须，静静地在那里咬瓜子，或者摆腿。

[①] 旧地，指嘉兴。

这好比超过了红尘而登入仙境。五个铜板的法力大矣哉。以前我住在此地的时候,每次到这茶楼,未尝不这样赞叹。这回久别重到,适值外室和楼下极闹而雅座为我们独占,便见脸盆大的五个铜板出现在我的眼前了。我们替茶店打算,这里虽然茶钱贵了五个铜板,但是比较起外面来,座位疏,设备贵,顾客少。照外面的密接的布置,这块地方有十桌可摆,这里只摆五桌。外面用圆凳,这里用藤椅子。外面座客常满,这里空的时候多。三路的损失决不止五个铜板。这雅座显然是蚀本生意。这样想来,我们和小白脸,金牙齿,仁丹须的清福,全是那紫铜色的脸,翡翠色的脸和愤恨不平的话声所惠赐的。

我注视桌面,温习那旧时所看熟的木纹的模样。那红肿似的手臂又提了茶罐出现在我的眼前。手臂上面有一张笑口正在对我说话。

"老先生,长久不到了。近来出门?"

"嘿嘿,长久不到了,我已经搬走,今天是来作客的。"

"啊,搬走了!怪不得老客人长久不到了。"

"这房间都是老客人吗?"

"嗳,总是这几位先生。难得有生客。"

"我看这里空的时候多,你们怎么开销?"

"嗳,生意是全靠外面的,不过长衫班的先生请过来,这里座位清爽些。哈哈!"

他一面笑,一面把雪白的热手巾分送给我们,并加说明:

"这毛巾都是新的,旧的都放在外面用。"

啊,他还记忆着我旧时的习惯。我以前不欢喜和别人共用毛巾。这习惯的由来,最初是一种特殊的癖,后来是怕染别人的病,又后来是因为自己患沙眼,怕把这"亡国之病"传给别人。所以出门的时候,严格地拒绝热手巾。这茶伙计的热手巾也曾被我拒绝过。我不到这茶楼已将两年了,他还记忆着我的习惯。

在这点上他可说是我的知己。其实，近来我这习惯，已经移改。因为我觉得严防传染病近于迷信，又觉得严防"亡国之病"未必可以保国，这特殊的癖就渐渐消除。况且我这知己用了这般殷勤体贴的态度而把雪白的热手巾送到我手里，却之不恭。我便欣然地接受而享用了。雪白，火热的一团花露水香气扑上我的面孔，颇觉快适。但回味他的说话，心中又起一种不快之感，这些清静的座位，雪白的毛巾，原来是茶店老板特备给当地的绅士先生们享用的。像我，一个过路的旅客，不过穿件长衫，今天也来掠夺他们的特权，而使外面的人们用我所用旧的毛巾，实在不应该；同时我也不愿意。但这茶伙计已经知道我是过路的客人。他只为了过去的旧谊而浪费这种殷勤，我对于他这点纯洁的人情是应该恭敬地领谢的。

我送还他毛巾的时候说了一声"谢谢你！"但这三个字在这环境之下用得很不适当。那人惊异地向我一看。然后提了茶罐和毛巾走出环门去。他的背影的姿态突然使我回复了两年前的心情。似觉这两年间的生活是做一个梦，并未过去。

归家的火车十二点钟开。我在十一点半辞别了我的朋友而先下茶楼。走过通达我的旧寓的小路口，望见里面几株杨柳正在向我点头。似乎在告诉我："一架图书和一群孩子在这柳阴深处的老屋里等你归去呢！"我的脚几乎顺顺地跨进了小路。终于踏上马路向车站这方面去了。

二十二〔1933〕年五月七日

吃 瓜 子

从前听人说：中国人人人具有三种博士的资格：拿筷子博士、吹煤头纸博士、吃瓜子博士。

拿筷子，吹煤头纸，吃瓜子，的确是中国人独得的技术。其纯熟深造，想起了可以使人吃惊。这里精通拿筷子法的人，有了一双筷，可抵刀锯叉瓢一切器具之用，爬罗剔抉，无所不精。这两根毛竹仿佛是身体上的一部分，手指的延长，或者一对取食的触手。用时好像变戏法者的一种演技，熟能生巧，巧极通神。不必说西洋了，就是我们自己看了，也可惊叹。至于精通吹煤头纸法的人，首推几位一天到晚捧水烟筒的老先生和老太太。他们的"要有火"比上帝还容易，只消向煤头纸上轻轻一吹，火便来了。他们不必出数元乃至数十元的代价去买打火机，只要有一张纸，便可临时在膝上卷起煤头纸来，向铜火炉盖的小孔内一插，拔出来一吹，火便来了。我小时候看见我们染坊店里的管帐先生，有种种吹煤头纸的特技。我把煤头纸高举在他的额旁边了，他会把下唇伸出来，使风向上吹；我把煤头纸放在他的胸前了，他会把上唇伸出来，使风向下吹；我把煤头纸放在他的耳旁了，他会把嘴歪转来，使风向左右吹；我用手按住了他的嘴，他会用鼻孔吹，都是吹一两下就着火的。中国人对于吹煤头纸技术造诣之深，于此可以窥见。所可惜者，自从卷烟和火柴输入中国而盛行之后，水烟这种"国烟"竟被冷落，吹煤头纸这种"国技"也很不发达了。生长在都会里的小孩子，有的竟不会吹，或者连煤头纸这东西也不曾见过。在努力保存国粹的人看来,这也是一种可虑的现象。近来国内有不少人努力于国粹保存。国医、国药、国术、国乐,都有人在那里提倡。也许水烟和煤头纸这种国粹,将来也有人起来提倡,使之复兴。

但我以为这三种技术中最进步最发达的,要算吃瓜子。近来瓜子大王的畅销,便是其老大的证据。据关心此事的人说,瓜子大王一类的装纸袋的瓜子,最近市上流行的有许多牌子。最初是某大药房"用科学方法"创制的,后来有什么"好吃来公司"、"顶好吃公司"……等种种出品陆续产出。到现在差不多无论哪个穷乡僻处的糖食摊上,都有纸袋装的瓜子陈列而倾销着了。现代中国人的精通吃瓜子术,由此盖可想见。我对于此道,一向非常短拙,说出来有伤于中国人的体面,但对自家人不妨谈谈。我从来不曾自动地找求或买瓜子来吃。但到人家作客,受人劝诱时;或者在酒席上、杭州的茶楼上,看见桌上现成放着瓜子盆时,也便拿起来咬。我必须注意选择,选那较大、较厚、而形状平整的瓜子,放进口里,用臼齿"格"地一咬,再吐出来,用手指去剥。幸而咬得恰好,两瓣瓜子壳各向两旁扩张而破裂,瓜仁没有咬碎,剥起来就较为省力。若用力不得其法,两瓣瓜子壳和瓜仁叠在一起而折断了,吐出来的时候我就担忧。那瓜子已纵断为两半,两半瓣的瓜仁紧紧地装塞在两半瓣的瓜子壳中,好像日本版的洋装书,套在很紧的厚纸函中,不容易取它出来。这种洋装书的取出法,现在都已从日本人那里学得,不要把指头塞进厚纸函中去力挖,只要使函口向下,两手扶着函,上下振动数次,洋装书自会脱壳而出。然而半瓣瓜子的形状太小了,不能应用这个方法,我只得用指爪细细地剥取。有时因为练习弹琴,两手的指爪都剪平,和尚头一般的手指对它简直毫无办法。我只得乘人不见把它抛弃了。在痛感困难的时候,我本拟不再吃瓜子了。但抛弃了之后,觉得口中有一种非甜非咸的香味,会引逗我再吃。我便不由地伸起手来,另选一粒,再送交臼齿去咬。不幸而这瓜子太燥,我的用力又太猛,"格"地一响,玉石不分,咬成了无数的碎块,事体就更糟了。我只得把粘着唾液的碎块尽行吐出在手心里,用心挑选,剔去壳的碎块,然后用舌尖舐食瓜仁的碎块。然而这挑选颇不容易,因为壳的碎块的一面也是白色的,与瓜仁无异,我误认为全是瓜仁而舐进口中去嚼,其味虽非嚼蜡,却等于嚼砂。壳的碎片紧紧地嵌进牙齿缝里,找不到牙签就无法取出。碰到这种钉子的时候,我就下个决心,从此戒绝瓜子。戒绝之法,大抵是喝一口茶来漱一漱口,点起一支香烟,或者把瓜子盆推开些,把身体换个方向坐了,以示不再对它发生关系。然而过了几分钟,与别人谈了几句话,不知不觉之间,会跟了别人而伸手向盆中摸瓜子来咬。等到自己觉察破戒的时候,往往是已经咬过好几粒了。这样,吃了非戒不可,戒了非吃不可;吃而复戒,戒而复吃,我为它受尽苦痛。这使我现在想起了瓜子觉得害怕。

　　但我看别人,精通此技的很多。我以为中国人的三种博士才能中,咬瓜子的才能最可叹佩。常见闲散的少爷们,一只手指间夹着一支香烟,一只手握着一把瓜子,且吸且咬,且咬且吃,且吃且谈,且谈且笑。从容自由,真是"交关写意"!他们不须拣选瓜子,也不须用手指去剥。一粒瓜子塞进了口里,只消"格"地一咬,"呸"地一吐,早已把所有的壳吐出,而在那里嚼食瓜子的肉了。那嘴巴真像一具精巧灵敏的机器,不绝地塞进瓜子去,不绝地"格","呸","格","呸"……全不费力,可以永无罢休。女人们、小姐们的咬瓜子,态度尤加来得美妙:她们用兰花似的手指摘住瓜子的圆端,把瓜子垂直地塞在门牙中间,而用门牙去咬它的尖端。"的,的"两响,两瓣壳的尖头便向左右绽裂。然后那手敏捷地转个方向,同时头也帮着了微微地一侧,使瓜子水平地放在门牙口,用上下两门牙把两瓣壳分别拨开,咬住了瓜子肉的尖端而抽它出来吃。这吃法不但"的,的"的声音清脆可听,那手和头的转侧的姿势窈窕得很,有些儿妩媚动人。连丢去的瓜子壳也模样姣好,有如朵朵兰花。由此看来,咬瓜子是中国少爷们的专长,而尤其是中国小姐、太太们的拿手戏。

　　在酒席上、茶楼上,我看见过无数咬瓜子的圣手。近来瓜子大王畅销,我国的小孩子们也都学会了咬瓜子的绝技。我的技术,在国内不如小孩子们远甚,只能在外国人面前占胜。记得从前我在赴横滨的轮船中,与一个日本人同舱。偶检行箧,发见亲友所赠的一罐瓜子。旅途寂寥,我就打开来和日本人共吃。这是他平生没有吃过的东西,他觉得非常珍奇。在这时候,我便老实不客气地装出内行的模样,把吃法教导他,并且示范地吃给他看。托祖国的福,这示范没有失败。但看那日本人的练习,真是可怜得很!他如法将瓜子塞进口中,"格"地一咬,然而咬时不得其法,将唾液把瓜子的外壳全部浸湿,拿在手里剥的时候,滑来滑去,无从下手,终于滑落在地上,无处寻找了。他空咽一口唾液,再选一粒来咬。这回他剥时非常小心,把咬碎了的瓜子陈列在舱中的食桌上,俯伏了头,细细地剥,好像修理钟表的样子。约莫一二分钟之后,好容易剥得了些瓜仁的碎片,郑重地塞进口里去吃。我问他滋味如何,他点点头连称 umai,umai!(好吃,好吃!)我不禁笑了出来。我看他那阔大的嘴里放进一些瓜仁的碎屑,犹如沧海中投以一粟,亏他辨出 umai 的滋味来。但我的笑不仅为这点滑稽,半由于骄矜自夸的心理。我想,这毕竟是中国人独得的技术,像我这样对于此道最拙劣的人,也能在外国人面前占胜,何况国内无数精通此道的少爷、小姐们呢?

　　发明吃瓜子的人,真是一个了不起的天才!这是一种最有效的"消闲"法。要"消磨岁月",除了抽鸦片以外,没有比吃瓜子更好的方法了。其所以最有效者,为了它具备三个条件:一、吃不厌;二、吃不饱;三、要剥壳。

俗语形容瓜子吃不厌,叫做"勿完勿歇"。为了它有一种非甜非咸的香味,能引逗人不断地要吃。想再吃一粒不吃了,但是嚼完吞下之后,口中余香不绝,不由你不再伸手向盆中或纸包里去摸。我们吃东西,凡一味甜的,或一味咸的,往往易于吃厌。只有非甜非咸的,可以久吃不厌。瓜子的百吃不厌,便是为此。有一位老于应酬的朋友告诉我一段吃瓜子的趣话:说他已养成了见瓜子就吃的习惯。有一次同了朋友到戏馆里看戏,坐定之后,看见茶壶的旁边放着一包打开的瓜子,便随手向包里掏取几粒,一面咬着,一面看戏。咬完了再取,取了再咬。如是数次,发见邻席的不相识的观剧者也来掏取。方才想起了这包瓜子的所有权。低声问他的朋友:"这包瓜子是你买来的吗?"那朋友说"不",他才知道刚才是擅吃了人家的东西,便向邻座的人道歉。邻座的人很漂亮,付之一笑,索性正式地把瓜子请客了。由此可知瓜子这样东西,对中国人有非常的吸引力,不管三七二十一,见了瓜子就吃。

俗语形容瓜子吃不饱,叫做"吃三日三夜,长个屎尖头。"因为这东西分量微小,无论如何也吃不饱,连吃三日三夜,也不过多排泄一粒屎尖头。为消闲计,这是很重要的一个条件。倘分量大了,一吃就饱,时间就无法消磨。这与赈饥的粮食,目的完全相反。赈饥的粮食求其吃得饱,消闲的粮食求其吃不饱。最好只尝滋味而不吞物质。最好越吃越饿,像罗马亡国之前所流行的"吐剂"一样,则开筵大嚼,醉饱之后,咬一下瓜子可以再来开筵大嚼。一直把时间消磨下去。

要剥壳也是消闲食品的一个必要条件。倘没有壳,吃起来太便当,容易饱,时间就不能多多消磨了。一定要剥,而且剥的技术要有声有色,使它不像一种苦工,而像一种游戏,方才适合于有闲阶级的生活,可让他们愉快地把时间消磨下去。

具足以上三个利于消磨时间的条件的,在世间一切食物之中,想来想去,只有瓜子。所以我说发明吃瓜子的人是了不起的天才。而能尽量地享用瓜子的中国人,在消闲一道上,真是了不起的积极的实行家!试看糖食店、南货店里的瓜子的畅销,试看茶楼、酒店、家庭中满地的瓜子壳,便可想见中国人在"格,呸"、"的,的"的声音中消磨去的时间,每年统计起来为数一定可惊。将来此道发展起来,恐怕是全中国也可消灭在"格,呸"、"的,的"的声音中呢。

我本来见瓜子害怕,写到这里,觉得更加害怕了。

二十三〔1934〕年四月二十日

(原载 1934 年 5 月 16 日《论语》第 41 期)

梦耶真耶

我小时候对于梦的看法,和中年后对于梦的看法大不相同,甚至相反。

很小的时候,大约五六岁以前,好像是不做梦的,或者是做了就忘记的。那时候还不知人事,完全任天而动。饥则啼,饱则喜,乐则笑,倦则睡。白天没有什么妄想,夜里也不做什么梦;就是做梦,也同饥饱啼笑一样地过后即忘。七八岁以后,我初入私塾读书,方才明白知道人生有做梦的一件事体。但常把真和梦混在一起,辨不清楚。有时做梦先生放假,醒来的时候便觉欢喜。有时做梦跟邻家的小朋友去捉蟋蟀,次日就去问他讨蟋蟀来看。这大概是因为儿时对于自己的生活全然没有主张或计划,跟了时地的变化和大人的指使而随波逐流地过去,与做梦没有什么分别的原故。

入了少年时代,我便知道梦是假的,与真的生活判然不同。但对于做梦这一件事,常常觉得奇怪而神秘。怎么独自睡在床里会同隔离的朋友见面,说话,游戏,又跑到很远的地方去呢?虽然事实已证明其为假,但我心中还想不通这个道理。做了青年,学了科学,我才知道这是心理现象的一种,是完全不足凭的假象。我听见有人骂一个乞丐说:"你想发财,做梦!"又听见母亲念的《心经》中有一句叫做"远离颠倒梦想",更知世人对于梦的看法:做梦是假的,荒唐而不合情理的。所以乞丐想做官发财类于做梦。所以修行的人要远离颠倒梦想。真的事实和梦正反对,是真的,切实而合乎情理的。

我在三十岁以前,对于"真"和"梦"两境一直作这样的看法。过了三十岁,到了三十五岁的今日,——《东方杂志》向我征稿的今日,——我在心中拿起真和梦两件事来仔细辨认一下,发现其与从前的看法大不相同,几成正反对。从前我同世人一样地确信"真"为真的,"梦"为假的,真伪的界限判然。现在这界限模糊起来,使我不辨两境孰真孰假,亦不知此生梦耶真耶。从前我确信"真"为如实而合乎情理,"梦"为荒唐而不合情理。现在适得其反:我觉得梦中常有切实而合乎情理的现象。而现世家庭,社会,国家,国际的事,大都荒唐而不合理。我深感做人不及做梦的快适。从前我读到陆放翁的诗:

> 苦爱幽窗午梦长,
> 此中与世暂相忘。
> 华山处士如容见,
> 不觅仙方觅睡方。

曾经笑他与世"暂"相忘,何足"苦爱"?但现在我苦爱他这首诗,觉得午梦不够,要作长夜之梦才好。假如觅得到睡方,我极愿重量地吞服一剂,从此优游于梦境中,永远不到真的世间来了。

怎见得两境真假的界限模糊呢?我以为"真"的真与"梦"的假,都不是绝对的,都是互相比较而说的。一则"梦"的历时比"真"的历时短些,人们就指"梦"为假。二则"真"的幻灭(就是死)比"梦"的幻灭(就是醒)不易看见,人们就视"真"为真。三则梦中的状况比他世的状况变幻不测些,人们就说做梦是假的。四则世间的事过后都可拿出实物来作凭据,梦中的事过后成空,拿不出确实的凭据来,人们就认世间为真的。其实,这所谓真假全不是绝对的性质,皆由比较而来;其理由如下:(一)梦与真的历时长短,拿音乐来比方,不过像三十二分音符对全音符,久暂虽异，但同在"时间"的旋律中消失过去，岂有永远不休止的音符？（二）每天朝晨醒觉时看见"梦"的幻灭，但每人临终时也要看见"真"的幻灭，不过前者经验的次数多些，后者每人只经验一次罢了。（三）讲到状况的变幻不测，人世的运命岂有常态可测？语云："今日不知明日事，上床忽别下床鞋。"人世的变幻不测与梦境有何两样？就最近的时事看：内乱的起伏，党派的纠纷，都非我民意料所及；"一二八"淞沪战事的突发，上海的灾民谁也说是"梦想不到的"。我战后来到上海，有好几次看见了闸北的一大片焦土而认真地疑心自己是在做梦呢。（四）"世间的事过后都可拿出实物来作凭据，梦中的事过后成空，拿不出确实的证据来。"这话只能在世间说，你的百年大梦醒觉以后，再向哪里去拿实物来证明世间的事的真实呢？到了大梦一觉的时候，恐怕你要说"世间的事过后成空，拿不出确实的证据来"了。反之，若在梦中说话，也可以说"梦中的事过后都可拿出（梦中的）实物来作凭据"的。我们在世间认真地做人，在梦中也认真做梦。做了拾钞票的梦会笑醒来，做了遇绑匪的梦会吓出一身大汗。我曾做过写原稿的梦，觉得在梦中为梦中的读者写稿同在现世为《东方杂志》的读者写稿一样地辛苦，醒后感到头痛。当时想想真是何苦！早知是假，悔不草率了事。但我现在并不懊悔，因为我确信梦中也有梦中的"世间法"，应该和在现世一样地恪守。不然，我在梦中就要梦魂不安。可知人在梦中都是把梦当作现世一样看待的。反过来也说得通：人在现世常把现世当作梦一样看待，所以有"浮生若梦"的老话。读到"六朝如梦鸟空啼""十年一觉扬州梦"等句，回想自己所遭逢的衰荣兴废，离合悲欢，真觉得同做梦一样！凡人的"生涯原是梦"，岂独"神女"而已哉。

　　这样说来，梦和真两境，可说都是真的，也可说都是假的，没有绝对真假的区别。所以我不辨两者孰真孰假，亦不知此生梦耶真耶。

怎见得梦中常有切实而合乎情理的现象,而现世的事反多荒唐不合情理呢?这道理是显明的。古人云:"昼有所思,夜梦其事。"昼之所思,是我的希望,我的理想,故夜梦大都是与我的生活切实相关而合乎情理的。现世的事便不然,自家庭、社会,以至国家,满目是荒唐而不合情理的现象。人的希望与理想往往在现世一时不能做到,而先在梦中实行。"黄帝昼寝而梦游于华胥氏之国"。"后二十有八年,天下大治,几若华胥氏之国"。孔子在乱臣贼子的春秋时代"梦见周公"。自来去国怀乡,以及男女相恋的人,都在梦中圆满其欲望而实行其合理的生活。"梦里不知身是客,一晌贪欢。""故园此去十余里,春梦犹能夜夜归。""重门不锁相思梦,随意绕天涯。"这种梦何等痛快!"打起黄莺儿,莫教枝头啼;啼时惊妾梦,不得到辽西。"这思妇分明是有意耽乐于梦的生活,而在那里"寻梦"了。

同是虚幻,何必细论其切实与荒唐,合情理与不合情理,快适与不快适?总之,我中年以来对于真和梦,不辨孰真孰假,因而不知我生梦耶真耶。我不能忘记《齐物论》中的话:"不知周之梦为蝴蝶与?蝴蝶之梦为周与?"又常常想起晏几道的词:

"从别后,忆相逢,几回魂梦与君同。今宵剩把银釭照,犹恐相逢是梦中。"

可惜这银釭有些靠不住,怎知他不是梦中的银釭呢?安得宇宙间有个标准的银釭,让我照一照人生的真相看?

二十一〔1932〕年十二月五日于石门湾

(原载1933年1月1日《东方杂志》第30卷第1号)

爱 子 之 心

吾乡风俗,给孩子取名常用"丫头","小狗","和尚"等。倘到村庄上去调查起来,可见每个村庄上名叫丫头的一定不止一个,有大丫头,小丫头等;名叫和尚的也一定不止一个,有三和尚,四和尚等。不但村庄上如此,镇上,城里,也有着不少的丫头,小狗,和和尚。名叫丫头的有时是一个老头子,名叫小狗的有时是一条大汉,名叫和尚的有时是一个富商。我在闻名见面时,往往忍不住要笑出来。

这种名字当然不是本人自己要取的,原是由乳名沿用而来的,但他们的父母为什么给他们取这种乳名呢?窥察他们的用意,大概出于爱子之心。这种人的孩子时代大概是宠儿或独子。父母深恐他们不长养,因而给他们取这种名字。

为什么给孩子取名丫头,小狗,或和尚,孩子便会长养呢?窥察他们的理论是这样:世间可贵的东西往往容易丧失,而贱的东西偏生容易长养。故要宠儿或独子长养,只要在名义上把他们假装为贱的,死神便受他们的欺骗,不会来光顾了。故普通给孩子取名,大都取个福生,寿生,富生,或贵生;但给宠儿或独子取名,这等好字眼都用不着。并非不要他有福,有寿,大富,大贵,只因宠儿或独子,本身已经太贵而有容易丧失的危险。欲杜死神的觊觎而防危险,正宜取最贱的称呼。他们以为世间贱的东西,是女人,畜生,和和尚。故宠儿或独子的名字取了"丫头","小狗",或"和尚",死神听见了便以为他真是丫头,真是和尚,或者真是一只小狗,就放他壮健地活在世上了。

"丫头"这称呼,在吾乡有两种用法:镇上人称使女为丫头,乡下人称女儿为丫头。无论为使女或女儿,总之,丫头就是女孩子。女人是贱的,女孩子是女人中之小者,故丫头犹言"小贱人"。以此称呼宠儿或独子给死神听,最为稳当。故一村之中,名叫丫头的一定不止一个。

畜生的贱,不言可知,但其中最贱的是狗,因为它是吃屎的。故宠儿独子只要实际不吃屎,不妨取名小狗。

至于和尚,在吾乡也是贱的东西。把儿子卖给寺里作小和尚,丰年也只卖三块钱一岁,荒年白送也没有人要。这样看来,小和尚比猪羊等畜生更贱。故名叫和尚的孩子尤多。但又有人说,这名字除此以外还有一种法力:和尚是修行的,修行是积福积寿的。取名为和尚,可免修行之苦,而得福寿之利,也是一种不劳而获的方法。

一九三三年六月二十九日

(原载 1933 年 8 月 16 日《东方杂志》第 30 卷第 16 号)

随感十三则

一

花台里生出三枝扁豆秧来。我把它们移种到一块空地上,并且用竹竿搭一个棚,以扶植它们。每天清晨为它们整理枝叶,看它们欣欣向荣,自然发生一种兴味。

那蔓好像一个触手,具有可惊的攀缘力。但究竟因为不生眼睛,只管盲目地向上发展,有时会钻进竹竿的裂缝里,回不出来,看了令人发笑。有时一根长条独自脱离了棚,颤袅地向空中伸展,好像一个摸不着壁的盲子,看了又很可怜。这等时候便需我去扶助。扶助了一个月之后,满棚枝叶婆娑,棚下已堪纳凉闲话了。

有一天清晨,我发现豆棚上忽然有了大批的枯叶和许多软垂的蔓,惊奇得很。仔细检查,原来近地面处一支总干,被不知什么东西伤害了。未曾全断,但不绝如缕。根上的养分通不上去,凡属这总干的枝叶就全部枯萎,眼见得这一族快灭亡了。

这状态非常凄惨,使我联想起世间种种的不幸。

二

有一种椅子,使我不易忘记:那坐的地方,雕着一只屁股的模子,中间还有一条凸起,坐时可把屁股精密地装进模子中,好像浇塑石膏模型一般。

大抵中国式的器物,以形式为主,而用身体去迁就形式。故椅子的靠背与坐板成九十度角,衣服的袖子长过手指。西洋式的器物,则以身体的实用为主,形式即由实用产生。故缝西装须量身体,剪刀柄上的两个洞,也完全依照手指的横断面的形状而制造。那种有屁股模子的椅子,显然是西洋风的产物。

但这已走到西洋风的极端,而且过分了。凡物过分必有流弊。像这种椅子,究竟不合实用,又不雅观。我每次看见,常误认它为一种刑具。

三

散步中,在静僻的路旁的杂草间拾得一个很大的钥匙。制造非常精致而坚牢,似是巩固的大洋箱上的原配。不知从何人的手中因何缘而落在这杂草中的?我未被"路不拾遗"之化,又不耐坐在路旁等候失主的来寻;但也不愿把这个东西藏进自己的袋里去,就擎在手中走路,好像采得了一朵野花。

我因此想起《水浒》中五台山上挑酒担者所唱的歌:"九里山前作战场,牧童拾得旧刀枪……"这两句怪有意味。假如我做了那个牧童,拾得旧刀枪时定有无限的感慨:不知那刀枪的柄曾经受过谁人的驱使?那刀枪的尖曾经吃过谁人的血肉?又不知在它们的活动之下,曾经害死了多少人之性命。

也许我现在就同"牧童拾得旧刀枪"一样。在这个大钥匙塞在大洋箱的键孔中时的活动之下,也曾经害死过不少人的性命,亦未可知。

四

发开十年前堆塞着的一箱旧物来,一一检视,每一件东西都告诉我一段旧事。我仿佛看了一幕自己为主角的影戏。

结果从这里面取出一把油画用的调色板刀,把其余的照旧封闭了,塞在床底下。但我取出这调色板刀,并非想描油画。是利用它来切芋艿,削萝卜吃。

这原是十余年前我在东京的旧货摊上买来的。它也许曾经跟随名贵的画家,指挥高价的油画颜料,制作出① 帝展一等奖的作品来博得沸腾的荣誉。现在叫它切芋艿,削萝卜,真是委屈了它。但芋艿,萝卜中所含的人生的滋味,也许比油画中更为丰富,让它尝尝吧。

五

十余年前有一个时期流行用紫色的水写字。买三五个铜板洋青莲,可泡一大瓶紫水,随时注入墨匣,有好久可用。我也用过一会,觉得这固然比磨墨简便。但我用了不久就不用,我嫌它颜色不好,看久了令人厌倦。

后来大家渐渐不用,不久此风便熄。用不厌的,毕竟只有黑和蓝两色:东洋人写字用黑。黑由红黄蓝三原色等量混合而成,三原色具足时,使人起安定圆满之感。因为世间一切色彩皆由三原色产生,故黑色中包含着世间一切色彩了。西洋人写字用蓝,蓝色在三原色中为寒色,少刺激而沉静,最可亲近。故用以写字,使人看了也不会厌倦。

---

① 近代有不用笔而用刀来描画的画风,故云。

紫色为红蓝两色合成。三原色既不具足,而性又刺激,宜其不堪常用。但这正是提倡白话文的初期,紫色是一种蓬勃的象征,并非偶然的。

六

孩子们对于生活的兴味都浓。而这个孩子特甚。

当他热中于一种游戏的时候,吃饭要叫到五六遍才来,吃了两三口就走,游戏中不得已出去小便,常常先放了半场,勒住裤腰,走回来参加一歇游戏,再去放出后半场。看书发见一个疑问,立刻捧了书来找我,茅坑间里也会找寻过来。得了解答,拔脚便走,常常把一只拖鞋遗剩在我面前的地上而去。直到划袜走了七八步方才觉察,独脚跳回来取鞋。他有几个星期热中于搭火车,几个星期热中于着象棋,又有几个星期热中于查《王云五大词典》,现在正热中于捉蟋蟀。但凡事兴味一过,便置之不问。无可热中的时候,镇日没精打采,度日如年,口里叫着"饿来!饿来!"其实他并不想吃东西。

七

有一回我画一个人牵两只羊,画了两根绳子。有一位先生教我:"绳子只要画一根。牵了一只羊,后面的都会跟来。"我恍悟自己阅历太少。后来留心观察,看见果然:前头牵了一只羊走,后面数十只羊都会跟去。无论走向屠场,没有一只羊肯离群众而另觅生路的。

后来看见鸭也如此。赶野的人把数百只鸭放在河里,不须用绳子系住,群鸭自能互相追随,聚在一块。上岸的时候,赶鸭的人只要赶上一二只,其余的都会跟了上岸。无论在四通八达的港口,没有一只鸭肯离群众而走自己的路的。

牧羊的和赶鸭的就利用它们这模仿性,以完成他们自己的事业。

八

每逢赎得一剂中国药来,小孩们必然聚拢来看拆药。每逢打开一小包,他们必然惊奇叫喊。有时一齐叫道:"啊!一包瓜子!"有时大家笑起来:"哈哈!四只骰子!"有时惊奇得很:"咦!这是洋囡囡的头发呢!"又有时吓了一跳:"啊唷!许多老蝉!"……病人听了这种叫声,可以转颦为笑。自笑为什么生了病要吃瓜子,骰子,洋囡囡的头发,或老蝉呢? 看药方也是病中的一种消遣。药方前面的脉理大都乏味;后面的药名却怪有趣。这回我所服的,有一种叫做"知母",有一种叫做"女贞",名称都很别致。还有"银花","野蔷薇",好像新出版的书的名目。

吃外国药没有这种趣味。中国数千年来为世界神秘风雅之国,这特色在一剂药里也很显明地表示着,来华考察的外国人,应该多吃几剂中国药回去。

九

《项脊轩记》里归熙甫描写自己闭户读书之久,说"能以足音辨人"。我近来卧病之久,也能以足音辨人。房门外就是扶梯,人在扶梯上走上走下,我不但能辨别各人的足音,又能在一人的足音中辨别其所为何来。"这回是徐妈送药来了?"果然。"这回是五官送报纸来了?"果然。

记得从前寓居在嘉兴时,大门终日关闭。房屋进深,敲门不易听见,故在门上装一铃索。来客拉索,里面的铃响了,人便出来开门。但来客极稀,总是这几个人,我听惯了,也能以铃声辨人。有时一种顽童或闲人经过门口,由于手痒或奇妙的心理,无端把铃索拉几下就逃,开门的人白跑了好几回;但以后不再上当了。因为我能辨别他们的铃声中含有仓皇的音调,便置之不理了。

十

盛夏的某晚,天气大热,而且奇闷。院子里纳凉的人,每人隔开数丈,默默地坐着摇扇。除了扇子的微音和偶发的呻吟声以外,没有别的声响。大家被炎威压迫得动弹不得,而且不知所云了。

这沉闷的静默继续了约半小时之久。墙外的弄里一个嘹亮清脆而有力的叫声,忽然来打破这静默:

"今夜好热!啊咦——好热!"

院子里的人不期地跟着他叫:"好热!"接着便有人起来行动,或者起立,或者欠伸,似乎大家出了一口气。炎威也似乎被这喊声喝退了些。

十一

尊客降临,我陪他们吃饭往往失礼。有的尊客吃起饭来慢得很:一粒一粒地数进口去。我则吃两碗饭只消五六分钟,不能奉陪。

我吃饭快速的习惯,是小时在寄宿学校里养成的。那校中功课很忙,饭后的时间要练习弹琴。我每餐连盥洗只限十分钟了事,养成了习惯。现在我早已出学校,可以无须如此了,但这习惯仍是不改。我常自比于牛的反刍:牛在山野中自由觅食,防猛兽迫害，先把草囫囵吞入胃中，回洞后再吐出来细细嚼食，养成了习惯。现在牛已被人关在家喂养，可以无须如此了，但这习惯仍是不改。

据我推想，牛也许是恋慕着野生时代在山中的自由，所以不肯改去它的习惯的。

十二

新点着一支香烟，吸了三四口，拿到痰盂上去敲烟灰。敲得重了些，雪白而长长的一支大美丽香烟翻落在痰盂中，"吱"地一声叫，溺死在污水里了。

我向痰盂怅望，嗟叹了两声，似有"一失足成千古恨"之感。我觉得这比丢弃两个铜板肉痛得多。因为香烟经过人工的制造，且直接有惠于我的生活。故我对于这东西本身自有感情，与价钱无关。两角钱可买二十包火柴。照理，丢掉两角钱同焚去二十包火柴一样。但丢掉两角钱不足深惜，而焚去二十包火柴人都不忍心做。做了即使别人不说暴殄天物，自己也对不起火柴。

十三

一位开羊行的朋友为我谈羊的话。据说他们行里有一只不杀的老羊，为它颇有功劳：他们在乡下收罗了一群羊，要装进船里，运往上海去屠杀的时候，群羊往往不肯走上船去。他们便牵这老羊出来。老羊向群羊叫了几声，奋勇地走到河岸上，蹲身一跳，首先跳入船中。群羊看见老羊上船了，便大家模仿起来，争先恐后地跳进船里去。等到一群羊全部上船之后，他们便把老羊牵上岸来，仍旧送回棚里。每次装羊，必须央这老羊引导。老羊因有这点功劳,得保全自己的性命。

我想,这不杀的老羊,原来是该死的"羊奸"。

一九三三年九月

学画回忆

假如有人探寻我儿时的事,为我作传记或讣启,可以为我说得极漂亮:"七岁入塾即擅长丹青。课余常摹古人笔意,写人物图,以为游戏。同塾年长诸生竞欲乞得其作品而珍藏之,甚至争夺殴打。师闻其事,命出画观之,不信,谓之曰:'汝真能画,立为我作至圣先师孔子像!不成,当受罚。'某从容研墨伸纸,挥毫立就,神颖晔然。师弃戒尺于地,叹曰:'吾无以教汝矣!'遂装裱其画,悬诸塾中,命诸生朝夕礼拜焉。于是亲友竞乞其画像,所作无不维妙维肖。……"百年后的人读了这段记载,便会赞叹道:"七岁就有作品,真是天才,神童!"

朋友来信要我写些关于儿时学画的回忆的话。我就根据上面的一段话写些吧。上面的话都是事实,不过欠详明些,宜解释之如下:

我七八岁时——到底是七岁或八岁,现在记不清楚了。但都可说,说得小了可说是照外国算法的;说得大了可说是照中国算法的。——入私塾,先读《三字经》,后来又读《千家诗》。《千家诗》每页上端有一幅木板画,记得第一幅画的是一只大象和一个人,在那里耕田,后来我知道这是二十四孝中的大舜耕田图。但当时并不知道画的是什么意思,只觉得看上端的画,比读下面的"云淡风轻近午天"有趣。我家开着染坊店,我向染匠司务讨些颜料来,溶化在小盅子里,用笔蘸了为书上的单色画着色,涂一只红象,一个蓝人,一片紫地,自以为得意。但那书的纸不是道林纸,而是很薄的中国纸,颜料涂在上面的纸上,会渗透下面好几层。我的颜料笔又吸得饱,透得更深。等得着好色,翻开书来一看,下面七八页上,都有一只红象、一个蓝人和一片紫地,好像用三色版套印的。

第二天上书的时候,父亲——就是我的先生——就骂,几乎要打手心;被母亲不知大姐劝住了,终于没有打。我抽抽咽咽地哭了一顿,把颜料盅子藏在扶梯底下了。晚上,等到先生——就是我的父亲——上鸦片馆去了,我再向扶梯底下取出颜料盅子,叫红英——管我的女仆——到店堂里去偷几张煤头纸① 来,就在扶梯底下的半桌上的"洋油手照"② 底下描色彩画。画一个红人,一只蓝狗,一间紫房子……这些画的最初的鉴赏者,便是红英。后来母亲和诸姐也看到了,她们都说"好";可是我没有给父亲看,防恐吃手心。这就叫做"七岁入塾即擅长丹青"。况且向染坊店里讨来的颜料不止丹和青呢!

后来,我在父亲晒书的时候找到了一部人物画谱,翻一翻,看见里面花样很多,便偷偷地取出了,藏在自己的抽斗里。晚上,又偷偷地拿到扶梯底下的半桌上去给红英看。这回不想再在书上着色;却想照样描几幅看,但是一幅也描不像。亏得红英想工③ 好,教我向习字簿上撕下一张纸来,印着了描。记得最初印着描的是人物谱上的柳柳州像。当时第一次印描没有经验,笔上墨水吸得太饱,习字簿上的纸又太薄,结果描是描成了,但原本上渗透了墨水,弄得很龌龊,曾经受大姐的责骂。这本书至今还存在,最近我晒旧书时候还翻出这个弄龌龊了的柳柳州像来看:穿了很长的袍子,两臂高高地向左右伸起,仰起头作大

---

① 煤头纸,指卷成纸筒后用以引火的一种薄纸。
② "洋油手照",作者家乡话,意即火油灯。
③ 想工,作者家乡话,意即办法。

笑状。但周身都是斑斓的墨点,便是我当日印上去的。回思我当日最初就印这幅画的原因,大概是为了他高举两臂作大笑状,好像我的父亲打呵欠的模样,所以特别有兴味吧。后来,我的"印画"的技术渐渐进步。大约十二三岁的时候(父亲已经弃世,我在另一私塾读书了),我已把这本人物谱统统印全。所用的纸是雪白的连史纸,而且所印的画都着色。着色所用的颜料仍旧是染坊里的,但不复用原色。我自己会配出各种的间色来,在画上施以复杂华丽的色彩,同塾的学生看了都很欢喜,大家说"比原本上的好看得多!"而且大家问我讨画,拿去贴在灶间里,当作灶君菩萨;或者贴在床前,当作新年里买的"花纸儿"。所以说我"课余常摹古人笔意,写人物花鸟之图,以为游戏。同塾年长诸生竞欲乞得其作品而珍藏之",也都有因;不过其事实是如此。

至于学生夺画相殴打,先生请我画至圣先师孔子像,悬诸塾中,命诸生晨夕礼拜,也都是确凿的事实,你听我说吧:那时候我们在私塾中弄画,同在现在社会里抽鸦片一样,是不敢公开的。我好像是一个土贩或私售灯吃的,同学们好像是上了瘾的鸦片鬼,大家在暗头里作勾当。先生坐在案桌上的时候,我们的画具和画都藏好,大家一摇一摆地读"幼学"书。等到下午,照例一个大块头来拖先生出去吃茶了,我们便拿出来弄画。我先一幅幅地印出来,然后一幅幅地涂颜料。同学们便像看病时向医生挂号一样,依次认定自己所欲得的画。得画的人对我有一种报酬,但不是稿费或润笔,而是种种玩意儿:金铃子一对连纸匣;挖空老菱壳一只,可以加上绳子去当作陀螺抽的;"云"字顺治铜钱一枚(有的顺治铜钱,后面有一个字,字共有二十种。我们儿时听大人说,积得了一套,用绳编成宝剑形状,挂在床上,夜间一切鬼都不敢来。但其中,好像是"云"字,最不易得;往往为缺少此一字而编不成宝剑。故这种铜钱在当时的我们之间是一种贵重的赠品),或者铜管子(就是当时炮船上新用的后膛枪子弹的壳)一个。有一次,两个同学为交换一张画,意见冲突,相打起来,被先生知道了。先生审问之下,知道相打的原因是为画;追求画的来源,知道是我所作,便厉声喊我走过去。我料想是吃戒尺了,低着头不睬,但觉得手心里火热了。终于先生走过来了。我已吓得魂不附体;但他走到我的坐位旁边,并不拉我的手,却问我"这画是不是你画的?"我回答一个"是"字,预备吃戒尺了。他把我的身体拉开,抽开我的抽斗,搜查起来。我的画谱、颜料,以及印好而未着色的画,就都被他搜出。我以为这些东西全被没收了:结果不然,他但把画谱拿了去,坐在自己的椅子上一张一张地观赏起来。过了好一会,先生旋转头来叱一声"读!"大家朗朗地读"混沌初开,乾坤始奠……"这件案子便停顿了。我偷眼看先生,见他把画谱一张一张地翻下去,一直翻到底。放假①的时候我夹了书包走到他面前去作一个揖,他换了一种与前不同的语气对我说:"这书明天给你。"

明天早上我到塾,先生翻出画谱中的孔子像,对我说:"你能看了样画一个大的吗?"我没有防到先生也会要我画起画来,有些"受宠若惊"的感觉,支吾地回答说"能"。其实我向来只是"印",不能"放大"。这个"能"字是被先生的威严吓出来的。说出之后心头发一阵闷,好像一块大石头吞在肚里了。先生继续说:"我去买张纸来,你给我放大了画一张,也要着色彩的。"我只得说"好"。同学们看见先生要我画画了,大家装出惊奇和羡慕的脸色,对着我看。我却带着一肚皮心事,直到放假。

放假时我夹了书包和先生交给我的一张纸回家,便去向大姐商量。大姐教我,用一张画方格子的纸,套在画谱的书页中间。画谱纸很薄,孔子像就有经纬格子范围着了。大姐又拿缝纫用的尺和粉线袋给我在先生交给我的大纸上弹了大方格子,

---

① 放假,指放学。

然后向镜箱中取出她画眉毛用的柳条枝来,烧一烧焦,教我依方格子放大的画法。那时候我们家里还没有铅笔和三角板、米突〔米(metre)〕尺,我现在回想大姐所教我的画法,其聪明实在值得佩服。我依照她的指导,竟用柳条枝把一个孔子像的底稿描成了;同画谱上的完全一样,不过大得多,同我自己的身体差不多大。我伴着了热烈的兴味,用毛笔钩出线条;又用大盆子调了多量的颜料,着上色彩,一个鲜明华丽而伟大的孔子像就出现在纸上。店里的伙计,作坊里的司务,看见了这幅孔子像,大家说"出色!"还有几个老妈子,尤加热烈地称赞我的"聪明"和画的"齐整"①,并且说:"将来哥儿给我画个容像,死了挂在灵前,也沾些风光。"我在许多伙计、司务和老妈子的盛称声中,俨然地成了一个小画家。但听到老妈子要托我画容像,心中却有些儿着慌。我原来只会"依样画葫芦"的!全靠那格子放大的枪花②,把书上的小画改成为我的"大作";又全靠那颜色的文饰,使书上的线描一变而为我的"丹青"。格子放大是大姐教我的,颜料是染匠司务给我的,归到我自己名下的工作,仍旧只有"依样画葫芦"。如今老妈子要我画容像,说"不会画"有伤体面;说"会画"将来如何兑现?且置之不答,先把画缴给先生去。先生看了点头。次日画就粘贴在堂名匾下的板壁上。学生们每天早上到塾,两手捧着书包向它拜一下;晚上散学,再向它拜一下。我也如此。

　　自从我的"大作"在塾中的堂前发表以后,同学们就给我一个绰号"画家"。每天来访先生的那个大块头看了画,点点头对先生说:"可以。"过时候学校初兴,先生忽然要把我们的私塾大加改良了。他买一架风琴来,自己先练习几天,然后教我们唱

---

① "齐整",作者家乡话,意即漂亮。
② 江南一带方言中有"掉枪花"的说法,意即"耍手段"。

丰子恺像（1975年）

人散後，一鈎新月天如水。

丰子恺漫画选（1924年）

"男儿第一志气高,年纪不妨小"的歌。又请一个朋友来教我们学体操。我们都很高兴。有一天,先生呼我走过去,拿出一本书和一大块黄布来,和蔼地对我说:"你给我在黄布上画一条龙,"又翻开书来,继续说:"照这条龙一样。"原来这是体操时用的国旗。我接受了这命令,只得又去向大姐商量;再用老法子把龙放大,然后描线、涂色。但这回的颜料不是从染坊店里拿来,是由先生买来的铅粉、牛皮胶和红、黄、蓝各种颜色。我把牛皮胶煮溶了,加入铅粉,调制各种不透明的颜料,涂到黄布上,同西洋中世纪的 fresco〔壁画〕画法相似。龙旗画成了,就被高高地张在竹竿上,引导学生通过市镇,到野外去体操。我悔不在体操后偷把那龙旗藏过了,好让我的传记里添两句:"其画龙点睛后忽不见,盖已乘云上天矣。"我的"画家"绰号自此更盛行;而老妈子的画像也催促得更紧了。

我再向大姐商量。她说二姐丈会画肖像,叫我到他家去"偷关子"。我到二姐丈家,果然看见他们有种种特别的画具:玻璃九宫格、擦笔、conté①、米突尺、三角板。我向二姐丈请教了些笔法,借了些画具,又借了一包照片来,作为练习的样本。因为那时我们家乡地方没有照相馆,我家里没有可用玻璃格子放大的四寸半身照片。回家以后,我每天一放学就埋头在擦笔照相画中。这原是为了老妈子的要求而"抱佛脚"的;可是她没有照相,只有一个人。我的玻璃格子不能罩到她的脸孔上去,没有办法给她画像。天下事有会巧妙地解决的。大姐在我借来的一包样本中选出某老妇人的一张照片来,说:"把这个人的下巴改尖些,就活像我们的老妈子了。"我依计而行,果然画了一幅八九分像的肖像画,外加在擦笔上面涂以漂亮的淡彩:粉红色的肌肉,翠蓝色的上衣,花带镶边;耳朵上外加挂上一双金黄色的珠耳环。

① 即木炭铅笔。

老妈子看见珠耳环,心花盛开,即使完全不像,也说"像"了。自此以后,亲戚家死了人我就有差使——画容像。活着的亲戚也拿一张小照来叫我放大,挂在厢房里;预备将来可现成地移挂在灵前。我十七岁出外求学,年假、暑假回家时还常常接受这种义务生意。直到我十九岁时,从先生学了木炭写生画,读了美术的论著,方才把此业抛弃。到现在,在故乡的几位老伯伯和老太太之间,我的擦笔肖像画家的名誉依旧健在;不过他们大都以为我近来"不肯"画了,不再来请教我。前年还有一位老太太把她的新死了的丈夫的四寸照片寄到我上海的寓所来,哀求地托我写照。此道我久已生疏,早已没有画具,况且又没有时间和兴味。但无法对她说明,就把照片送到霞飞路的某照相馆里,托他们放大为廿四寸的,寄了去。后遂无问津者。

假如我早得学木炭写生画,早得受美术论著的指导,我的学画不会走这条崎岖的小径。唉,可笑的回忆,可耻的回忆,写在这里,给世间学画的人作借镜吧。

一九三四年二月作

(原载1935年3月《良友》第103期)

梦　　痕①

我的左额上有一条同眉毛一般长短的疤。这是我儿时游戏中在门槛上跌破了头颅而结成的。相面先生说这是破相,这是缺陷。但我自己美其名曰"梦痕"。因为这是我的梦一般的儿童时代所遗留下来的唯一的痕迹。由这痕迹可以探寻我的儿童时代的美丽的梦。

我四五岁时,有一天,我家为了"打送"(吾乡风俗,亲戚家的孩子第一次上门来作客,辞去时,主人家必做几盘包子送他,名曰"打送")某家的小客人,母亲、姑母、婶母,和诸姐们都在做米粉包子。厅屋的中间放一只大匾,匾的中央放一只大盘,盘内盛着一大堆粘土一般的米粉,和一大碗做馅用的甜甜的豆沙。母亲们大家围坐在大匾的四周。各人卷起衣袖,向盘内摘取一块米粉来,捏做一只碗的形状;挟取一筷豆沙来藏在这碗内;然后把碗口收拢来,做成一个圆子。再用手法把圆子捏成三角形,扭出三条绞丝花纹的脊梁来;最后在脊梁凑合的中心点上打一个红色的"寿"字印子,包子便做成。一圈一圈地陈列在大匾内,样子很是好看。大家一边做,一边兴高采烈地说笑。有时说谁的做得太小,谁的做得太大;有时盛称姑母的做得太玲珑,有时笑指母亲的做得像个塌饼。笑语之声,充满一堂。这是一年中难

---

① 本篇在1934年7月20日《人间世》第8期发表时,题名为《疤》,后收入《随笔二十篇》时,改名《梦痕》。

得的全家欢笑的日子。而在我,做孩子们的,在这种日子更有无上的欢乐;在准备做包子时,我得先吃一碗甜甜的豆沙。做的时候,我只要吵闹一下子,母亲们会另做一只小包子来给我当场就吃。新鲜的米粉和新鲜的豆沙,热热地做出来就吃,味道是好不过的。我往往吃一只不够,再吵闹一下子就有得吃第二只。倘然吃第二只还不够,我可嚷着要替她们打寿字印子。这印子是不容易打的:蘸的水太多了,打出来一塌糊涂,看不出寿字;蘸的水太少了,打出来又不清楚;况且位置要摆得正,歪了就难看;打坏了又不能揩抹涂改。所以我嚷着要打印子,是母亲们所最怕的事。她们便会和我情商,把做圆子收口时摘下来的一小粒米粉给我,叫我"自己做来自己吃"。这正是我所盼望的主目的!开了这个例之后,各人做圆子收口时摘下来的米粉,就都得照例归我所有。再不够时还得要求向大盘中扭一把米粉来,自由捏造各种粘土手工:捏一个人,团拢了,改捏一个狗;再团拢了,再改捏一只水烟管……捏到手上的腥腻都混入其中,而雪白的米粉变成了灰色的时候,我再向她们要一朵豆沙来,裹成各种三不像的东西,吃下肚子里去。这一天因为我吵得特别厉害些,姑母做了两只小玲珑的包子给我吃,母亲又外加摘一团米粉给我玩。为求自由,我不在那场上吃弄,拿了到店堂里,和五哥哥一同玩弄。五哥哥者,后来我知道是我们店里的学徒,但在当时我只知道他是我儿时的最亲爱的伴侣。他的年纪比我长,智力比我高,胆量比我大,他常做出种种我所意想不到的玩意儿来,使得我惊奇。这一天我把包子和米粉拿出去同他共玩,他就寻出几个印泥菩萨的小型的红泥印子来,教我印米粉菩萨。

　　后来我们争执起来,他拿了他的米粉菩萨逃。我就拿了我的米粉菩萨追。追到排门旁边,我跌了一交,额骨磕在排门槛上,磕了眼睛大小的一个洞,便昏迷不省。等到知觉的时候,我已被抱在母亲手里,外科郎中蔡德本先生,正在用布条向我的头上重重叠叠地包裹。

自从我跌伤以后,五哥哥每天乘店里空闲的时候到楼上来省问我。来时必然偷偷地从衣袖里摸出些我所爱玩的东西来——例如关在自来火匣子里的几只叩头虫,洋皮纸人头,老菱壳做成的小脚,顺治铜钿① 磨成的小刀等——送给我玩,直到我额上结成这个疤。

讲起我额上的疤的来由,我的回想中印象最清楚的人物,莫如五哥哥。而五哥哥的种种可惊可喜的行状,与我的儿童时代的欢乐,也便跟了这回想而历历地浮出到眼前来。

他的行为的顽皮,我现在想起了还觉吃惊。但这种行为对于当时的我,有莫大的吸引力。使我时时刻刻追随他,自愿地做他的从者。他用手捏住一条大蜈蚣,摘去了它的有毒的钩爪,而藏在衣袖里,走到各处,随时拿出来吓人。我跟了他走,欣赏他的把戏。他有时偷偷地把这条蜈蚣放在别人的瓜皮帽子上,让它沿着那人的额骨爬下去,吓得那人直跳起来。有时怀着这条蜈蚣去登坑,等候邻席的登坑者正在拉粪的时候,把蜈蚣弄在他的裤子上,使得那人扭着裤子乱跳,累了满身的粪。又有时当众人面前他偷把这条蜈蚣放在自己的额上,假装被咬的样子而号啕大哭起来,使得满座的人惊惶失措,七手八脚地为他营救。正在危急存亡的时候,他伸起手来收拾了这条蜈蚣,忽然破涕为笑,一缕烟逃走了。后来这套戏法渐渐做穿,有的人警告他说,若是再拿出蜈蚣来,要打头颈拳② 了。于是他换出别种花头来:他躲在门口,等候警告打头颈拳的人将走出门,突然大叫一声,倒身在门槛边的地上,乱滚乱撞,哭着嚷着,说是践踏了一条臂膀粗的大蛇,但蛇是已经钻进榻底下去了。走出门来的人被

---

① 顺治铜钿,指清朝顺治年间铸造的圆形方孔铜币。
② 打头颈拳,作者家乡话,意即打耳光。

他这一吓,实在魂飞魄散;但见他的受难比他更深,也无可奈何他,只怪自己的运气不好。他看见一群人蹲在岸边钓鱼,便参加进去,和蹲着的人闲谈。同时偷偷地把其中相接近的两人的辫子梢头结住了,自己就走开,躲到远处去作壁上观。被结住的两人中若有一人起身欲去,滑稽剧就演出来给他看了。诸如此类的恶戏,不胜枚举。

现在回想他这种玩耍,实在近于为虐的戏谑。但当时他热心地创作,而热心地欣赏的孩子,也不止我一个。世间的严正的教育者!请稍稍原谅他的顽皮!我们的儿时,在私塾里偷偷地玩了一个折纸手工,是要遭先生用铜笔套管在额骨上猛钉几下,外加在至圣先师孔子之神位面前跪一支香的!

况且我们的五哥哥也曾用他的智力和技术来发明种种富有趣味的玩意,我现在想起了还可以神往。暮春的时候,他领我到田野去偷新蚕豆。把嫩的生吃了,而用老的来做"蚕豆水龙"。其做法,用煤头纸把老蚕豆荚熏得半熟,剪去其下端,用手一捏,荚里的两粒豆就从下端滑出,再将荚的顶端稍稍剪去一点,使成一个小孔。然后把豆荚放在水里,待它装满了水,以一手的指捏住其下端而取出来,再以另一手的指用力压榨豆荚,一条细长的水带便从豆荚的顶端的小孔内射出。制法精巧的,射水可达一二丈之远。他又教我"豆梗笛"的做法:摘取豌豆的嫩梗长约寸许,以一端塞入口中轻轻咬嚼,吹时便发嗜嗜之音。再摘取蚕豆梗的下段,长约四五寸,用指爪在梗上均匀地开几个洞,作成笛的样子。然后把豌豆梗插入这笛的一端,用两手的指随意启闭各洞而吹奏起来,其音宛如无腔之短笛。他又教我用洋蜡烛的油作种种的浇造和塑造。用芋艿或番薯刻种种的印版,大类现今的木版画。……诸如此类的玩意,亦复不胜枚举。

现在我对这些儿时的乐事久已缘远了。但在说起我额上的疤的来由时,还能热烈地回忆神情活跃的五哥哥和这种兴致蓬勃的玩意儿。谁言我左额上的疤痕是缺陷？这是我的儿时欢乐的佐证，我的黄金时代的遗迹。过去的事，一切都同梦幻一般地消灭，没有痕迹留存了。只有这个疤，好像是"脊杖二十，刺配军州"时打在脸上的金印，永久地明显地录着过去的事实，一说起就可使我历历地回忆前尘。仿佛我是在儿童世界的本贯地方犯了罪，被刺配到这成人社会的"远恶军州"来的。这无期的流刑虽然使我永无还乡之望，但凭这脸上的金印，还可回溯往昔，追寻故乡的美丽的梦啊！

一九三四年六月七日

（原载 1934 年 7 月 20 日《人间世》第 8 期）

春

春是多么可爱的一个名词！自古以来的人都赞美它,希望它长在人间。诗人,特别是词客,对春爱慕尤深。试翻词选,差不多每一页上都可以找到一个春字。后人听惯了这种话,自然地随喜附和,即使实际上没有理解春的可爱的人,一说起春也会觉得欢喜。这一半是春这个字的音容所暗示的。"春!"你听,这个音读起来何等铿锵而惺松可爱！这个字的形状何等齐整妥帖而具足对称的美！这么美的名字所隶属的时节,想起来一定很可爱。好比听见名叫"丽华"的女子,想来一定是个美人。

然而实际上春不是那么可喜的一个时节。我积三十六年之经验,深知暮春以前的春天,生活上是很不愉快的。

梅花带雪开了,说道是漏泄春的消息。但这完全是精神上的春,实际上雨雪霏霏,北风烈烈,与严冬何异？所谓迎春的人,也只是瑟缩地躲在房栊内,战栗地站在屋檐下,望望枯枝一般的梅花罢了！

再迟个把月吧,就像现在:惊蛰已过,所谓春将半了。住在都会里的朋友想象此刻的乡村,足有画图一般美丽,连忙写信来催我写春的随笔。好像因为我偎傍着春,惹他们妒忌似的。其实我们住在乡村间的人,并没有感到快乐,却生受了种种的不舒服:寒暑表激烈地升降于三十六度至六十二度① 之间。一日之

---

① 三十六度至六十二度,均指华氏度。

内,乍暖乍寒。暖起来可以想起都会里的冰淇淋,寒起来几乎可见天然冰,饱尝了所谓"料峭"的滋味。天气又忽晴忽雨,偶一出门,干燥的鞋子往往拖泥带水归来。"一春能有几番晴"是真的;"小楼一夜听春雨"其实没有什么好听,单调得很,远不及你们都会里的无线电的花样繁多呢。春将半了,但它并没有给我们一点舒服,只教我们天天愁寒,愁暖,愁风,愁雨。正是"三分春色二分愁,更一分风雨"!

春的景象,只有乍寒、乍暖、忽晴、忽雨是实际而明确的。此外虽有春的美景,但都隐约模糊,要仔细探寻,才可依稀仿佛地见到,这就是所谓"寻春"吧?有的说"春在卖花声里",有的说"春在梨花",又有的说"红杏枝头春意闹",但这种景象在我们这枯寂的乡村里都不易见到。即使见到了,肉眼也不易认识。总之,春所带来的美,少而隐;春所带来的不快,多而确。诗人词客似乎也承认这一点,春寒、春困、春愁、春怨,不是诗词中的常谈吗?不但现在如此,就是再过个把月,到了清明时节,也不见得一定春光明媚,令人极乐。倘又是落雨,路上的行人将要"断魂"呢。

可知春徒有其名,在实际生活上是很不愉快的。实际,一年中最愉快的时节,是从暮春开始的。就气候上说,暮春以前虽然大体逐渐由寒向暖,但变化多端,始终是乍寒,乍暖,最难将息的时候,到了暮春,方才冬天的影响完全消灭,而一路向暖。寒暑表上的水银爬到 temperate〔温和〕上,正是气候最 temperate 的时节。就景色上说,春色不须寻找,有广大的绿野青山,慰人心目。古人词云:"杜宇一声春去,树头无数青山。"原来山要到春去的时候方才全青,而惹人注目。我觉得自然景色中,青草与白雪是最伟大的现象。造物者描写"自然"这幅大画图时,对于春红、秋艳,都只是略蘸些胭脂、朱磦,轻描淡写。到了描写白雪与青草,他就毫不吝惜颜料,用刷子蘸了铅粉、藤黄和花青而大块地涂抹,使屋屋皆白,山山皆青。这仿佛是米派山水的点染法,又好像是Cézanne〔塞尚〕风景画的"色的块",何等泼辣的画风!而草色青青,连天遍野,尤为和平可亲、大公无私的春色。花木有时被关闭在私人的庭园里,吃了园丁的私刑而献媚于绅士淑女之前。草则到处自生自长,不择贵贱高下。人都以为花是春的作品,其实春工不在花枝,而在于草。看花的能有几人?草则广泛地生长在大地的表面,普遍地受大众的欣赏。这种美景,是早春所见不到的。那时候山野中枯草遍地,满目憔悴之色,看了令人不快。必须到了暮春,枯草尽去,才有真的青山绿野的出现,而天地为之一新。一年好景,无过于此时。自然对人的恩宠,也以此时为最深厚了。

讲求实利的西洋人,向来重视这季节,称之为May(五月)。May是一年中最愉快的时节,人间有种种的娱乐,即所谓May－queen(五月美人)、May－pole(五月彩柱)、May－games(五月游艺)等。May这一个字,原是"青春"、"盛年"的意思。可知西洋人视一年中的五月,犹如人生中的青年,为最快乐、最幸福、最精彩的时期。这确是名符其实的。但东洋人的看法就与他们不同:东洋人称这时期为暮春,正是留春、送春、惜春、伤春,而感慨、悲叹、流泪的时候,全然说不到乐。东洋人之乐,乃在"绿柳才黄半未匀"的新春,便是那忽晴、忽雨、乍暖、乍寒、最难将息的时候。这时候实际生活上虽然并不舒服,但默察花柳的萌动,静观天地的回春,在精神上是最愉快的。故西洋的"May"相当于东洋的"春"。这两个字读起来声音都很好听,看起来样子都很美丽。不过May是物质的、实利的,而春是精神的、艺术的。东西洋文化的判别,在这里也可窥见。

一九三四年三月十二夜十时

肉　　腿

清晨六点钟,寒暑表的水银已经爬上九十二度①。我臂上挂着一件今年未曾穿过的夏布长衫,手里提着行囊,在朝阳照着的河埠上下船,船就沿着运河向火车站开驶。

这船是我自己雇的。船里备着茶壶、茶杯、西瓜、薄荷糕、蒲扇和凉枕,都是自己家里拿下来的,同以前出门写生的时候一样。但我这回下了船,心情非常不快:一则为了天气很热,前几天清晨八十九度,正午升到九十九度。今天清晨就九十二度,正午定然超过百度以上,况且又在逼近太阳的船棚底下。加之打开行囊就看见一册《论语》,它的封面题着李笠翁的话,说道人应该在秋、冬、春三季中做事而以夏季中休息,这话好像在那里讥笑我。二则,这一天我为了必要的人事而出门,不比以前开"写生画船"的悠闲。那时正是暮春天气,我雇定一只船,把自己需用的书籍、器物、衣服、被褥放进船室中,自己坐卧其间。听凭船主人摇到哪个市镇靠夜,便上岸去自由写生,大有"听其所止而休焉"的气概。这回下船时形式依旧,意义却完全不同。这一次我不是到随便哪里去写生,我是坐了这船去赶十一点钟的火车。上回坐船出于自动,这回坐船出于被动。这点心理便在我胸中作起怪来,似乎觉得船室里的事物件件都不称心了。然而船窗外的特殊的景象,却引起了我的注意。

---

① 九十二度,指华氏度。

从石门湾到崇德之间,十八里运河的两岸,密接地排列着无数的水车。无数仅穿着一条短裤的农人,正在那里踏水。我的船在其间行进,好像阅兵式里的将军。船主人说,前天有人数过,两岸的水车共计七百五十六架。连日大晴大热,今天水车架数恐又增加了。我设想从天中望下来,这一段运河大约像一条蜈蚣,数百只脚都在那里动。我下船的时候心情的郁郁,到这时候忽然变成了惊奇。这是天地间的一种伟观,这是人与自然的剧战。火一般的太阳赫赫地照着,猛烈地在那里吸收地面上所有的水;浅浅的河水懒洋洋地躺着,被太阳越晒越浅。两岸数千百个踏水的人,尽量地使用两腿的力量,在那里同太阳争夺这一些水。太阳升得越高,他们踏得越快:"洛洛洛洛……"响个不绝。后来终于戛然停止,人都疲乏而休息了;然而太阳似乎并不疲倦,不须休息;在静肃的时候,炎威更加猛烈了。

听船人说,水车的架数不止这一些,运河的里面还有着不少。继续两三个月的大热大旱,田里、浜里、小河里,都已干燥见底;只有这条运河里还有些水。但所有的水很浅,大桥的磐石已经露出二三尺;河埠石下面的桩木也露出一二尺,洗衣汲水的人,蹲在河埠最下面一块石头上也撩不着水,须得走下到河床的边上来浣汲。我的船在河的中道独行,尚无阻碍;逢到和来船交手过的时候,船底常常触着河底,轧轧地作声。然而农人为田禾求水,舍此以外更没有其他的源泉。他们在运河边上架水车,把水从运河踏到小河里;再在小河边上架水车,把水从小河踏到浜里;再在浜上架水车,把水从浜里踏进田里。所以运河两岸的里面,还藏着不少的水车。"洛洛洛洛……"之声因远近而分强弱数种,互相呼应着。这点水仿佛某种公款,经过许多人之手,送到国库时所剩已无几了。又好比某种公文,由上司行到下司,费时很久,费力很多。因为河水很浅,水车必须竖得很直,方才吸得着水。我在船中目测那些水车与水平面所成的角度,都在四十五度以上;河岸特别高的地方,竟达五六十度。不曾踏过或见过水车的读者,也可想象:这角度越大,水爬上来时所经的斜面越峭,即水的分量越重,踏时所费的力量越多。这水仿佛是从井里吊起来似的。所以踏这等水车,每架起码三个人。而且一个车水口上所设水车不止一架。

　　故村里所有的人家,除老弱以外,大家须得出来踏水。根本没有种田就逢大旱的人家,或所种的禾稻已经枯死的人家,也非出来参加踏水不可,不参加的干犯众怒,有性命之忧。这次的工作非为"自利",因为有多人自己早已没有田禾了;又说不上"利他",因为踏进去的水被太阳蒸发还不够,无暇去滋润半枯的禾稻的根了。这次显然是人与自然的剧烈的抗争。不抗争而活是羞耻的,不抗争而死是怯弱的;抗争而活是光荣的,抗争而死也是甘心的。农人对于这个道理,嘴上虽然不说,肚里很明白。眼前的悲壮的光景便是其实证。有的水车上,连妇人、老太婆、十一二岁的小孩子都在那里帮工。"喤,喤,喤,"锣声响处,一齐戛然停止。有的到阴处坐着喘息;有人向桑树拳头① 上除下篮子来取吃食。篮子里有的是蚕豆。他们破晓吃了粥,带了一篮蚕豆出来踏水。饥时以蚕豆充饥,一直踏到夜半方始回去睡觉。只有少数的"富有"之家的篮子里,盛着冷饭。"喤,喤,喤,"锣声响处,大家又爬上水车,"洛洛洛洛"地踏起来。无数赤裸裸的肉腿并排着,合着一致的拍子而交互动作,演成一种带模样。我的心情由不快变成惊奇;由惊奇而又变成一种不快。以前为了我的旅行太苦痛而不快,如今为了我的旅行太舒服而不快。我的船棚下的热度似乎忽然降低了;小桌上的食物似乎忽然太精美了;我的出门的使命似乎忽然太轻松了。直到我舍船登岸,通过了奢华的二等车厢而坐到我的三等车厢里的时候,这种不快方

---

　　① 桑树拳头,指桑树上抽新枝处。

才渐渐解除。唯有那活动的肉腿的长长的带模样,只管保留印象在我的脑际。这印象如何?住在都会的繁华世界里的人最容易想象,他们这几天晚上不是常在舞场里、银幕上看见舞女的肉腿的活动的带模样吗?踏水的农人的肉体的带模样正和这相似,不过线条较硬些,色彩较黑些。近来农人踏水每天到夜半方休。舞场里、银幕上的肉腿忙着活动的时候,正是运河岸上的肉腿忙着活动的时候。

一九三四年八月十五日于杭州招贤寺

市 街 形 式

在上海劳作了半个月，一旦工作告一小段落，偷闲乘通车到杭州来抽一口气。当我在城站① 下车，坐黄包车到达新市场时，望见这里一片平广的夜景，心头感到十分的快适。

"为什么我心头这般快适？"我这样地自问，便开始研究自己的心理状态。研究的结果，我知道这快适的成因乃主观和客观两方合成。在主观方面，我这会劳作了半个月，到这里来休息一下，自己以为是堂皇的。好比劳动者作了一天苦工，晚间到酒店的柜头上来买碗酒喝，"一升高粱！"喊的声音威严响亮，语气是命令的。在客观的方面，新市场的市街的平广的景象，容易使人看了生出快适之感。杭州还没有摩天楼出现，现有的房屋大多数是二三层的。远望市街的夜景，只见一片灯火平铺在广大的地上，好像一条灿烂的宝带。我看到这般景象时，假想它是古代神话中的光景，心头暂时感到一种快适。

上海市街的灯火，当然比杭州更多。然而没有这般快适之感，却使人感到一种压迫。这是市街形式不同的关系，上海的市街形式是直的，杭州的市街形式是横的。直的形式有严肃之感，横的形式有和平之感。只要比较观看直线和横线，便可知道形式感情的区别。直线是阶级的，横线是平等的。直线有危险性，横线则表示永久的安定。故直线比横线森严，横线比直线可亲。

---

① 城站，指杭州的火车站。

森林多直线,使人感到凛然;流水多横线,使人感到爽快。上海近来高层建筑日渐增多,虽然没有像森林一般密,也可谓"林立"了。我们身在高不可仰的大建筑物下面行走,觉得自己的身体在相形之下非常邈小,自然地感到一种恐怖。设想这种高大的建筑物假如坍倒下来,可使许多人粉身碎骨,好像大皮鞋落在蚂蚁队伍上一样。

高层建筑是现代艺术的主要的题材,这正在世界各资本主义的大都市中蓬勃地发展着。世间的建筑家,多数正在尽心竭力地从事于摩天阁建造法的研究。他们想把向来的横的市街改造为直的,想把向来的和平可亲的市街改造为危险可怕的。

上海分明已经受着这种改造,杭州还不会。因此我觉得杭州可爱;但可爱的也只是杭州的形式而已。

二十三〔1934〕年十二月十七日于石门湾缘缘堂

(原载1935年1月25日《新中华》第3卷第2期)

三　娘　娘

我的船停泊在小桥塊的小杂货店的门口,已经三天了。每次从船舱的玻璃窗中向岸上眺望,必然看见那小杂货店里有一位中年以上的妇人坐在凳子上"打绵线"。后来看得烂熟,不须写生,拿着铅笔便能随时背摹其状。我从她的样子上推想她的名字大约是三娘娘。就这样假定。

从船舱的玻璃窗中望去,三娘娘家的杂货店只有一个板橱和一只板桌。板橱内陈列着草纸,蚊虫香和香烟等。板桌上排列着四五个玻璃瓶,瓶内盛着花生米糖果等。还有一只黑猫,有时也并列在玻璃瓶旁。难得有一个老人或一个青年在这店里出现,常见的只有三娘娘一人。但我从未见过有人来三娘娘的店里买物。每次眺望,总见她坐在板桌旁边的独人凳上,打绵线。

午后天下雨。我暂不上岸,靠在船窗上吃枇杷。假如我平生也有四恨,枇杷有核该是我的四恨之一。我说水果中枇杷顶好吃。可惜吃的手续麻烦。推了半桌子的皮和核,弄脏了两手。同吃蟹相似,善后甚是吃力。但靠在船窗上吃,省力得多。皮和核可随时抛在水里,决没有卫生警察来干涉。即使来干涉,我可想出理由来辩解:枇杷叶是药,枇杷核和皮或者也有药力。近来水面上浮着死猪,死羊,死狗,死猫很多,加了这药力或者可以消毒,有益于公众卫生。这般说过之后,卫生警察一定"马马虎虎"。

以前我只是向窗中探首一望,瞥见三娘娘的刹那间的姿态而已。这回因吃枇杷,久凭窗际,方才看见三娘娘的打绵线的能干,其技法的敏捷,态度的坚忍,可以使人吃惊。都会里的摩青与摩女,(注:日本人略称 modern boy〔摩登(男)青年〕为 moba,略称 modern girl〔摩登女郎〕为 moga①,今仿此。)恐怕没有知道"打绵线"为何物;看了我这幅画,将误认为打弹子,放风筝,抽陀螺,亦未可知。我生长在穷乡,见惯这种苦工,现在可为不知者略道之:这是一架人制的纺丝机器。在一根三四尺长的手指粗细的木棒上,装一个铜叉头,名曰"绵叉梗",再用一根约一尺长的筷子粗细的竹棒,上端雕刻极疏的螺旋纹,下端装顺治铜钿

---

① moba,moga 皆英语发音之简化。

（康熙，乾隆铜钿亦可）十余枚，中间套一芦管，名曰"锤子"。纺丝的工具，就是绵叉梗和锤子这两件。应用之法，取不能缫丝的坏茧子或茧子上剥下来的东西，并作绵絮似的一团，顶在绵叉梗上的铜叉头上。左手持绵叉梗，右手扭那绵絮，使成为线。将线头卷在锤子的芦管上，嵌在螺旋纹里。然后右手指用力将竹棒一旋，使锤子一边旋转，一边靠了顺治铜钱的重力而挂下去。上面扭，下面挂，线便长起来。挂到将要碰着地了，右手停止扭线而捉取锤子，将线卷在芦管上。卷了再挂，挂了再卷，锤子上的线球渐渐大起来。大到像上海水果店里的芒果一般了，便可连芦管拔脱，另将新芦管换上，如法再制。这种芒果般的线球，名曰绵线。用绵线织成的绸，名曰绵绸：像我现在身上所穿的衣服，正是由三娘娘之类的人的左手一寸一寸地扭出来而一寸一寸地卷上去的绵线所织成的。近来绵绸大贱，每尺只卖一角多钱。据说，照这价钱合算起工资来，像三娘娘这样勤劳地一天扭到晚，所得不到十个铜板。但我想，假如用"勤劳"的国土里的金钱来定起工价来，这样纯熟的技能，这样忍苦的劳作，定他每天十个金镑，也不算过多呢。三娘娘的操持绵叉梗的手，比闲人们打弹子的手更为稳固；扭绵线的手，比闲人们放风筝的手更为敏捷；旋锤子的手，比闲人们抽陀螺的手更为有力。打一个弹子可赢得不少的洋钱，打一天绵线赚不到十个铜板。如使三娘娘欲富，应该不打绵线打弹子。

　　三娘娘为求工作的速成，扭的绵线特别长，要两手向上攀得无可再高，锤子向下挂得比她的小脚尖还低，方才收卷。线长了，收卷的时候两臂非极度向左右张开不可。看她一挂一卷，手臂的动作非常辛苦！一挂一卷，费时不到一分钟；假定她每天打绵线八小时，统计起来，她的手臂每天要攀高五六百次。张开五六百次。就算她每天赚得十个铜板，她的手臂要攀五六十次，张五六十次，还要扭五六十通，方得一个铜板的酬报。

黑猫端坐在她面前,静悄悄地注视她的工作,好像在那里留心计数她的手臂的动作的次数。

二十三〔1934〕年六月十六日

(原载 1934 年 7 月 1 日《文学》月刊)

蜜　　蜂

正在写稿的时候,耳朵近旁觉得有"嗡嗡"之声,间以"得得"之声。因为文思正畅快,只管看着笔底下,无暇抬头来探究这是什么声音。然而"嗡嗡","得得",也只管在我耳旁继续作声,不稍间断。过了几分钟之后,它们已把我的耳鼓刺得麻木,在我似觉这是写稿时耳旁应有的声音,或者一种天籁,无须去探究了。

等到文章告一段落,我放下自来水笔,照例伸手向罐中取香烟的时候,我才举头看见这"嗡嗡""得得"之声的来源。原来有一只蜜蜂,向我案旁的玻璃窗上求出路,正在那里乱撞乱叫。

我以前只管自己的工作,不起来为它谋出路,任它乱撞乱叫到这许久时光,心中觉得有些抱歉。然而已经挨到现在,况且一时我也想不出怎样可以使它钻得出去的方法,也就再停一会儿,等到点着了香烟再说。

我一边点香烟,一边旁观它的乱撞乱叫。我看它每一次钻,先飞到离玻璃一二寸的地方,然后直冲过去,把它的小头在玻璃上"得,得"地撞两下,然后沿着玻璃"嗡嗡"地向四处飞鸣。其意思是想在那里找一个出身的洞。也许不是找洞,为的是玻璃上很光滑,使它立脚不住,只得向四处乱舞。乱舞了一回之后,大概它悟到了此路不通,于是再飞开来,飞到离玻璃一二寸的地方,重整旗鼓,向玻璃的另一处地方直撞过去。因此"嗡嗡""得得",一直继续到现在。

我看了这模样,觉得非常可怜。求生活真不容易,只做一只小小的蜜蜂,为了生活也须碰到这许多钉子。我诅咒那玻璃,它一面使它清楚地看见窗外花台里含着许多蜜汁的花,以及天空中自由翱翔的同类,一面又周密地拦阻它,永远使它可望而不可即。这真是何等恶毒的东西!它又仿佛是一个骗子,把窗外的广大的天地和灿烂的春色给蜜蜂看,诱它飞来。等到它飞来了,却用一种无形的阻力拦住它,永不使它出头,或竟可使它撞死在这种阻力之下。

因了诅咒玻璃,我又羡慕起物质文明未兴时的幼年生活的诗趣来。我家祖母年年养蚕。每当蚕宝宝上山的时候,堂前装纸窗以防风。为了一双燕子常要出入,特地在纸窗上开一个碗来大的洞,当作燕子的门,那双燕子似乎通人意的,来去时自会把翼稍稍敛住,穿过这洞。这般情景,现在回想了使我何等憧憬!假如我案旁的窗不用玻璃而换了从前的纸窗,我们这蜜蜂总可钻得出去。即使撞两下,也是软软地,没有什么苦痛。求生活在从前容易得多,不但人类社会如此,连虫类社会也如此。

我点着了香烟之后就开始为它谋出路。但这是一件很不容易的事。叫它不要在这里钻,应该回头来从门里出去,它听不懂我的话。用手硬把它捉住了到门外去放,它一定误会我要害它,会用螯反害我,使我的手肿痛得不能工作。除非给它开窗;但是这扇窗不容易开,窗外堆叠着许多笨重的东西,须得先把这些东西除去,方可开窗。这些笨重的东西不是我一人之力所能除去的。

于是我起身来请同室的人帮忙,大家合力除去窗外的笨重的东西,好把窗开了,让我们这蜜蜂得到出路。但是同室的人大家不肯,他们说,"我们做工都很疲倦了,哪有余力去搬重物而救蜜蜂呢?"我顿觉自己也很疲倦,没有搬这些重物的余力。救蜜蜂的事就成了问题。

忽然门里走进一个人来和我说话。为了不能避免的事,我立刻被他拉了一同出门去,就把蜜蜂的事忘却了。等到我回来的时候,这蜜蜂已不见。不知道是飞去了,被救了,还是撞杀了。

二十四〔1935〕年三月七日于杭州

(原载1935年4月《文饭小品》第3期)

杨　　柳

因为我的画中多杨柳树,就有人说我欢喜杨柳树;因为有人说我欢喜杨柳树,我似觉自己真与杨柳树有缘。但我也曾问心,为什么欢喜杨柳树? 到底与杨柳树有什么深缘? 其答案了不可得。原来这完全是偶然的:昔年我住在白马湖上,看见人们在湖边种柳,我向他们讨了一小株,种在寓屋的墙角里。因此给这屋取名"小杨柳屋",因此常取见惯的杨柳为画材,因此就有人说我欢喜杨柳,因此我自己似觉与杨柳有缘。假如当时人们在湖边种荆棘,也许我会给屋取为"小荆棘屋",而专画荆棘,成为与荆棘有缘,亦未可知。天下事往往如此。

但假如我存心要和杨柳结缘,就不说上面的话,而可以附会种种的理由上去。或者说我爱它的鹅黄嫩绿,或者说我爱它的如醉如舞,或者说我爱它像小蛮的腰,或者说我爱它是陶渊明的宅边所种的,或者还可引援"客舍青青"的诗,"树犹如此"的话,以及"王恭之貌","张绪之神"等种种古典来,作为自己爱柳的理由。即使要找三百个冠冕堂皇、高雅深刻的理由,也是很容易的。天下事又往往如此。

也许我曾经对人说过"我爱杨柳"的话。但这话也是随缘的。仿佛我偶然买一双黑袜穿在脚上,逢人问我"为什么穿黑袜"时,就对他说"我欢喜穿黑袜"一样。实际,我向来对于花木无所爱好;即有之,亦无所执着。这是因为我生长穷乡,只见桑麻,禾黍,烟片,棉花,小麦,大豆,不曾亲近过万花如绣的园林。只在几本旧书里看见过"紫薇","红杏","芍药","牡丹"等美丽的名称,但难得亲近这等名称的所有者。并非完全没有见过,只因见时它们往往使我失望,不相信这便是曾对紫薇郎的紫薇花,曾使尚书出名的红杏,曾傍美人醉卧的芍药,或者象征富贵的牡丹。我觉得它们也只是植物中的几种,不过少见而名贵些,实在也没有什么特别可爱的地方,似乎不配在诗词中那样地受人称赞,更不配在花木中占据那样高尚的地位。因此我似觉诗词中所赞叹的名花是另外一种,不是我现在所看见的这种植物。我也曾偶游富丽的花园,但终于不曾见过十足地配称"万花如绣"的景象。

假如我现在要赞美一种植物,我仍是要赞美杨柳。但这与前缘无关,只是我这几天的所感,一时兴到,随便谈谈,也不会像信仰宗教或崇拜主义地毕生皈依它。为的是昨日天气佳,埋头写作到傍晚,不免走到西湖边的长椅子里坐了一会。看见湖岸的杨柳树上,好像挂着几万串嫩绿的珠子,在温暖的春风中飘来飘去,飘出许多弯度微微的S线来,觉得这一种植物实在美丽可爱,非赞它一下不可。

听人说,这种植物是最贱的。剪一根枝条来插在地上,它也会活起来,后来变成一株大杨柳树。它不需要高贵的肥料或工深的壅培,只要有阳光、泥土和水,便会生活,而且生得非常强健而美丽。牡丹花要吃猪肚肠,葡萄藤要吃肉汤,许多花木要吃豆饼,杨柳树不要吃人家的东西,因此人们说它是"贱"的,大概"贵"是要吃的意思。越要吃得多,越要吃得好,就是越"贵"。吃得很多很好而没有用处,只供观赏的,似乎更贵。例如牡丹比葡萄贵,是为了牡丹吃了猪肚肠只供观赏而葡萄吃了肉汤有结果的原故。杨柳不要吃人的东西,且有木材供人用,因此被人看作"贱"的。

我赞杨柳美丽,但其美与牡丹不同,与别的一切花木都不同。杨柳的主要的美点,是其下垂。花木大都是向上发展的,红杏能长到"出墙",古木能长到"参天"。向上原是好的,但我往往看见枝叶花果蒸蒸日上,似乎忘记了下面的根,觉得其样子可恶;你们是靠他养活的,怎么只管高踞上面,绝不理睬他呢?你们的生命建设在他上面,怎么只管贪图自己的光荣,而绝不回顾处在泥土中的根本呢?花木大都如此。甚至下面的根已经被砍,而上面的花叶还是欣欣向荣,在那里作最后一刻的威福,真是可恶而又可怜!杨柳没有这般可恶可怜的样子:它不是不会向上生长。它长得很快,而且很高;但是越长得高,越垂得低。千万条陌头细柳,条条不忘记根本,常常俯首顾着下面,时时借了春风之力,向处在泥土中的根本拜舞,或者和它亲吻。好像一群的活泼孩子环绕着他们的慈母而游戏,但时时依傍到慈母的身旁去,或者扑进慈母的怀里去,使人看了觉得非常可爱。杨柳树也有高出墙头的,但我不嫌它高,为了它高而能下,为了它高而不忘本。

　　自古以来,诗文常以杨柳为春的一种主要题材。写春景曰"万树垂杨",写春色曰"陌头杨柳",或竟称春天为"柳条春"。我以为这并非仅为杨柳当春抽条的原故。实因其树有一种特殊的姿态,与和平美丽的春光十分调和的原故。这种姿态的特殊点,便是"下垂"。不然,当春发芽的树木不知凡几,何以专让柳条作春的主人呢? 只为别的树木都凭仗了春之力而拼命向上,一味求高,忘记了自己的根本。其贪婪之相不合于春的精神。最能象征春的神意的,只有垂杨。

　　这是我昨天看了西湖边上的杨柳而一时兴起的感想。但我所赞美的不仅是西湖上的杨柳。在这几天的春光之下,乡村处处的杨柳都有这般可赞美的姿态。西湖似乎太高贵了,反而不适于栽植这种"贱"的垂杨呢。

二十四〔1935〕年三月四日于杭州

云　霓

这是去年夏天的事。

两个月不下雨。太阳每天晒十五小时。寒暑表中的水银每天爬到百度①之上。河底处处向天。池塘成为洼地。野草变作黄色而矗立在灰白色的干土中。大热的苦闷和大旱的恐慌充塞了人间。

室内没有一处地方不热。坐凳子好像坐在铜火炉上。按桌子好像按着了烟囱。洋蜡烛从台上弯下来,弯成磁铁的形状,薄荷锭在桌子上放了一会,旋开来统统溶化而蒸发了。狗子伸着舌头伏在桌子底下喘息,人们各占住了一个门口而不息地挥扇。挥得手腕欲断,汗水还是不绝地流。汗水虽多,饮水却成问题。远处挑来的要四角钱一担,倒在水缸里好像乳汁,近处挑来的也要十个铜板一担,沉淀起来的有小半担是泥。有钱买水的人家,大家省省地用水。洗过面的水留着洗衣服,洗过衣服的水留着洗裤。洗过裤的水再留着浇花。没有钱买水的人家,小脚的母亲和数岁的孩子带了桶到远处去扛。每天愁热愁水,还要愁未来的旱荒。迟耕的地方还没有种田,田土已硬得同石头一般。早耕的地方苗秧已长,但都变成枯草了。尽驱全村的男子踏水。先由大河踏进小河,再由小河踏进港汊,再由港汊踏进田里。但一日工作十五小时,人们所踏进来的水,不够一日照临十五小时

---

①　百度,指华氏度。

太阳的蒸发。今天来个消息,西南角上的田禾全变黄色了;明天又来个消息,运河岸上的水车增至八百几十部了。人们相见时,最初徒唤奈何:"只管不下雨怎么办呢?""天公竟把落雨这件事根本忘记了!"但后来得到一个结论,大家一见面就惶恐地相告:"再过十天不下雨,大荒年来了!"

　　此后的十天内,大家不暇愁热,眼巴巴的只望下雨。每天一早醒来,第一件事是问天气。然而天气只管是晴,晴,晴……一直晴了十天。第十天以后还是晴,晴,晴……晴到不计其数。有几个人绝望地说:"即使现在马上下雨,已经来不及了。"然而多数人并不绝望:农人依旧拼命踏水,连黄发垂髫都出来参加。镇上的人依旧天天仰首看天,希望它即刻下雨,或者还有万一的补救。他们所以不绝望者,为的是十余日来东南角上天天挂着几朵云霓,它们忽浮忽沉,忽大忽小,忽明忽暗,忽聚忽散,向人们显示种种欲雨的现象,维持着他们的一线希望,有时它们升起来,大起来,黑起来,似乎义勇地向踏水的和看天的人说:"不要失望!我们带雨来了!"于是踏水的人增加了勇气,愈加拼命地踏,看天的人得着了希望,欣欣然有喜色而相与欢呼:"落雨了!落雨了!"年老者摇着双手阻止他们:"喊不得,喊不得,要吓退的啊。"不久那些云霓果然被吓退了,它们在炎阳之下渐渐地下去,少起来,淡起来,散开去,终于隐伏在地平线下,人们空欢喜了一场,依旧回进大热的苦闷和大旱的恐慌中,每天有一场空欢喜,但每天逃不出苦闷和恐怖。原来这些云霓只是挂着给人看看,空空地给人安慰和勉励而已。后来人们都看穿了,任它们五色灿烂地飘游在天空,只管低着头和热与旱奋斗,得过且过地度日子,不再上那些虚空的云霓的当了。

　　这是去年夏天的事。后来天终于下雨,但已无补于事,大荒年终于出现。现在,农人啖着糠粞,工人闲着工具,商人守着空柜,都在那里等候蚕熟和麦熟,不再回忆过去的旧事了。

我现在为什么在这里重提旧事呢？因为我在大旱时曾为这云霓描一幅画。现在从大旱以来所作画中选出民间生活描写的六十幅来，结集为一册书，把这幅《云霓》冠卷首，就名其书为《云霓》。这也不仅是模仿《关雎》，《葛覃》，取首句作篇名而已，因为我觉得现代的民间，始终充塞着大热似的苦闷和大旱似的恐慌，而且也有几朵"云霓"始终挂在我们的眼前，时时用美好的形状来安慰我们，勉励我们，维持我们生活前途的一线希望，与去年夏天的状况无异。就记述这状况，当作该书的代序。

记述既毕，自己起了疑问：我这《云霓》能不空空地给人玩赏吗？能满足大旱时代的渴望吗？自己知道都不能。因为这里所描的云霓太小了，太少了。仅乎这几朵怎能沛然下雨呢？恐怕也只能空空地给人玩赏一下，然后任其消沉到地平线底下去的吧。

画集《云霓》（天马版）代序，
二十四〔1935〕年三月十九日作。

（原载 1935 年 5 月 3 日《申报》）

车厢社会

丰子恺散文

我第一次乘火车,是在十六七岁时,即距今二十余年前。虽然火车在其前早已通行,但吾乡离车站有三十里之遥,平时我但闻其名,却没有机会去看火车或乘火车。十六七岁时,我毕业于本乡小学,到杭州去投考中等学校,方才第一次看到又乘到火车。以前听人说:"火车厉害得很,走在铁路上的人,一不小心,身体就被碾做两段。"又听人说:"火车快得邪气①,坐在车中,望见窗外的电线木如同栅栏一样。"我听了这些话而想象火车,以为这大概是炮弹流星似的凶猛唐突的东西,觉得可怕。但后来看到了,乘到了,原来不过尔尔。天下事往往如此。

自从这一回乘了火车之后,二十余年中,我对火车不断地发生关系。至少每年乘三四次,有时每月乘三四次,至多每日乘三四次(不过这是从江湾到上海的小火车)。一直到现在,乘火车的次数已经不可胜计了。每乘一次火车,总有种种感想。倘得每次下车后就把乘车时的感想记录出来,记到现在恐怕不止数百万言,可以出一大部乘火车全集了。然而我哪有工夫和能力来记录这种感想呢?只是回想过去乘火车时的心境,觉得可分三个时期,现在记录出来,半为自娱,半为世间有乘火车的经验的读者谈谈,不知他们在火车中是否作如是想的?

第一个时期,是初乘火车的时期。那时候乘火车这件事在

---

① 快得邪气,上海一带方言,意即非常快。

我觉得非常新奇而有趣。自己的身体被装在一个大木箱中,而用机械拖了这大木箱狂奔,这种经验是我向来所没有的,怎不教我感到新奇而有趣呢?那时我买了车票,热烈地盼望车子快到。上了车,总要拣个靠窗的好位置坐。因此可以眺望窗外旋转不息的远景,瞬息万变的近景,和大大小小的车站。一年四季住在看惯了的屋中,一旦看到这广大而变化无穷的世间,觉得兴味无穷。我巴不得乘火车的时间延长,常常嫌它到得太快,下车时觉得可惜。我欢喜乘长途火车,可以长久享乐。最好是乘慢车,在车中的时间最长,而且各站都停,可以让我尽情观赏。我看见同车的旅客个个同我一样地愉快,仿佛个个是无目的地在那里享乐乘火车的新生活的。我看见各车站都美丽,仿佛个个是桃源仙境的入口。其中汗流满背地扛行李的人,喘息狂奔的赶火车的人,急急忙忙地背着箱笼下车的人,拿着红绿旗子指挥开车的人,在我看来仿佛都干着有兴味的游戏,或者在那里演剧。世间真是一大欢乐场,乘火车真是一件愉快不过的乐事!可惜这时期很短促,不久乐事就变为苦事。

　　第二个时期,是老乘火车的时期。一切都看厌了,乘火车在我就变成了一桩讨厌的事。以前买了车票热烈地盼望车子快到。现在也盼望车子快到,但不是热烈地而是焦灼地。意思是要它快些来载我赴目的地。以前上车总要拣个靠窗的好位置,现在不拘,但求有得坐。以前在车中不绝地观赏窗内窗外的人物景色,现在都不要看了,一上车就拿出一册书来,不顾环境的动静,只管埋头在书中,直到目的地的到达。为的是老乘火车,一切都已见惯,觉得这些千篇一律的状态没有什么看头。不如利用这冗长无聊的时间来用些功。但并非欢喜用功,而是无可奈何似的用功。每当看书疲倦起来,就埋怨火车行得太慢,看了许多书才走得两站!这时候似觉一切乘车的人都同我一样,大家焦灼地坐在车厢中等候到达。看到凭在车窗上指点谈笑的小孩子,我鄙视他们,觉得这班初出茅庐的人少见多怪,其浅薄可笑。有时窗外有飞机驶过,同车的人大家立起来观望,我也不屑从众,回头一看立刻埋头在书中。总之,那时我在形式上乘火车,而在精神上仿佛遗世独立,依旧笼闭在自己的书斋中。那时候我觉得世间一切枯燥无味,无可享乐,只有沉闷、疲倦,和苦痛,正同乘火车一样。这时期相当地延长,直到我深入中年时候而截止。

  第三个时期,可说是惯乘火车的时期。乘得太多了,讨嫌不得许多,还是逆来顺受吧。心境一变,以前看厌了的东西也会重新有起意义来,仿佛"温故而知新"似的。最初乘火车是乐事,后来变成苦事,最后又变成乐事,仿佛"返老还童"似的。最初乘火车欢喜看景物,后来埋头看书,最后又不看书而欢喜看景物了。不过这回的欢喜与最初的欢喜性状不同:前者所见都是可喜的,后者所见却大多数是可惊的,可笑的,可悲的。不过在可惊可笑可悲的发现上,感到一种比埋头看书更多的兴味而已。故前者的欢喜是真的"欢喜",若译英语可用 happy 或 merry。后者却只是 like 或 fond of①,不是真心的欢乐。实际,这原是比较而来的;因为看书实在没有许多好书可以使我集中兴味而忘却乘火车的沉闷。而这车厢社会里的种种人间相倒是一部活的好书,会时时向我展出新颖的 page〔篇页〕来。惯乘火车的人,大概对我这话多少有些儿同感的吧!

  不说车厢社会里的琐碎的事,但看各人的坐位,已够使人惊叹了。同是买一张票的,有的人老实不客气地躺着,一人占有了五六个人的位置。看见找寻坐位的人来了,把头向着里,故作鼾声,或者装作病人,或者举手指点那边,对他们说:"前面很空,前面很空。"和平谦虚的乡下人大概会听信他的话,让他安睡,背着

---

① happy 和 merry 是指心情的愉快、欢乐;like 和 fond of 则是指喜爱。

丰子恺漫画选（1923—1925年）

丰子恺漫画选（1923—1925 年）

行李向他所指点的前面去另找"很空"的位置。有的人教行李分占了自己左右的两个位置,当作自己的卫队。若是方皮箱,又可当作自己的茶几。看见找坐位的人来了,拼命埋头看报。对方倘不客气地向他提出:"对不起,先生,请你的箱子放在上面了,大家坐坐!"他会指着远处打官话拒绝他:"那边也好坐,你为什么一定要坐在这里?"说过管自看报了。和平谦虚的乡下人大概不再请求,让他坐在行李的护卫中看报,抱着孩子向他指点的那边去另找"好坐"的地方了。有的人没有行李,把身子扭转来,教一个屁股和一支大腿占据了两个人的坐位,而悠闲地凭在窗中吸烟。他把大乌龟壳似的一个背部向着他的右邻,而用一支横置的左大腿来拒远他的左邻①。这大腿上面的空间完全归他所有,可在其中从容地抽烟,看报。逢到找寻坐位的人来了,把报纸堆在大腿上,把头钻出窗外,只作不闻不见。还有一种人,不取大腿的策略,而用一册书和一个帽子放在自己身旁的坐位上。找坐位的人倘来请他拿开,就回答他说"这里有人"。和平谦虚的乡下人大概会听信他,留这空位给他那"人"坐,扶着老人向别处去另找坐位了。找不到坐位时,他们就把行李放在门口,自己坐在行李上,或者抱了小孩,扶了老人站在W.C.②的门口。查票的来了,不干涉躺着的人,以及用大腿或帽子占坐位的人,却埋怨坐在行李上的人和抱了小孩扶了老人站在W.C.门口的人阻碍了走路,把他们骂脱几声。

　　我看到这种车厢社会里的状态,觉得可惊,又觉得可笑,可悲。可惊者,大家出同样的钱,购同样的票,明明是一律平等的乘客,为什么会演出这般不平等的状态?可笑者,那些强占坐位的人,不惜装腔,撒谎,以图一己的苟安,而后来终得舍去他的好

---

① 旧时火车车厢的坐位是直排的,即两旁靠窗各一长排,中间背靠背两长排。
② W.C.英语 Water Closet 的缩写,意即厕所。

位置。可悲者，在这乘火车的期间中，苦了那些和平谦虚的乘客，他们始终只得坐在门口的行李上，或者抱了小孩，扶了老人站在W.C.的门口，还要被查票者骂脱几声。

在车厢社会里，但看坐位这一点，已足使我惊叹了。何况其他种种的花样。总之，凡人间社会里所有的现状，在车厢社会中都有其缩图。故我们乘火车不必看书，但把车厢看作人间世的模型，足够消遣了。

回想自己乘火车的三时期的心境，也觉得可惊，可笑，又可悲。可惊者，从初乘火车经过老乘火车，而至于惯乘火车，时序的递变太快！可笑者，乘火车原来也是一件平常的事。幼时认为"电线木同栅栏一样"，车站同桃源一样，固然可笑，后来那样地厌恶它而埋头于书中，也一样地可笑。可悲者，我对于乘火车不复感到昔日的欢喜，而以观察车厢社会里的怪状为消遣，实在不是我所愿为之事。

于是我憧憬于过去在外国时所乘的火车。记得那车厢中很有秩序，全无现今所见的怪状。那时我们在车厢中不解众苦，只觉旅行之乐。但这原是过去已久的事，在现今的世间恐怕不会再见这种车厢社会了。前天同一位朋友从火车下来，出车站后他对我说了几句新诗似的东西，我记忆着。现在抄在这里当作结尾：

  人生好比乘车：
  有的早上早下，
  有的迟上迟下，
  有的早上迟下，
  有的迟上早下。
  上了车纷争坐位，
  下了车各自回家。

在车厢中留心保管你的车票，
下车时把车票原物还他。

二十四〔1935〕年三月二十六日

梧 桐 树

寓楼的窗前有好几株梧桐树。这些都是邻家院子里的东西,但在形式上是我所有的。因为它们和我隔着适当的距离,好像是专门种给我看的。它们的主人,对于它们的局部状态也许比我看得清楚;但是对于它们的全体容貌,恐怕始终没看清楚呢。因为这必须隔着相当的距离方才看见。唐人诗云:"山远始为容。"我以为树亦如此。自初夏至今,这几株梧桐树在我面前浓妆淡抹,显出了种种的容貌。

当春尽夏初,我眼看见新桐初乳的光景。那些嫩黄的小叶子一簇簇地顶在秃枝头上,好像一堂树灯①。又好像小学生的剪贴图案,布置均匀而带幼稚气。植物的生叶,也有种种技巧:有的新陈代谢,瞒过了人的眼睛而在暗中偷换青黄。有的微乎其微,渐乎其渐,使人不觉察其由秃枝变成绿叶。只有梧桐树的生叶,技巧最为拙劣,但态度最为坦白。它们的枝头疏而粗,它们的叶子平而大。叶子一生,全树显然变容。

在夏天,我又眼看见绿叶成阴的光景。那些团扇大的叶片,长得密密层层,望去不留一线空隙,好像一个大绿障,又好像图案画中的一座青山。在我所常见的庭院植物中,叶子之大,除了芭蕉以外,恐怕无过于梧桐了。芭蕉叶形状虽大,数目不多,那

---

① 作者故乡一带的风俗,人死后须在尸场上靠近头的一端点起树灯,树灯是一种点着许多油灯的树形灯架。

丁香结要过好几天才展开一张叶子来,全树的叶子寥寥可数。梧桐叶虽不及它大,可是数目繁多。那猪耳朵一般的东西,重重叠叠地挂着,一直从低枝上挂到树顶。窗前摆了几枝梧桐,我觉得绿意实在太多了。古人说"芭蕉分绿上窗纱",眼光未免太低,只是阶前窗下的所见而已。若登楼眺望,芭蕉便落在眼底,应见"梧桐分绿上窗纱"了。

一个月以来,我又眼看见梧桐叶落的光景。样子真凄惨呢!最初绿色黑暗起来,变成墨绿;后来又由墨绿转成焦黄;北风一吹,它们大惊小怪地闹将起来,大大的黄叶便开始辞枝——起初突然地落脱一两张来,后来成群地飞下一大批来,好像谁从高楼上丢下来的东西。枝头渐渐地虚空了,露出树后面的房屋来,终于只剩几根枝条,回复了春初的面目。这几天它们空手站在我的窗前,好像曾经娶妻生子而家破人亡了的光棍,样子怪可怜的!我想起了古人的诗:"高高山头树,风吹叶落去。一去数千里,何当还故处?"现在倘要搜集它们的一切落叶来,使它们一齐变绿,重还故枝,回复夏日的光景,即使仗了世间一切支配者的势力,尽了世间一切机械的效能,也是不可能的事了!回黄转绿世间多,但象征悲哀的莫如落叶,尤其是梧桐的落叶。落花也曾令人悲哀。但花的寿命短促,犹如婴儿初生即死,我们虽也怜惜他,但因对他关系未久,回忆不多,因之悲哀也不深。叶的寿命比花长得多,尤其是梧桐的叶,自初生至落尽,占有大半年之久,况且这般繁茂,这般盛大!眼前高厚浓重的几堆大绿,一朝化为乌有!"无常"的象征,莫大于此了!

但它们的主人,恐怕没有感到这种悲哀。因为他们虽然种植了它们,所有了它们,但都没有看见上述的种种光景。他们只是坐在窗下瞧瞧它们的根干,站在阶前仰望它们的枝叶,为它们扫扫落叶而已,何从看见它们的容貌呢?何从感到它们的象征呢?可知自然是不能被占有的。可知艺术也是不能被占有的。

二十四〔1935〕年十一月二十八日夜作

(原载 1935 年 12 月 16 日《宇宙风》第 1 卷第 7 期)

新 年 怀 旧

我似觉有二十多年不逢着"新年"了。因为近二十多年来，我所逢着的新年，大都不像"新年"。每逢年底，我未尝不热心地盼待"新年"的来到；但到了新年，往往大失所望，觉得这不是我所盼待的"新年"。我所盼待的"新年"似乎另外存在着，将来总有一天会来到的。再过半个月，新年又将来临。料想它又是不像"新年"的，也无心盼待了。且回想过去吧。

我所认为像"新年"的新年，只有二十多年前，我幼时所逢到的几个"新年"。近二十多年来，我每逢新年，全靠对它们的回忆，在心中勉强造出些"新年"似的情趣来，聊以自慰。回忆的力一年一年地薄弱起来。现在若不记录一些，恐怕将来的新年，连这点聊以自慰的空欢也没有了。

当阳历还被看作"洋历"，阴历独裁地支配着时间的时代，新年真是一个极盛大的欢乐时节！一切空气温暖而和平，一切人公然地嬉戏。没有一个人不穿新衣服，没有一个人不是新剃头。尤其是我，正当童年时代，不知众苦，但有一切乐。我的新年的欢乐，始于新年的 eve〔前夕〕。

大年夜的夜饭，我故意不吃饱。留些肚皮，用以享受夜间游乐中的小食，半夜里的暖锅，和后半夜的接灶圆子。吃过夜饭，店里的柜台上就点着一对红蜡烛，一只风灯。红蜡烛是岁烛，风灯是供给往来的收帐人看帐目用的。从黄昏起，直至黎明，街上携着灯笼收帐的人络绎不绝。来我们店里收帐的人，最初上门来,约在黄昏时,谈了些寒暄,把帐簿展开来看一看,大约有多少,假如看见管帐先生不拿出钱来,他们会很客气地说一声"等一会儿再算",就告辞。第二次来,约在半夜时。这会拿过算盘业,确实地决算一下,打了一个折扣,再在算盘上摸脱了零头,得到一个该付的实数。倘我们的管帐先生因为自己的店帐没有收齐,回报他们说,"再等一会儿付款",收帐的人也会很客气地满口答允,提了灯笼又去了。第三次来时,约在后半夜。有的收清帐款,有的反而把旧欠放弃不收,说道"带点老亲"。于是大家说着"开年会",很客气地相别。我们的收帐员,也提了灯笼,向别家去演同样的把戏,直到后半夜或黎明方才收清。这在我这样的孩子们看来,真是一年一度的难得的热闹。平日天一黑就关门。这一天通夜开放,灯火满街。我们但见一班灯笼进,一班灯笼出,店堂里充满着笑语和客气话。心中着实希望着帐款不要立刻付清,因此延长一点夜的闹热。在前半夜,我常常跟了我们店里的收帐员,向各店收帐。每次不过是看一看数目,难得收到钱。但遍访各店,在我是一种趣味。他们有的在那里请年菩萨,有的在那里准备过新年。还有的已经把年夜当作新年,在那里掷骰子,欢呼声充满了店堂的里面。有的认识我是小老板,还要拿本店的本产货的食物送给我吃,表示亲善。我吃饱了东西回到家里,里面别是一番热闹:堂前点着岁烛和保险灯。灶间里拥着大批人看放谷花。放的人一手把糯米谷撒进镬子里去,一手拿着一把稻草不绝地在镬子底上撩动。那些糯米谷得了热气,起初"拍,拍"地爆响,后来米脱出了谷皮,渐渐膨胀起来,终于放得像朵朵梅花一样。这些梅花在环视者的欢呼声中出了镬子,就被拿到厅上的桌子上去挑选。保险灯光下的八仙桌,中央堆了一大堆谷花,四周围着张开笑口的男女老幼许多人。你一堆,我一堆,大家竞把荅糠剔去,拣出纯白的谷花来,放在一只竹篮里,预备新年里泡糖茶请客人吃。我也参加在这人丛中;但我的任务不是拣而是吃。那白而肥的谷花，又香又燥，比炒米更松，比蛋片更脆，又是一年中难得尝到的异味。等到拣好了谷花，端出暖锅来吃半夜饭的时候，我的肚子已经装饱，只为着吃后的"毛草纸揩嘴"的兴味，勉强凑在桌上。所谓"毛草纸揩嘴"，是每年年夜例行的一种习惯。吃过年夜饭，家里的母亲乘孩子们不备拿出预先准备着的老毛草纸向孩子们口上揩抹。其意思是把嘴当作屁眼，这一年里即使有不吉利的话出口，也等于放屁，不会影响事实。但孩子们何尝懂得这番苦心？我们只是对于这种恶戏发生兴味，便模仿母亲，到毛厕间里去拿张草纸来，公然地向同辈，甚至长辈的嘴上去乱擦。被擦者决不忿怒，只是掩口而笑，或者笑着逃走。于是我们擎起草纸，向后面追赶。不期正在追赶的时候，自己的嘴却被第三者用草纸揩过了。于是满堂哄起热闹的笑声。

夜半过后在时序上已经是新年了；但在习惯上，这五六个小时还算是旧年。我们于后半夜结伴出门，各种商店统统开着，街上行人不绝，收帐的还是提着灯笼幢幢来往。但在一方面，烧头香的善男信女，已经携着香烛向寺庙巡礼了。我们跟着收帐的，跟着烧香的，向全镇乱跑。直到肚子跑饿，天将向晓，然后回到家里来吃了接灶圆子，怀了明朝的大欢乐的希望而酣然就睡。

元旦日，起身大家迟。吃过谷花糖茶，白日的乐事，是带了去年底预先积存着的零用钱，压岁钱，和客人们给的糕饼钱，约伴到街上去吃烧卖。我上街的本意不在吃烧卖，却在花纸儿和玩具上。我记得，似乎每年有几张新鲜的花纸儿给我到手。拿回家来摊在八仙桌上，引得老幼人人笑口皆开。晏晏地吃过了隔年烧好的菜和饭，下午的兴事是敲年锣鼓。镇上备有锣鼓的人家不很多；但是各坊都有一二处。我家也有一副，是我的欢喜及时行乐的祖母所置备的。平日深藏在后楼，每逢新年，拿到店堂里来供人演奏。元旦的下午，大街小巷，鼓乐之声遥遥相应。

现在回想,这种鼓乐最宜用为太平盛世的点缀。丝竹管弦之音固然幽雅,但其性质宜于少数人的清赏,非大众的。最富有大众性的乐器,莫如打乐〔打击乐器〕。俗语云:"锣鼓响,脚底痒。"因为这是最富有对大众的号召力的乐器。打乐之中,除大锣鼓外,还有小锣,班鼓,檀板,大铙钹,小铙钹等,都是不能演奏旋律的乐器。因此奏法也很简单,只是同样的节奏的反复,不过在轻重缓急之中加以变化而已。像我,十来岁的孩子,略略受人指导也能自由地参加新年的鼓乐演奏。一切音乐学习,无如这种打乐之容易速成者。这大概也是完成其大众性的一种条件吧。这种浩荡的音节,都是暗示昂奋的,华丽的,盛大的。在近处听这种音节时,听者的心会忙着和它共鸣,无暇顾到他事。好静的人所以讨厌打乐,也是为此。从远处听这种音节,似觉远方举行着热闹的盛会,不由你的心不向往。好群的人所以要脚底痒者,也正是为此。试想:我们一个数百户的小镇同时响出好几处的浩荡的鼓乐来,云中的仙人听到了,也不得不羡慕我们这班盛世黎民的欢乐呢。

  新年的晚上,我们又可从花炮享受种种的眼福。最好看的是放万花筒。这往往是大人们发起而孩子们热烈赞成的。大人们一到新年,似乎袋里有的都是闲钱。逸兴到时,斥两百文购大万花筒三个,摆在河岸一齐放将起来。河水反照着,映成六株开满银花的火树,这般光景真像美丽的梦境。东岸上放万花筒,西岸上的豪侠少年岂肯袖手旁观呢?势必响应在对岸上也放起一套来。继续起来的就变花样。或者高高地放几十个流星到天空中,更引起远处的响应;或者放无数雪炮,隔河作战。闪光满目,欢呼之声盈耳,火药的香气弥漫在夜天的空气中。当这时候,全镇的男女老幼,大家一致兴奋地追求欢乐,似乎他们都是以游戏为职业的。独有爆竹业的人,工作特别多忙。一新年中,全镇上此项消费为数不小呢:送灶过年,接灶,接财神,安灶……每次斋神,每家总要放四个斤炮,数百鞭炮。此外万花筒,流星,雪炮等观赏的消耗,更无限制。我的邻家是业爆竹的。我幼时对于爆竹店,比其余一切地方都亲近。自年关附近至新年完了,差不多每天要访问爆竹店一次。这原是孩子们的通好,不过我特别热心。我曾把鞭炮拆散来,改制成无数的小万花筒,其法将底下的泥挖出,将头上的引火线拔下来插入泥孔中,倒置在水槽边上燃放起来,宛如新年夜河岸上的光景。虽然简陋,但神游其中,不妨想象得比河岸上的光景更加壮丽。这种火的游戏只限于新年内举行,平日是不被许可的。因此火药气与新年,在我的感觉上有不可分离的关联。到现在,偶尔闻到火药气时,我还能立刻联想到新年及儿时的欢乐呢。

二十多年来,我或为负笈,或为糊口,频频离开故乡。上述的种种新年的点缀,在这二十多年间无形无迹地渐渐消灭起来。等到最近数年前我重归故乡息足的时候,万事皆非昔比,新年已不像"新年"了。第一,经济衰落与农村破产凋弊了全镇的商业。使商店难于立足,不敢放帐,年夜里早已没有携了灯笼幢幢往来收帐的必要了。第二,阴历与阳历的并存扰乱了新年的定标,模糊了新年的存在。阳历新年多数人没有娱乐的勇气,阴历新年又失了娱乐的正当性,于是索性废止娱乐。我们可说每年得逢两度新年;但也可说一度也没有逢,似乎新年也被废止了。第三,多数的人生活局促,衣食且不给,遑论新年与娱乐? 故现在的除夜,大家早早关门睡觉,几与平日无异。现在的新年,难得再闻鼓乐之声。现在的爆竹店,只卖几个迷信的实用上所不可缺的鞭炮,早已失去了娱乐品商店的性质。况且战乱频仍,这种迷信的实用有时也被禁,爆竹商的存在亦已岌岌乎了。

我们的新年,因了阴阳历的并存而不明确;复因了民生的疾苦而无生气,实在是我们的生活趣味上的一大缺憾! 我不希望开倒车回复二十多年前的儿时,但希望每年有个像"新年"的新年,以调剂一年来工作的辛苦,恢复一年来工作的疲劳。我想这像"新年"的新年一定存在着,将来总有一天会来到的。

二十四〔1935〕年十二月十三日作

(原载1936年1月1日《宇宙风》第1卷第8期)

生　机

去年除夜买的一球水仙花，养了两个多月，直到今天方才开花。

今春天气酷寒，别的花木萌芽都迟，我的水仙尤迟。因为它到我家来，遭了好几次灾难，生机被阻抑了。

第一次遭的旱灾，其情形是这样：它于去年除夕到我家，当时因为我的别寓里没有水仙花盆，我特为跑到瓷器店去买一只纯白的瓷盘来供养它。这瓷盘很大，很重，原来不是水仙花盆。据瓷器店里的老头子说，它是光绪年间的东西，是官场中请客时用以盛某种特别肴馔的家伙。只因后来没有人用得着它，至今没有卖脱。我觉得普通所谓水仙花盆，长方形的，扇形的，在过去的中国画里都已看厌了，而且形式都不及这家伙好看。就假定这家伙是为我特制的水仙花盆，买了它来，给我的水仙花配合，形状色彩都很调和。看它们在寒窗下绿白相映，素艳可喜，谁相信这是官场中盛酒肉的东西？可是它们结合不到一个月，就要别离。为的是我要到石门湾去过阴历年，预期在缘缘堂住一个多月，希望把这水仙花带回去，看它开花才好。如何带法？颇费踌躇：叫工人阿毛拿了这盆水仙花乘火车，恐怕有人说阿毛提倡风雅；把它装进皮箱里，又不可能。于是阿毛提议："盘儿不要它，水仙花拔起来装在饼干箱里，携了上车，到家不过三四个钟头，不会旱杀的。"我通过了。水仙就与盘暂别，坐在饼干箱里旅行。回到家里，大家纷忙得很，我也忘记了水仙花。三天之后,阿毛突然说起,我猛然觉悟,找寻它的下落,原来被人当作饼干,搁在石灰甏上。连忙取出一看,绿叶憔悴,根须焦黄。阿毛说"勿碍①",立刻把它供养在家里旧有的水仙花盆中,又放些白糖在水里。幸而果然勿碍,过了几天它又欣欣向荣了。是为第一次遭的旱灾。

  第二次遭的是水灾,其情形是这样:家里的水仙花盆中,原有许多色泽很美丽的雨花台石子。有一天早晨,被孩子们发见了,水仙花就遭殃:他们说石子里统是灰尘,埋怨阿毛不先将石子洗净,就代替他做这番工作。他们把水仙花拔起,暂时养在脸盆里,把石子倒在另一脸盆里,掇到墙角的太阳光中,给它们一一洗刷。雨花台石子浸着水,映着太阳光,光泽、色彩、花纹,都很美丽。有几颗可以使人想象起"通灵宝玉"来。看的人越聚越多,孩子们尤多,女孩子最热心。她们把石子照形状分类,照色彩分类,照花纹分类;然后品评其好坏,给每块石子打起分数来;最后又利用其形色,用许多石子拼起图案来。图案拼好,她们自去吃年糕了!年糕吃好,她们又去踢毽子了;毽子踢好,她们又去散步了。直到晚上,阿毛在墙角发见了石子的图案,叫道:"咦,水仙花哪里去了?"东寻西找,发见它横卧在花台边上的脸盆中,浑身浸在水里。自晨至晚,浸了十来小时,绿叶已浸得发肿,发黑了!阿毛说"勿碍",再叫小石子给它扶持,坐在水仙花盆中。是为第二次遭的水灾。

  第三次遭的是冻灾,其情形是这样的:水仙花在缘缘堂里住了一个多月。其间春寒太甚,患难迭起。其生机被这些天灾人祸所阻抑,始终不能开花。直到我要离开缘缘堂的前一天,它还是含苞未放。我此去预定暮春回来,不见它开花又不甘心,以问阿毛。阿毛说:"用绳子穿好,提了去!这回不致忘记了。"我赞

---

① 勿碍,意即不要紧。

成。于是水仙花倒悬在阿毛的手里旅行了。它到了我的寓中，仍旧坐在原配的盆里。雨水过了，不开花。惊蛰过了，又不开花。阿毛说："不晒太阳的原故。"就掇到阳台上，请它晒太阳。今年春寒殊甚，阳台上虽有太阳光，同时也有料峭的东风，使人立脚不住。所以人都闭居在室内，从不走到阳台上去看水仙花。房间内少了一盆水仙花也没有人查问。直到次日清晨，阿毛叫了："啊哟！昨晚水仙花没有拿进来，冻杀了！"一看，盆内的水连底冻，敲也敲不开；水仙花里面的水分也冻，其鳞茎冻得像一块白石头，其叶子冻得像许多翡翠条。赶快拿进来。放在火炉边。久之久之，盆里的水溶了，花里的水也溶了；但是叶子很软，一条一条弯下来，叶尖儿垂在水面。阿毛说"乌者①"，我觉得的确有些儿"乌"，但是看它的花蕊还是笔挺地立着，想来生机没有完全丧尽，还有希望。以问阿毛，阿毛摇头，随后说，"索性拿到灶间里去，暖些，我也可以常常顾到。"我赞成。垂死的水仙花就被从房中移到灶间。是为第三次遭的冻灾。

　　谁说水仙花清？它也像普通人一样，需要烟火气的。自从移入灶间之后，叶子渐渐抬起头来，花苞渐渐展开。今天花儿开得很好了！阿毛送它回来，我见了心中大快。此大快非仅为水仙花。人间的事，只要生机不灭，即使重遭天灾人祸，暂被阻抑，终有抬头的日子。个人的事如此，家庭的事如此，国家、民族的事也如此。

二十五〔1936〕年三月作

（原载 1936 年 3 月《越风》第 10 期）

---

① 乌者，意即糟了。

我 的 母 亲

中国文化馆要我写一篇《我的母亲》,并寄我母亲的照片一张。照片我有一张四寸的肖像,一向挂在我的书桌的对面。已有放大的挂在堂上,这一张小的不妨送人。但是《我的母亲》一文从何处说起呢?看看母亲的肖像,想起了母亲的坐姿。母亲生前没有摄取坐像的照片,但这姿态清楚地摄入在我脑海中的底片上,不过没有晒出。现在就用笔墨代替显影液和定影液,把我母亲的坐像晒出来吧:

我的母亲坐在我家老屋的西北角里的八仙椅子上,眼睛里发出严肃的光辉,口角上表出慈爱的笑容。

老屋的西北角里的八仙椅子,是母亲的老位子。从我小时候直到她逝世前数月,母亲空下来总是坐在这把椅子上,这是很不舒服的一个座位:我家的老屋是一所三开间的楼厅,右边是我的堂兄家,左边一间是我的堂叔家,中央一间是我家。但是没有板壁隔开,只拿在左右的两排八仙椅子当作三份人家的界限。所以母亲坐的椅子,背后凌空。若是沙发椅子,三面有柔软的厚壁,凌空原无妨碍。但我家的八仙椅子是木造的,坐板和靠背成九十度角,靠背只是疏疏的几根木条,其高只及人的肩膀。母亲坐着没处搁头,很不安稳。母亲又防椅子的脚摆在泥土上要霉烂,用二三寸高的木座子衬在椅子脚下,因此这只八仙椅子特别高,母亲坐上去两脚须得挂空,很不便利。所谓西北角,就是左边最里面的一只椅子。这椅子的里面就是通过退堂的门。退堂里就是灶间。母亲坐在椅子上向里面顾,可以看见灶头。风从里面吹出的时候,烟灰和油气都吹在母亲身上,很不卫生。堂前隔着三四尺阔的一条天井便是墙门。墙外面便是我们的染坊店。母亲坐在椅子里向外面望,可以看见杂沓往来的顾客,听到沸翻盈天的市井声,很不清静。但我的母亲一向坐在我家老屋西北角里的这样不安稳,不便利,不卫生,不清静的一只八仙椅子上,眼睛发出严肃的光辉,口角上表出慈爱的笑容。母亲为什么老是坐在这样不舒服的椅子里呢?因为这位子在我家中最为冲要。母亲坐在这位子里可以顾到灶上,又可以顾到店里。母亲为要兼顾内外,便顾不到座位的安稳不安稳,便利不便利,卫生不卫生,和清静不清静了。

  我四岁时,父亲中了举人,同年祖母逝世,父亲丁艰在家,郁郁不乐,以诗酒自娱,不管家事,丁艰终而科举废,父亲就从此隐遁。这期间家事店事,内外都归母亲一人兼理。我从书堂出来,照例走向坐在西北角里的椅子上的母亲的身边,向她讨点东西吃吃。母亲口角上表出亲爱的笑容,伸手除下挂在椅子头顶的"饿杀猫篮"①,拿起饼饵给我吃;同时眼睛里发出严肃的光辉,给我几句勉励。

  我九岁的时候,父亲遗下了母亲和我们姐弟六人,薄田数亩和染坊店一间而逝世。我家内外一切责任全部归母亲负担。此后她坐在那椅子上的时间愈加多了。工人们常来坐在里面的凳子上,同母亲谈家事;店伙们常来坐在外面的椅子上,同母亲谈店事;父亲的朋友和亲戚邻人常来坐在对面的椅子上,同母亲交涉或应酬。我从学堂里放假回家,又照例走向西北角里的椅子边,同母亲讨个铜板。有时这四班人同时来到,使得母亲招架不

---

① "饿杀猫篮",一种用细篾制、四周有孔的有盖竹篮,菜碗放此篮中,猫吃不到,故名。

住,于是她用了眼睛的严肃的光辉来命令,警戒,或交涉;同时又用了口角上的慈爱的笑容来劝勉,抚爱,或应酬。当时的我看惯了这种光景,以为母亲是天生成坐在这只椅子上的,而且天生成有四班人向她缠绕不清的。

我十七岁离开母亲,到远方求学。临行的时候,母亲眼睛里发出严肃的光辉,诫告我待人接物求学立身的大道;口角上表出慈爱的笑容,关照我起居饮食一切的细事。她给我准备学费,她给我置备行李,她给我制一罐猪油炒米粉,放在我的网篮里;她给我做一个小线板,上面插两只引线放在我的箱子里,然后送我出门。放假归来的时候,我一进店门,就望见母亲坐在西北角里的八仙椅子上。她欢迎我归家,口角上表出慈爱的笑容,她探问我的学业,眼睛里发出严肃的光辉。晚上她亲自上灶,烧些我所爱吃的菜蔬给我吃,灯下她详询我的学校生活,加以勉励,教训,或责备。

我廿二岁毕业后,赴远方服务,不克依居母亲膝下,唯假期归省。每次归家,依然看见母亲坐在西北角里的椅子上,眼睛里发出严肃的光辉,口角上表现出慈爱的笑容。她像贤主一般招待我,又像良师一般教训我。

我三十岁时,弃职归家,读书著述奉母。母亲还是每天坐在西北角里的八仙椅子上,眼睛里发出严肃的光辉,口角上表出慈爱的笑容。只是她的头发已由灰白渐渐转成银白了。

我三十三岁时,母亲逝世。我家老屋西北角里的八仙椅子上,从此不再有我母亲坐着了。然而我每逢看见这只椅子的时候,脑际一定浮出母亲的坐像——眼睛里发出严肃的光辉,口角上表出慈爱的笑容。她是我的母亲,同时又是我的父亲。她以一身任严父兼慈母之职而训诲我抚养我,我从呱呱坠地的时候直到三十三岁,不,直到现在。陶渊明诗云:"昔闻长者言,掩耳每不喜。"我也犯这个毛病;我曾经全部接受了母亲的慈爱,但不会全部接受她的训诲。所以现在我每次在想象中瞻望母亲的坐像,对于她口角上的慈爱的笑容觉得十分感谢,对于她眼睛里的严肃的光辉,觉得十分恐惧。这光辉每次给我以深刻的警惕和有力的勉励。

民国二十六〔1937〕年二月二十八日

（原载 1948 年 9 月 1 日中国文化馆香港分馆出版的《我的母亲》一书中）

中国就像棵大树

得《见闻》第二期,读憾庐先生所作《摧残不了的生命》,又看了文末所附照相版插图,心中有感,率尔捉笔,随记如下:

为的是我与憾庐先生有同样的所见,和同样的感想。春间在汉口,偶赴武昌乡间闲步,看见野中有一大树,被人斩伐过半,只剩一干。而春来干上怒抽枝条,绿叶成荫。新生的枝条长得异常的高,有几枝超过其他的大树的顶,仿佛为被斩去的"同根枝"争气复仇似的。我一看就注目,认为这是中华民国的象征。我徘徊不忍去,抚树干而盘桓。附近走来两个孩子,一男一女,似是姐弟。他们站在大树前,口说指点,似乎也在欣赏这中华民国的象征。我走近去同他们谈话。

我说:"小朋友,这棵树好看吗?"

小朋友们最初有些戒严,退了一步。这也许是我的胡须的关系,小孩子看见胡须大都有些怕的。但后来他们看见我的态度仁善,恐惧之心就打消了,那姐姐回答我说:"很好看!"我们就谈话起来。

我说:"你家住在什么地方?"

女孩说:"就在那边,湖边上。这棵树是我们村子里某人家的。"

男孩说:"我们门前有一株杨树,树枝剪光了,也会生出新的来。生得很多很多,比这棵树还要多。"

女孩说:"我们那个桥边有一株松树,被人烧去了半株,只剩半株,也不会死。上面很多的枝条和叶子,把桥完全遮住。夏天我们常在桥上乘凉。"

我说:"你们的村庄真好,有这许多大树!这些树真好,它们不怕灾难,受了伤害,自己能生出来补救。好比一个人被斩去了一只臂膊,能再生出一只来。"

女孩子抢着说:"人斩了臂,也会生出来的?"

我说:"人不行,但国就可以。譬如现在,前线上许多兵士被日本鬼子打死了,我们后方能新生出更多的兵士来,上前线去继续抵抗。前线上死一百人,后方新生出一千人,反比本来多了。日本鬼子打中国,只见中国兵越打越多。他们终于打不过我们。现在我们虽然失了许多地方,但增了许多兵士,所以失去的地方将来一定可以收回。中国就好比这一棵树,虽被斩伐了许多枝条,但是新生出来的比原有的更多,将来成为比原来更大的大树。中国将来也能成为比原来更强的强国。"

女孩子说:"前回日本飞机在那江边丢炸弹,炸死了许多人。某甲的爸爸也被炸死。某甲同他的兄弟就去当兵,他们说要杀完了日本鬼子才回家来。"

男孩子也说:"某乙的妈妈也被炸死,某乙有一枝枪,很长的,他会打鸟。现在说不打鸟了,要拿这枪去打日本鬼子。"

我说:"你们这儿有这许多人去打日本鬼子,很好。别的地方的人也是这样。大家痛恨日本鬼子,大家愿意去当兵。所以中国的兵越打越多。正同这棵树的枝叶越斩越多一样。我们中国就像棵树。你们看看,像不像?"

两个孩子看看大树,都笑起来。男孩子忽然离开他的姐姐,跑到大树边,张开两臂抱住树干,仰起头来喊了些什么话。随即跟着他的姐姐去了。

我目送两孩去远了,告别大树,回到汉口的寓中,心有所感,就提起笔来把当日所见的情景用画记录。画好之后,先拿给一个少年看。少年看了,叫道:"唉!这棵树真奇怪,斩去了半株,怎么还会生出这许多枝叶来?"他再看一会,又说道:"对了!因为树大的缘故。树大了,根柢深,斩去一点不要紧。他能无限地生长出来,不久又是一棵大树了。"我接着说:"对啦!我们中国就同这棵树一样。"少年听了这话频频点头,表示感动。随即问我要这幅画。我说没有题字,答允他今晚题了字,明天送他。

晚上,我在这画上题了一首五言诗:"大树被斩伐,生机并不绝。春来怒抽条,气象何蓬勃!"又另描了同样的一幅,当晚送给这位少年。过了几天我去看这少年,他已将画纳在镜框中,挂在书室里,并且告诉我说:他每逢在报上看到我军失利的消息,失地中日军虐杀同胞的消息,愤懑得透不过气来。这时候他就去看这幅画,可以得到一种慰藉和勉励。所以他很爱护这画,并且感谢我。我听了这番话,感动甚深。我赞佩这少年的天真的爱国热忱。他正是大树的一根新枝条。

因有这段故事,我读了《见闻》所载《摧残不了的生命》,看了文末的附图,颇思立刻飞到广州去,拉住了憾庐先生,对他说:"我也有和你同样的所见和所感呢!"但没有实行,只是写了这些感想寄给他。他把他所见的大树当作几方面的象征:(一)中华民族的生命,是永远摧残不了的。无论现在如何危难,他定要继续生存。(二)现在我们的民族的确已经在"自力更生"中了,而此后要更繁荣更有力地生活下去。(三)宇宙风社不受威胁,虽经广州的狂炸,依旧继续出刊。(四)《见闻》于狂炸中筹办创刊,正如新萌的芽儿。第一二两点,我所见与他全同。第三四两点,自然使我赞佩。但我所赞佩的不止于此。抗战中一切不屈不挠的精神的表现,例如粤汉路屡炸屡修,迅速通车,各种机关屡炸屡迁,照常办公,无数同胞家破人亡(出亡也),绝不消沉,越加努力抗日,都是我所赞佩的,都是大树所象征的。这大树真可说是今日的中国的全体的象征。

〔1938年〕

(原载1939年3月1日《宇宙风》乙刊创刊号)

佛 无 灵

我家的房子——缘缘堂——于去冬吾乡失守时被敌寇的烧夷弹焚毁了。我率全眷避地萍乡,一两个月后才知道这消息。当时避居上海的同乡某君作诗以吊,内有句云:"见语缘缘堂亦毁,众生浩劫佛无灵。"第二句下面注明这是我的老姑母的话。我的老姑母今年七十余岁,我出亡时苦劝她同行,未蒙允许,至今尚在失地中。五年前缘缘堂创造的时候,她老人家镇日拿了史的克① 在基地上代为擘划,在工场中代为巡视,三寸长的小脚常常遍染了泥污而回到老房子里来吃饭。如今看它被焚,怪不得要伤心,而叹"佛无灵"。最近她有信来(托人带到上海友人处,转寄到桂林来的),末了说:缘缘堂虽已全毁,但烟囱尚完好,矗立于瓦砾场中。此是火食不断之象,将来还可做人家。

缘缘堂烧了是"佛无灵"之故。这句话出于老姑母之口,入于某君之诗,原也平常。但我却有些反感。不是指摘某君思想不对,也不是批评老姑母话语说错,实在是慨叹一般人对于"佛"的误解,因为某君和老姑母并不信佛,他们是一般按照所谓信佛的人的心理而说这话的。

我十年前曾从弘一法师学佛,并且吃素。于是一般所谓"信佛"的人就称我为居士,引我为同志。因此我得交接不少所谓"信佛"的人。但是,十年以来,这些人我早已看厌了。有时我真

---

① 史的克,英文 stick 的音译,意即手杖。

懊悔自己吃素,我不屑与他们为伍。(我受先父遗传,平生不吃肉类。故我的吃素半是生理关系。我的儿女中有二人也是生理的吃素,吃下荤腥去要呕吐。但那些人以为我们同他们一样,为求利而吃素。同他们辩,他们还以为客气,真是冤枉。所以我有时懊悔自己吃素,被他们引为同志。)因为这班人多数自私自利,丑态可掬。非但完全不解佛的广大慈悲的精神,其我利自私之欲且比所谓不信佛的人深得多!他们的念佛吃素,全为求私人的幸福。好比商人拿本钱去求利。又好比敌国的俘虏背弃了他们的伙伴,向我军官跪喊"老爷饶命",以求我军的优待一样。

信佛为求人生幸福,我绝不反对。但是,只求自己一人一家的幸福而不顾他人,我瞧他不起。得了些小便宜就津津乐道,引为佛佑;(抗战期中靠念佛而得平安逃难者,时有所闻。)受了些小损失就怨天尤人,叹"佛无灵",真是"阿弥陀佛,罪过罪过"!他们平日都吃素、放生、念佛、诵经。但他们的吃一天素,希望比吃十天鱼肉更大的报酬。他们放一条蛇,希望活一百岁。他们念佛诵经,希望个个字变成金钱。这些人从佛堂里散出来,说的统是果报;某人长年吃素,邻家都烧光了,他家毫无损失。某人念《金刚经》,强盗洗劫时独不抢他的。某人无子,信佛后一索得男。某人痔疮发,念了"大慈大悲观世音菩萨",痔疮立刻断根。……此外没有一句真正关于佛法的话。这完全是同佛做买卖,靠佛图利,吃佛饭。这真是所谓"群居终日,言不及义,好行小惠,难矣哉!"

我也曾吃素。但我认为吃素吃荤真是小事,无关大体。我曾作《护生画集》,劝人戒杀。但我的护生之旨是护心(其义见该书马序),不杀蚂蚁非为爱惜蚂蚁之命,乃为爱护自己的心,使勿养成残忍。顽童无端一脚踏死群蚁,此心放大起来,就可以坐了飞机拿炸弹来轰炸市区。故残忍心不可不戒。因为所惜非动物本身,故用"仁术"来掩耳盗铃,是无伤的。我所谓吃荤吃素无关大体,意思就在于此。浅见的人,执着小体,斤斤计较:洋蜡烛用兽脂做,故不宜点;猫要吃老鼠,故不宜养;没有雄鸡交合而生的蛋可以吃得。……这样地钻进牛角尖里去,真是可笑。若不顾小失大,能以爱物之心爱人,原也无妨,让他们钻进牛角尖里去碰钉子吧。但这些人往往自私自利,有我无人;又往往以此做买卖,以此图利,靠此吃饭,亵渎佛法,非常可恶。这些人简直是一种疯子,一种惹人讨嫌的人。所以我瞧他们不起,我懊悔自己吃素,我不屑与他们为伍。

真是信佛,应该理解佛陀四大皆空之义,而屏除私利;应该体会佛陀的物我一体,广大慈悲之心,而护爱群生。至少,也应知道亲亲而仁民,仁民而爱物之道。爱物并非爱惜物的本身,乃是爱人的一种基本练习。不然,就是"今恩足以及禽兽而功不至于百姓"的齐宣王。上述这些人,对物则惓惓爱惜,对人间痛痒无关,已经是循流忘源,见小失大,本末颠倒的了。再加之于自己唯利是图,这真是世间一等愚痴的人,不应该称为佛徒,应该称之为"反佛徒"。

因为这种人世间很多,所以我的老姑母看见我的房子被烧了,要说"佛无灵"的话,所以某君要把这话收入诗中。这种人大概是想我曾经吃素,曾经作《护生画集》,这是一笔大本钱!拿这笔大本钱同佛做买卖所获的利,至少应该是别人的房子都烧了而我的房子毫无损失。便宜一点,应该是我不必逃避,而敌人的炸弹会避开我;或竟是我做汉奸发财,再添造几间新房子和妻子享用,正规军都不得罪我。今我没有得到这些利益,只落得家破人亡(流亡也),全家十口飘零在五千里外,在他们看来,这笔生意大蚀其本!这个佛太不讲公平交易,安得不骂"无灵"?

我也来同佛做买卖吧。但我的生意经和他们不同:我以为我这次买卖并不蚀本,且大得其利,佛毕竟是有灵的。人生求利益,谋幸福,无非为了要活,为了"生"。但我们还要求比"生"更贵重的一种东西,就是古人所谓"所欲有甚于生者"。这东西是什么?平日难于说定,现在很容易说出,就是"不做亡国奴",就是"抗敌救国"。与其不得这东西而生,宁愿得这东西而死。因为这东西比"生"更为贵重。现在佛已把这宗最贵重的货物交付我了。我这买卖岂非大得其利?房子不过是"生"的一种附饰而已。我得了比"生"更贵的货物,失了"生"的一件小小的附饰,有什么可惜呢?我便宜了!佛毕竟是有灵的。

叶圣陶先生的《抗战周年随笔》中说:"……我在苏州的家屋至今没有毁。我并不因为它没有毁而感到欢喜。我希望它被我们游击队的枪弹打得七穿八洞,我希望它被我们正规军队的大炮轰得尸骨无存,我甚而至于希望它被逃命无从的寇军烧个干干净净。"他的房子,听说建成才两年,而且比我的好。他如此不惜,一定也获得那样比房子更贵重的东西在那里。但他并不吃素,并不作《护生画集》。即他没有下过那种本钱。佛对于没有本钱的人,也把贵重货物交付他。这样看来,对佛买卖这种本钱是没有用的。毕竟,对佛是不可做买卖的。

二十七〔1938〕年七月二十四日于桂林

(原载 1938 年 8 月 13 日《抗战文艺》第 2 卷第 4 期)

还我缘缘堂

二月九日天阴,居萍乡暇鸭塘萧祠已经二十多天了,这里四面是田,田外是山,人迹少到,静寂如太古。加之二十多天以来,天天阴雨,房间里四壁空虚,行物萧条,与儿相对枯坐,不啻囚徒。次女林先性最爱美,关心衣饰,闲坐时举起破碎的棉衣袖来给我看。说道:"爸爸,我的棉袍破得这么样了!我想换一件骆驼绒袍子。可是它在东战场的家里——缘缘堂楼上的朝外橱里——不知什么时候可以去拿得来。我们真苦,每人只有身上的一套衣裳!可恶的日本鬼子!"我被她引起很深的同情,心中一番惆怅,继之以一番愤懑。她昨夜睡在我对面的床上,梦中笑了醒来。我问她有什么欢喜。她说她梦中回缘缘堂,看见堂中一切如旧,小皮箱里的明星照片一张也不少,欢喜之余,不觉笑了醒来,今天晨间我代她作了一首感伤的小诗:

儿家住近古钱塘,也有朱栏映粉墙。
三五良宵团聚乐,春秋佳日嬉游忙。
清平未识流离苦,生小偏遭破国殃。
昨夜客窗春梦好,不知身在水萍乡。

平生不曾作过诗,而且近来心中只有愤懑而没有感伤。这首诗是偶被环境逼出来的。我嫌恶此调,但来了也听其自然。

邻家的洪恩要我写对。借了一枝破大笔来。拿着笔,我便想起我家里的一抽斗湖笔,和写对专用的桌子。写好对,我本能伸手向后面的茶几上去取大印子,岂知后面并无茶几,更无印子,但见萧家祠堂前的许多木主,蒙着灰尘站立在神祠里,我心中又起一阵愤懑。

晚快章桂从萍乡城里拿邮信回来,递给我一张明片,严肃地说:"新房子烧掉了!"我看那明片是二月四日上海裘梦痕①寄发的。信片上有一段说"一月初上海新闻报载石门湾缘缘堂已全部焚毁,不知尊处已得悉否";下面又说:"近来报纸上常有误载,故此消息是否确凿不得而知。"此信传到,全家十人和三个同逃难来的亲戚,齐集在一个房间里聚讼起来,有的可惜橱里的许多衣服,有的可惜堂上新置的桌凳。一个女孩子说:大风琴和打字机最舍不得。一个男孩子说:秋千架和新买的金鸡牌脚踏车最肉痛。我妻独挂念她房中的一箱垫②锡器和一箱垫瓷器。她说:早知如此,悔不预先在秋千架旁的空地上掘一个地洞埋藏了,将来还可去发掘。正在惋惜,丙潮从旁劝慰道:"信片上写着'是否确凿不得而知',那么不见得一定烧掉的。"大约他看见我默默不语,猜度我正在伤心,所以这两句照着我说。我听了却在心中苦笑。他的好意我是感谢的。但他的猜度却完全错误了。我离家后一日在途中闻知石门湾失守,早把缘缘堂置之度外,随后陆续听到这地方四得四失,便想象它已变成一片焦土,正怀念着许多亲戚朋友的安危存亡,更无余暇去怜惜自己的房屋了。况且,沿途看报某处阵亡数千人,某处被敌虐杀数百人,像我们全家逃出战区,比较起他们来已是万幸,身外之物又何足惜!我虽老弱,但只要不转乎沟壑,还可凭五寸不烂之笔来对抗暴敌,我的前途尚有希望,我决不为房屋被焚而伤心,不但如此,房屋被焚了,在我反觉轻快,此犹破釜沉舟,断绝后路,才能一心向

---

① 裘梦痕,系作者在立达学园执教时的同事(音乐教师)。
② 箱垫,即搁箱子的柜子。

前,勇猛精进。丙潮以空言相慰,我感谢之余,略觉嫌恶。

然而黄昏酒醒,灯孤人静,我躺在床上时,也不免想起石门湾的缘缘堂来。此堂成于中华民国二十二年,距今尚未满六岁。形式朴素,不事雕斫而高大轩敞。正南向三开间,中央铺方大砖,供养弘一法师所书《大智度论·十喻赞》,西室铺地板为书房,陈列书籍数千卷。东室为饮食间,内通平屋三间为厨房,贮藏室,及工友的居室。前楼正寝为我与两儿女的卧室,亦有书数千卷,西间为佛堂,四壁皆经书,东间及后楼皆家人卧室。五年以来,我已同这房屋十分稔熟。现在只要一闭眼睛,便又历历地看见各个房间中的陈设,连某书架中第几层第几本是什么书都看得见,连某抽斗(儿女们曾统计过,我家共有一百二十五只抽斗)中藏着什么东西都记得清楚。现在这所房屋已经付之一炬,从此与我永诀了!

我曾和我的父亲永诀,曾和我的母亲永诀,也曾和我的姐弟及亲戚朋友们永诀,如今和房子永诀,实在值不得感伤悲哀。故当晚我躺在床里所想的不是和房子永诀的悲哀,却是毁屋的火的来源。吾乡于中华民国二十六年十一月六日,吃敌人炸弹十二枚,当场死三十二人,毁房屋数间。我家幸未死人,我屋幸未被毁。后于十一月二十三日失守,失而复得,得而复失,失而复得,得而复失,……以至四进四出,那么焚毁我屋的火的来源不定;是暴敌侵略的炮火呢,还是我军抗战的炮火呢?现在我不得而知,但也不外乎这两个来源。

于是我的思想达到了一个结论:缘缘堂已被毁了。倘是我军抗战的炮火所毁,我很甘心!堂倘有知,一定也很甘心,料想它被毁时必然毫无恐怖之色和凄惨之声,应是蓦地参天,蓦地成空,让我神圣的抗战军安然通过,向前反攻的。倘是暴敌侵略的炮火所毁,那我很不甘心,堂倘有知,一定更不甘心。料想它被焚时,一定发出暗呜叱咤之声:"我这里是圣迹所在,麟凤所居。

尔等狗彘豺狼胆敢肆行焚毁！亵渎之罪，不容于诛！应着尔等赶速重建，还我旧观，再来伏法！"

　　无论是我军抗战的炮火所毁，或是暴敌侵略的炮火所毁，在最后胜利之日，我定要日本还我缘缘堂来！东战场，西战场，北战场，无数同胞因暴敌侵略所受的损失，大家先估计一下，将来我们一起同他算帐！

〔1938年〕

（原载1938年5月1日《文艺阵地》第1卷第2期）

告缘缘堂在天之灵

　　去年十一月中,我被暴寇所逼,和你分手,离石门湾,经杭州,到桐庐小住。后来暴寇逼杭州,我又离桐庐经衢州、常山、上饶、南昌,到萍乡小住。其间两个多月,一直不得你的消息,我非常挂念。直到今年二月九日,上海裘梦痕写信来,说新闻报上登着:石门湾缘缘堂于一月初全部被毁。噩耗传来,全家为你悼惜。我已写了一篇《还我缘缘堂》为你申冤,(登在《文艺阵线》①上)现在离开你的忌辰已有百日,想你死后,一定有知。故今晨虔具清香一支,为你祷祝,并为此文告你在天之灵:

　　你本来是灵的存在。中华民国十五年,我同弘一法师住在江湾永义里的租房子里,有一天我在小方纸上写许多我所喜欢而可以互相搭配的文字,团成许多小纸球,撒在释迦牟尼画像前的供桌上,拿两次阄,拿起来的都是"缘"字,就给你命名曰"缘缘堂"。当即请弘一法师给你写一横额,付九华堂装裱,挂在江湾的租屋里。这是你的灵的存在的开始,后来我迁居嘉兴,又迁居上海,你都跟着我走,犹似形影相随,至于八年之久。

　　到了中华民国廿二年春,我方才给你赋形,在我的故乡石门湾的梅纱弄里,吾家老屋的后面,建造高楼三楹,于是你就堕地。弘一法师所写的横额太小,我另请马一浮先生为你题名。马先生给你写三个大字,并在后面题一首偈:

---

① 《文艺阵线》,系作者笔误,应为《文艺阵地》。

穿了爸爸的衣服

丰子恺漫画选（1925年）

瞻瞻底車
(二)腳踏車

丰子恺漫画选（1926年）

> 能缘所缘本一体，收入鸿蒙入双眦。
> 画师观此悟无生，架屋安名聊寄耳。
> 一色一香尽中道，即此××非动止。
> 不妨彩笔绘虚空，妙用皆从如幻起。

第一句把我给你的无意的命名加了很有意义的解释，我很欢喜，就给你装饰：我办一块数十年陈旧的银杏板，请雕工把字镌上，制成一匾。堂成的一天，我在这匾上挂了彩球，把它高高地悬在你的中央。这时候想你一定比我更加欢喜。后来我又请弘一法师把《大智度论·十喻赞》写成一堂大屏，托杭州翰墨林装裱了，挂在你的两旁。匾额下面，挂着吴昌硕绘的老梅中堂。中堂旁边，又是弘一法师写的一副大对联，文为《华严经》句："欲为诸法本，心如工画师。"大对联的旁边又挂上我自己写的小对联，用杜诗句："暂止飞乌才数子，频来语燕定新巢。"中央间内，就用以上这几种壁饰，此外毫无别的流俗的琐碎的挂物，堂堂庄严，落落大方，与你的性格很是调和。东面间里，挂的都是沈子培的墨迹，和几幅古画。西面一间是我的书房，四壁图书之外，风琴上又挂着弘一法师写的长对，文曰："真观清净观，广大智慧观，梵音海潮音，胜彼世间音。"最近对面又挂着我自己写的小对，用王荆公之妹长安县君的诗句："草草杯盘供语笑，昏昏灯火话平生。"因为我家不装电灯，（因为电灯十一时即熄，且无火表。）用火油灯。我的亲戚老友常到我家闲谈平生，清茶之外，佐以小酌，直至上灯不散。油灯的暗淡和平的光度与你的建筑的亲和力，笼罩了座中人的感情，使他们十分安心，谈话娓娓不倦。故我认为油灯是与你全体很调和的。总之，我给你赋形，非常注意你全体的调和，因为你处在石门湾这个古风的小市镇中，所以我不给你穿洋装，而给你穿最合理的中国装，使你与环境调和。因为你不穿洋装，所以我不给你配置摩登家具，而亲绘图样，请木工特制最合理的中国式家具，使你内外完全调和。记得有一次，上海的友人要买一个木雕的捧茶盘的黑人送我,叫我放在室中的沙发椅子旁边。我婉言谢绝了。因为我觉得这家具与你的全身很不调和,与你的精神更相反对。你的全身简单朴素,坚固合理;这东西却怪异而轻巧。你的精神和平幸福,这东西以黑奴为俑,残忍而非人道。凡类于这东西的东西,皆不容于缘缘堂中。故你是灵肉完全调和的一件艺术品!我同你相处虽然只有五年,这五年的生活,真足够使我回想:

春天,两株重瓣桃戴了满头的花,在你的门前站岗。门内朱栏映着粉墙,蔷薇衬着绿叶。院中的秋千亭亭地站着,檐下的铁马丁东地唱着。堂前有呢喃的燕语,窗中传出弄剪刀的声音。这一片和平幸福的光景,使我永远不忘。

夏天,红了的樱桃与绿了的芭蕉在堂前作成强烈的对比,向人暗示"无常"的至理。葡萄棚上的新叶把室中的人物映成青色,添上了一层画意。垂帘外时见参差的人影,秋千架上常有和乐的笑语。门前刚才挑过一担"新市水蜜桃",又挑来一担"桐乡醉李"。堂前喊一声"开西瓜了!"霎时间楼上楼下走出来许多兄弟姊妹。傍晚来一个客人,芭蕉荫下立刻摆起小酌的座位。这一种欢喜畅快的生活,使我永远不忘。

秋天,芭蕉的长大的叶子高出墙外,又在堂前盖造一个重叠的绿幕。葡萄棚下的梯子上不断地有孩子们爬上爬下。窗前的几上不断地供着一盆本产的葡萄。夜间明月照着高楼,楼下的水门汀好像一片湖光。四壁的秋虫齐声合奏,在枕上听来浑似管弦乐合奏。这一种安闲舒适的情况,使我永远不忘。

冬天,南向的高楼中一天到晚晒着太阳。温暖的炭炉里不断地煎着茶汤。我们全家一桌人坐在太阳里吃冬春米饭,吃到后来都要出汗解衣裳。廊下堆着许多晒干的芋头,屋角里摆着两三坛新米酒,菜橱里还有自制的臭豆腐干和霉千张。星期六的晚上,孩子们陪我写作到夜深,常在火炉里煨些年糕,洋灶上煮些鸡蛋来充冬夜的饥肠。这一种温暖安逸的趣味,使我永远不忘。

你是我安息之所。你是我的归宿之处。我正想在你的怀里度我的晚年,我准备在你的正寝里寿终。谁知你的年龄还不满六岁,忽被暴敌所摧残,使我流离失所,从此不得与你再见!

犹记得我同你相处的最后的一日:那是去年十一月六日,初冬的下午,芭蕉还未凋零,长长的叶子要同粉墙争高,把浓重的绿影送到窗前。我坐在你的西室中对着蒋坚忍著的《日本帝国主义侵略中国史》,一面阅读,一面札记,准备把日本侵华的无数事件——自明代倭寇扰海岸直至"八一三"的侵略战——一一用漫画写出,编成一册《漫画日本侵华史》,照《护生画集》的办法,以最廉价广销各地,使略识之无的中国人都能了解,使未受教育的文盲也能看懂。你的小主人们因为杭州的学校都迁移了,没有进学,大家围着窗前的方桌,共同自修几何学。你的主母等正在东室里做她们的缝纫。两点钟光景忽然两架敌机在你的顶上出现。飞得很低,声音很响,来而复去,去而复来,正在石门湾的上空兜圈子。我知道情形不好,立刻起身唤家人一齐站在你的墙下。忽然,砰的一声,你的数百块窗玻璃齐声叫喊起来。这分明是有炸弹投在石门湾的市内了,然我还是犹豫未信。我想,这小市镇内只有四五百份人家,都是无辜的平民,全无抗战的设备。即使暴敌残忍如野兽,炸弹也很费钱,料想他们是不肯滥投的,谁知没有想完,又是更响的两声,轰!轰!你的墙壁全部发抖,你的地板统统跳跃,桌子上的热水瓶和水烟筒一齐翻落地上。这两个炸弹投在你后门口数丈之外!这时候我家十人准备和你同归于尽了。因为你在周围的屋子中,个子特别高大,样子特别惹眼,是一个最大的目标。我们也想离开了你,逃到野外去。然而窗外机关枪声不断,逃出去必然是寻死的。

与其死在野外,不如与你同归于尽,所以我们大家站着不动,幸而炸弹没有光降到你身上。东市南市又继续砰砰地响了好几声。两架敌机在市空盘旋了两个钟头,方才离去。事后我们出门探看,东市烧了房屋,死了十余人,中市毁了凉棚,也死了十余人。你的后门口数丈之外,躺着五个我们的邻人。有的脑浆迸出,早已殒命。有的吟呻叫喊,伸起手来向旁人说:"救救我呀!"公安局统计,这一天当时死三十二人,相继而死者共有一百余人。残生的石门湾人疾首蹙额地互相告曰:"一定是乍浦登陆了,明天还要来呢,我们逃避吧!"是日傍晚,全镇逃避一空。有的背了包裹步行入乡,有的扶老携幼,搭小舟入乡。四五百份人家门户严扃,全镇顿成死市。我正求船不得,南沈浜的亲戚蒋氏兄弟一齐赶到并且放了一只船来。我们全家老幼十人就在这一天的灰色的薄暮中和你告别,匆匆入乡。大家以为暂时避乡,将来总得回来的。谁知这是我们相处的最后一日呢?

　　我犹记得我同你诀别的最后一夜,那是十一月十五日,我在南沈浜乡间已经避居九天了。九天之中,敌机常常来袭。我们在乡间望见它们从海边飞来,到达石门湾市空,从容地飞下,公然地投弹。幸而全市已空,他们的炸弹全是白费的。因此,我们白天都不敢出市。到了晚上,大家出去搬取东西。这一天我同了你的小主人陈宝,黑夜出市,回家取书,同时就是和你诀别。我走进你的门,看见芭蕉孤危地矗立着,二十余扇玻璃窗紧紧地闭着,全部寂静,毫无声息。缺月从芭蕉间照着你,作凄凉之色。我跨进堂前,看见一只饿瘦了的黄狗躺在沙发椅子上,被我用电筒一照,突然起身,给我吓了一跳。我走上楼梯,楼门边转出一只饿瘦了的老黑猫来,举头向我注视,发出数声悠长而无力的叫声,并且依依在陈宝的脚边,不肯离去。我们找些冷饭残菜喂了猫狗,然后开始取书。我把我所欢喜的,最近有用的,和重价买来的书选出了两网篮,明天饬人送到乡下。为恐敌机再来投烧夷弹,毁了你的全部。但我竭力把这念头遏住,勿使它明显地浮出到意识上来,因为我不忍让你被毁,不愿和你永诀的!我装好两网篮书,已是十一点钟,肚里略有些饥。开开橱门,发见其中一包花生和半瓶玫瑰烧酒,就拿到堂西的书室里放在"草草杯盘供语笑,昏昏灯火话平生"的对联旁边的酒桌子上,两人共食。我用花生下酒,她吃花生相陪。我发见她嚼花生米的声音特别清晰而响亮,各隆,各隆,各隆,各隆……好像市心里演戏的鼓声。我的酒杯放到桌子上,也戛然地振响,满间屋子发出回声。这使我感到环境的静寂,绝对的静寂,死一般的静寂,为我生以来所未有。我拿起电筒,同陈宝二人走出门去,看一看这异常的环境,我们从东至西,从南到北,穿遍了石门湾的街道,不见半个人影,不见半点火光。但有几条饿瘦了的狗躺在巷口,见了我们,勉强站起来,发出几声凄惨的愤懑的叫声。只有下西弄里一家铺子的楼上,有老年人的咳嗽声,其声为环境的寂静所衬托,异常清楚,异常可怕。我们不久就回家。我们在你的楼上的正寝中睡了半夜。天色黎明,即起身入乡,恐怕敌机一早就来。我出门的时候,回头一看,朱栏映着粉墙,樱桃傍着芭蕉,二十多扇玻璃窗紧紧地关闭着,在黎明中反射出惨淡的光辉。我在心中对你告别:"缘缘堂,再会吧!我们将来再见!"谁知这一瞬间正是我们的永诀,我们永远不得再见了!

  以上我说了许多往事,似有不堪回首之悲,其实不然!我今谨告你在天之灵,我们现在虽然不得再见,但这是暂时的,将来我们必有更光荣的团聚。因为你是暴敌的侵略的炮火所摧残的,或是我们的神圣抗战的反攻的炮火所焚毁的。倘属前者,你的在天之灵一定同我一样地愤慨,翘盼着最后的胜利为你复仇,决不会悲哀失望的。倘属后者,你的在天之灵一定同我一样地毫不介意;料想你被焚时一定蓦地成空,让神圣的抗战军安然通过,替你去报仇,也决不会悲哀失望的。不但不会悲哀失望,我又觉得非常光荣。因为我们是为公理而抗战,为正义而抗战,为人道而抗战。我们为欲歼灭暴敌,以维持世界人类的和平幸福,我们不惜焦土。你做了焦土抗战的先锋,这真是何等光荣的事。最后的胜利快到了!你不久一定会复活!我们不久一定团聚,更光荣的团聚!

〔1938年〕

(原载1938年5月1日《宇宙风》第67期)

养　鸭

除了例假日有长长大大的四个学生——两大学,一高中,一专科——回家来热闹一番之外,经常住在家里的只有三个半人:我们老夫妇二人,一个男工,和一个五岁的男孩。但畜生倒有八口:两狗,两猫,两鸽,和两鸭。有一位朋友看见了说:"人少畜生多。"

这许多畜生之中,我最喜欢的是两只鸭。狗是为了防窃贼设法讨来的;猫是为了抵抗老鼠出了四百多块钱买来的,都有实用性。并且狗的贪婪,无耻和势利,猫的凶狠和谄媚,根本不能使我喜欢。至于鸽子呢,新近友人送来的,养得不久;我虽久仰他们的敏捷和信义,但是交情还浅,尚未领教,也只得派在不欢喜之列。唯有两只鸭,我觉得有意思。

这一对鸭不是原配,是一个寡妇和一个第二后夫。来由是这样的:今年暮春,一吟(就是那专科学生)从街上买了一对小鸭回来。小得很,两只可以并排站在手掌上。白天在后门外水田游泳,晚上共睡在一只小篮里,挂在梁上:为的是怕黄鼠狼拖去吃。鸭子长得很快,不久小篮嫌挤,就改睡在一个字纸篓里,还是挂在梁上。有一天半夜里,我半睡中听见室内哗啦哗啦地响,后来是鸭子叫。连忙起身,拿电筒一照,只见字纸篓正在摇荡中,下面地上,一只小雄鸭仰卧在血泊中。仔细一看,头颈已被咬断,血如泉涌了。连忙探望字纸篓,小雌鸭幸而还在。环视室内,凶手早已不知去向了。这件血案闹得全家的人都起来。看看残生的小雌鸭,各人叹了好几口气。

后来一吟又买了一只小雄鸭来。大小和小雌鸭仿佛。几日来,小雌鸭形单影只,如今又鹣鹣鲽鲽了。自从那件血案发生以后,我们每晚戒备很严,这一对续弦的小鸭,安全地长大起来,直到七月初我们迁居新屋的时候,已经长成一对中鸭了。新屋四周没有邻居,却有篱笆围着一大块空地。我们在篱笆内掘一个小塘,就称为乳鸭池塘。一对鸭子尽日在篱笆内仰观俯察,逡巡游泳,在我的岑寂的闲居生活上增添了一种生趣。不知不觉之间,它们已长成大鸭,全身雪白,两脚大黄①,翅膀上几根羽毛,黑色里透着金光,很是美观。它们晚上睡在屋檐下一只箩子底下。箩子上面压上一块石板,也是为防黄鼠狼。谁知有一天的破晓,我睡醒来,听见连新——我们的男工,在叫喊。起来探问,才知道一只雄鸭又被拖去了,一道血迹从箩子边洒到篱笆的一个洞口,洞外也有些点滴,迤逦向荒山而去。查问根由,原来昨夜连新忘记在箩子上压石板,黄鼠狼就来启箩偷鸭了。既经的疏忽也不必责咎。只是以后的情景着实可怜。那雌鸭放出箩来,东寻西找,仰天长鸣,"轧轧"之声,竟日不绝。其声慌张,焦躁,而似乎含有痛楚,使闻者大为不安。所谓"行人驻足听,寡妇起彷徨"者,大约是类乎此的鸣声吧。以前小雄鸭被害了,她满不在乎,照旧吃食游水,我曾经笑她"她毕竟是禽兽!"但照如今看来,毕竟是人的同类,也是含识的,有情的众生。傍晚我偶然走到箩子旁边,看见早上喂的饭全没有动。

雌鸭"丧其所天"之后,一连三四日"轧轧"地哀鸣,东张西望地寻觅。后来也就沉静了。但样子很异常,时时俯在地上叩头,同时"咯咯"地叫。从前的邻人周婆婆来,看见了,说她是需要雄

---

① 大黄,即橙黄。

鸭。我们就托周婆婆作媒,过了几天,周婆婆果然提了一只雄鸭来,身材同她一样大小,毛色比她更加鲜美。雄鸭一到地上,立刻跟着雌鸭悠然而逝,直到屋后篱角,花阴深处盘桓了。他们好像是旧相识的。

这一对鸭就是我现在所喜欢的畜生。我喜欢他们,不仅为了上述的一段哀史,大半也是为了鸭这种动物的性行。从前意大利的辽巴第〔列奥巴尔迪〕(Leopardi)喜欢鸟,曾作"百鸟颂"。鸭也是鸟类,却没有被颂在里头,我实在要替鸭抱不平。许多人说,鸭步行的态度太难看。我以为不然,摇摇摆摆地走路,样子天真自然,另有一种"滑稽美"。狗走起路来皇皇如也,好像去赶公事;猫走起路来偷偷摸摸,好像去干暗杀,这才是真难看。但我之所以喜欢鸭子,主要是为了它们的廉耻。人去喂食的时候,鸭一定远远的避开。直到人去远了才慢慢地走近来吃。正在吃的时候,倘有人远远地走过来,一定立刻舍食而去,绝不留恋。虽然鸭子终吃了人们的饭,但其态度非常漂亮,绝不摇尾乞怜,绝不贪婪争食,颇有"履霜坚冰"之操,"不食嗟来"之志,比较之下,狗和猫实在可耻:狗之贪食,恐怕动物中无出其右了。喂食的时候,人还没有走到食盆边,狗已摇头摆尾地先到,而且把头向空盆里乱钻。所以倒下去的食物往往都倒在狗头上。猫是上桌子的畜生,其贪吃更属可怕。不管是灶头上,柜子里,乘人不备,到处偷吃。甚至于人们吃饭的时候,会跳上人膝,向人的饭碗里抢东西吃。一旦抢到了美味的食物,若有人追打,便发出一种吼声,其声之凶狠,可以使人想象老虎或雷电。足证它是用尽全身之力,为食物而拼命了。凡此种种丑态在我们的鸭子全然没有。鸭子,即使人们忘了喂食,仍是摇摇摆摆地自得其乐。这不是最可爱的动物吗?

这两只鸭,我决定养它们到老死。我想准备一只笼子,将来好关进笼里,带它们坐轮船,穿过巴峡巫峡,经过汉口南京,一同回到我的故乡。

一九四三年十一月十七日

(原载1944年10月《中学生》战时半月刊第79期)

沙坪小屋的鹅

抗战胜利后八个月零十天,我卖脱了三年前在重庆沙坪坝庙湾地方自建的小屋,迁居城中去等候归舟。

除了托庇三年的情感以外,我对这小屋实在毫无留恋。因为这屋太简陋了,这环境太荒凉了;我去屋如弃敝屣。倒是屋里养的一只白鹅,使我恋恋不忘。

这白鹅,是一位将要远行的朋友送给我的。这朋友住在北碚,特地从北碚把这鹅带到重庆来送给我。我亲自抱了这雪白的大鸟回家,放在院子内。它伸长了头颈,左顾右盼,我一看这姿态,想道:"好一个高傲的动物!"凡动物,头是最主要部分。这部分的形状,最能表明动物的性格。例如狮子、老虎,头都是大的,表示其力强。麒麟、骆驼,头都是高的,表示其高超。狼、狐、狗等,头都是尖的,表示其刁奸狡鄙。猪猡、乌龟等,头都是缩的,表示其冥顽愚蠢。鹅的头在比例上比骆驼更高,与麒麟相似,正是高超的性格的表示。而在它的叫声、步态、吃相中,更表示出一种傲慢之气。

鹅的叫声,与鸭的叫声大体相似,都是"轧轧"然的。但音调上大不相同。鸭的"轧轧",其音调琐碎而愉快,有小心翼翼的意味;鹅的"轧轧",其音调严肃郑重,有似厉声呵斥。它的旧主人告诉我:养鹅等于养狗,它也能看守门户。后来我看到果然:凡有生客进来,鹅必然厉声叫嚣;甚至篱笆外有人走路,也要它引吭大叫,其叫声的严厉,不亚于狗的狂吠。狗的狂吠,是专对生客或宵小用的;见了主人,狗会摇头摆尾,呜呜地乞怜。鹅则对无论何人,都是厉声呵斥;要求饲食时的叫声,也好像大爷嫌饭迟而怒骂小使一样。

鹅的步态,更是傲慢了。这在大体上也与鸭相似。但鸭的步调急速,有局促不安之相。鹅的步调从容,大模大样的,颇像平剧〔京剧〕里的净角出场。这正是它的傲慢的性格的表现。我们走近鸡或鸭,这鸡或鸭一定让步逃走。这是表示对人惧怕。所以我们要捉住鸡或鸭,颇不容易。那鹅就不然:它傲然地站着,看见人走来简直不让;有时非但不让,竟伸过颈子来咬你一口。这表示它不怕人,看不起人。但这傲慢终归是狂妄的。我们一伸手,就可一把抓住它的项颈,而任意处置它。家畜之中,最傲人的无过于鹅。同时最容易捉住的也无过于鹅。

鹅的吃饭,常常使我们发笑。我们的鹅是吃冷饭的,一日三餐。它需要三样东西下饭:一样是水,一样是泥,一样是草。先吃一口冷饭,次吃一口水,然后再到某地方去吃一口泥及草。这地方是它自己选定的,选的目标,我们做人的无法知道。大约泥和草也有各种滋味,它是依着它的胃口而选定的。这食料并不奢侈;但它的吃法,三眼一板,丝毫不苟。譬如吃了一口饭,倘水盆偶然放在远处,它一定从容不迫地踏大步走上前去,饮水一口,再踏大步走到一定的地方去吃泥,吃草。吃过泥和草再回来吃饭。这样从容不迫的吃饭,必须有一个人在旁侍候,像饭馆里的侍者一样。因为附近的狗,都知道我们这位鹅老爷的脾气,每逢它吃饭的时候,狗就躲在篱边窥伺。等它吃过一口饭,踱着方步去吃水、吃泥、吃草的当儿,狗就敏捷地跑上来,努力地吃它的饭。没有吃完,鹅老爷偶然早归,伸颈去咬狗,并且厉声叫骂,狗立刻逃往篱边,蹲着静候;看它再吃了一口饭,再走开去吃水、吃草、吃泥的时候,狗又敏捷地跑上来,这回就把它的饭吃完,扬长而去了。等到鹅再来吃饭的时候,饭罐已经空空如也。鹅便昂首大叫,似乎责备人们供养不周。这时我们便替它添饭,并且站着侍候。因为邻近狗很多,一狗方去,一狗又来蹲着窥伺了。邻近的鸡也很多,也常蹑手蹑脚地来偷鹅的饭吃。我们不胜其烦,以后便将饭罐和水盆放在一起,免得它走远去,让鸡、狗偷饭吃。然而它所必须的盛馔泥和草,所在的地方远近无定。为了找这盛馔,它仍是要走远去的。因此鹅的吃饭,非有一人侍候不可。真是架子十足的!

鹅,不拘它如何高傲,我们始终要养它,直到房子卖脱为止。因为它对我们,物质上和精神上都有贡献,使主母和主人都欢喜它。物质上的贡献,是生蛋。它每天或隔天生一个蛋,篱边特设一堆稻草,鹅蹲伏在稻草中了,便是要生蛋了。家里的小孩子更兴奋,站在它旁边等候。它分娩毕,就起身,大踏步走进屋里去,大声叫开饭。这时候孩子们把蛋热热地捡起,藏在背后拿进屋子来,说是怕鹅看见了要生气。鹅蛋真是大,有鸡蛋的四倍呢!主母的蛋篓子内积得多了,就拿来制盐蛋,炖一个盐鹅蛋,一家人吃不了的!工友上街买菜回来说:"今天菜市上有卖鹅蛋的,要四百元一个,我们的鹅每天挣四百元,一个月挣一万二,比我们做工还好呢。哈哈哈哈。"大家陪他"哈哈哈哈"。望望那鹅,它正吃饱了饭,昂胸凸肚地,在院子里踱方步,看野景,似乎更加神气活现了。但我觉得,比吃鹅蛋更好的,还是它的精神的贡献。因为我们这屋实在太简陋,环境实在太荒凉,生活实在太岑寂了。赖有这一只白鹅,点缀庭院,增加生气,慰我寂寞。

且说我这屋子,真是简陋极了:篱笆之内,地皮二十方丈,屋所占的只六方丈,其余算是庭院。这六方丈上,建着三间"抗建式"平屋,每间前后划分为二室,共得六室,每室平均一方丈。中央一间,前室特别大些,约有一方丈半弱,算是食堂兼客堂;后室就只有半方丈强,比公共汽车还小,作为家人的卧室。西边一间,平均划分为二,算是厨房及工友室。东边一间,也平均划分为二,后室也是家人的卧室,前室便是我的书房兼卧房。三年以来,我坐卧写作,都在这一方丈内。归熙甫《项脊轩记》中说:"室仅方丈,可容一人居。"又说:"雨泽下注,每移案,顾视无可置者。"我只有想起这些话的时候,感觉得自己满足。我的屋虽不上漏,可是墙是竹制的,单薄得很。夏天九点钟以后,东墙上炙手可热,室内好比开放了热水汀。这时候反教人希望警报,可到六七丈深的地下室去凉快一下呢。

竹篱之内的院子,薄薄的泥层下面尽是岩石,只能种些番茄、蚕豆、芭蕉之类,却不能种树木。竹篱之外,坡岩起伏,尽是荒郊。因此这小屋赤裸裸的,孤零零的,毫无依蔽;远远望来,正像一个亭子。我长年坐守其中,就好比一个亭长。这地点离街约有里许,小径迂回,不易寻找,来客极稀。杜诗"幽栖地僻经过少"一句,这屋可以受之无愧。风雨之日,泥泞载途,狗也懒得走过,环境荒凉更甚。这些日子的岑寂的滋味,至今回想还觉得可怕。

自从这小屋落成之后,我就辞绝了教职,恢复了战前的闲居生活。我对外间绝少往来,每日只是读书作画,饮酒闲谈而已。我的时间全部是我自己的。这是我的性格的要求,这在我是认为幸福的。然而这幸福必需两个条件:在太平时,在都会里。如今在抗战期,在荒村里,这幸福就伴着一种苦闷——岑寂。为避免这苦闷,我便在读书、作画之余,在院子里种豆,种菜,养鸽,养鹅。而鹅给我的印象最深。因为它有那么庞大的身体,那么雪白的颜色,那么雄壮的叫声,那么轩昂的态度,那么高傲的脾气,和那么可笑的行为。在这荒凉岑寂的环境中,这鹅竟成了一个焦点。凄风苦雨之日,手酸意倦之时,推窗一望,死气沉沉;唯有这伟大的雪白的东西,高擎着琥珀色的喙,在雨中昂然独步,好像一个武装的守卫,使得这小屋有了保障,这院子有了主宰,这环境有了生气。

我的小屋易主的前几天,我把这鹅送给住在小龙坎的朋友人家。送出之后的几天内,颇有异样的感觉。这感觉与诀别一个人的时候所发生的感觉完全相同,不过分量较为轻微而已。原来一切众生,本是同根,凡属血气,皆有共感。所以这禽鸟比这房屋更是牵惹人情,更能使人留恋。现在我写这篇短文,就好比为一个永诀的朋友立传,写照。

这鹅的旧主人姓夏名宗禹,现在与我邻居着。

三十五〔1946〕年四月二十五日于重庆

(原载 1946 年 8 月 1 日《导报》月刊第 1 卷第 1 期)

沙 坪 的 酒

胜利快来到了。逃难的辛劳渐渐忘却了。我辞去教职,恢复了战前的闲居生活。住在重庆郊外的沙坪坝庙湾特五号自造的抗建式小屋中的数年间,晚酌是每日的一件乐事,是白天笔耕的一种慰劳。

我不喜吃白酒,味近白酒的白兰地,我也不要吃。巴拿马赛会得奖的贵州茅台酒,我也不要吃。总之,凡白酒之类的,含有多量酒精的酒,我都不要吃。所以我逃难中住在广西贵州的几年,差不多戒酒。因为广西的山花,贵州的茅台,均含有多量酒精,无论本地人说得怎样好,我都不要吃。

自从由贵州茅台酒的产地遵义迁居到重庆沙坪坝,我开始恢复晚酌,酌的是"渝酒",即重庆人仿造的黄酒。

富有风趣的一位朋友讥笑我说:"你不吃白酒,而爱吃黄酒,我知道你的意思了:吃白酒是不出钱的,揩别人的油。你不用人间造孽钱,笔耕墨稼,自食其力,所以讨厌白酒两字。黄酒是你们故乡的特产,你身窜异地,心念故乡,所以爱吃黄酒。对不对?"我说:"其然,岂其然欤?"这朋友的话颇有诗意,然而并没有猜中我不爱白酒爱黄酒的原因。揩别人的油,原是我所不欲的;然而吃酒揩油,我觉得比其他的揩油好些。古人诗云:"三杯不记主人谁"。吃酒是兴味的,是无条件的,是艺术的。既然共饮,就不必斤斤计较酒的所有权;吝情去留,反而杀风景,反而有伤生活的诗趣。我倒并不绝对不吃"白酒"(不出钱的酒)。至于为了怀乡而吃黄酒,也大可不必。我住在大后方各省各地的时候,天天嘴上所说的是家乡土白。若要怀乡,这已尽够,不必再用吃黄酒来表示了。

我所以不喜白酒而喜黄酒,原因很简单:就为了白酒容易醉,而黄酒不易醉。"吃酒图醉,放债图利",这种功利的吃酒,实在不合于吃酒的本旨。吃饭,吃药,是功利的。吃饭求饱,吃药求愈,是对的。但吃酒这件事,性状就完全不同。吃酒是为兴味,为享乐,不是求其速醉。譬如二三人情投意合,促膝谈心,倘添上各人一杯黄酒在手,话兴一定更浓。吃到三杯,心窗洞开,真情挚语,娓娓而来。古人所谓"酒三昧",即在于此。但决不可吃醉,醉了,胡言乱道,诽谤唾骂,甚至呕吐,打架。那真是不会吃酒,违背吃酒的本旨了。所以吃酒决不是图醉。所以容易醉人的酒决不是好酒。巴拿马赛会的评判员倘换了我,一定把一等奖给绍兴黄酒。

沙坪的酒,当然远不及杭州上海的绍兴酒。然而"使人醺醺而不醉",这重要条件是具足了的。人家都讲究好酒,我却不大关心。有的朋友把从上海坐飞机来的真正"陈绍"送我。其酒固然比沙坪的酒气味清香些,上口舒适些;但其效果也不过是"醺醺而不醉"。在抗战期间,请绍酒坐飞机,与请洋狗坐飞机有相似的意义。这意义所给人的不快,早已抵消了其气味的清香与上口的舒适了。我与其吃这种绍酒,宁愿吃沙坪的渝酒。

"醉翁之意不在酒",这真是善于吃酒的人说的至理名言。我抗战期间在沙坪小屋中的晚酌,正是"意不在酒"。我借饮酒作为一天的慰劳,又作为家庭聚会的助兴品。在我看来,晚餐是一天的大团圆。我的工作完毕了;读书的、办公的孩子们都回来了;家离市远,访客不再光临了;下文是休息和睡眠,时间尽可从容了。若是这大团圆的晚餐只有饭菜而没有酒,则不能延长时间,匆匆地把肚皮吃饱就散场,未免太功利的,太少兴趣。况且我的吃饭，从小养成一种快速习惯，要慢也慢不来。有的朋友吃一餐饭能消磨一两小时，我不相信他们如何吃法。在我，吃一餐饭至多只花十分钟。这是我小时从李叔同先生学钢琴时养成的习惯。那时我在师范学校读书，只有吃午饭后到一点钟上课的时间，和吃夜饭后到七点钟上自修的时间，是教弹琴的时间。我十二点吃午饭，十二点一刻须得到弹琴室；六点钟吃夜饭，六点一刻须得到弹琴室。吃饭，洗碗，洗面，都要在十五分钟内了结。这样的数年，使我养成了快吃的习惯。后来虽无快吃的必要，但我仍是非快不可。这就好比反刍类的牛，野生时代因为怕狮虎侵害而匆匆地把草吞入胃内，急忙回到洞内，再吐出来细细地咀嚼，养成了反刍的习惯；做了家畜以后，虽无快吃的必要，但它仍是要反刍。如果有人劝我慢慢吃，在我是一件苦事。因为慢吃违背了惯性，很不自然，很不舒服。一天的大团圆的晚餐，倘使我以十分钟了事，岂不太草草了？所以我的晚酌，意不在酒，是要借饮酒来延长晚餐的时间，增加晚餐的兴味。

　　沙坪的晚酌，回想起来颇有兴味。那时我的儿女五人，正在大学或专科或高中求学，晚上回家，报告学校的事情，讨论学业的问题。他们的身体在我的晚酌中渐渐地高大起来。我在晚酌中看他们升级，看他们毕业，看他们任职，就差一个没有看他们结婚。在晚酌中看成群的儿女长大成人，照一般的人生观说来是"福气"，照我的人生观说来只是"兴味"。这好比饮酒赏春，眼看花草树木，欣欣向荣；自然的美，造物的用意，神的恩宠，我在晚酌中历历地感到了。陶渊明诗云："试酌百情远，重觞忽忘天。"我在晚酌三杯以后，便能体会这两句诗的真味。我曾改古人诗云："满眼儿孙身外事，闲将美酒对银灯。"因为沙坪小屋的电灯特别明亮。

　　还有一种兴味，却是千载一遇的：我在沙坪小屋的晚酌中，眼看抗战局势的好转。我们白天各自看报，晚餐桌上大家报告讨论。我在晚酌中眼看东京的大轰炸,莫索里尼〔墨索里尼〕的被杀,德国的败亡,独山的收复,直到波士坦〔波茨坦〕宣言的发出,八月十日夜日本的无条件投降。我的酒味越吃越美。我的酒量越吃越大,从每晚八两增加到一斤。大家说我们的胜利是有史以来的一大奇迹。我更觉得奇怪。我的胜利的欢喜,是在沙坪小屋晚上吃酒吃出来的!所以我确认,世间的美酒,无过于沙坪坝的四川人仿造的渝酒。我有生以来,从未吃过那样的美酒。即如现在,我已"胜利复员,荣归故乡";故乡的真正陈绍,比沙坪坝的渝酒好到不可比拟。我也照旧每天晚酌;然而味道远不及沙坪坝的渝酒。因为晚酌的下酒物,不是物价狂涨,便是盗贼蜂起;不是贪污舞弊,便是横暴压迫!沙坪小屋中的晚酌的那种兴味,现在了不可得了!唉,我很想回重庆去,再到沙坪小屋里去吃那种美酒。

三十六〔1947〕年二月于杭州

(原载 1947 年 3 月 31 日《天津民国日报》)

我的烧香癖

《论语》出这个题目要我作文。我初接到邵洵美先生的信的时候,决定不能作。因为我想,我的生活平淡无奇,与普通人无异,并无癖好可说。我把征稿启事和信札塞在抽斗里,准备置之不理。我坐在案前,预备做别的写作。忽然觉得缺乏一种条件。原来是案头的炉香已经熄灭,眼睛看不见篆缕,鼻子闻不到香气,我的笔就提不起来。于是开开香炉盖,把香灰推平,把梅花架子装上,把香末添进,用铜帚细细地塑制。正在这时候,我忽然觉悟了:这不是一种癖好吗?为什么写作一定要点香呢?这样一想,就发见我自己原有癖好,我的生活并不平淡,与普通人并不相同。同时我又发生一种警惕之感,即主观的蒙蔽的可怕。凡有嗜好的人,因为主观的感情作用,往往认为这嗜好是最合理的,最有意义的,是人人应该有的,不是我一人的偏好。于是就不认为这是一种癖好。我刚才的初感,便是由主观的蒙蔽而生。此事虽小,可以喻大,我安得不警惕呢!

于是我就来写自己的癖好,以应《论语》的雅嘱。抗战以前,我闲居石门湾缘缘堂时,癖好最多。首屈一指的是烧香。我烧的是"寿字香"。寿字香者,就是在一铜制的香炉中,用香末依寿字形的模型塑成的香。这模型普通是一篆文寿字。从头至尾,一气连贯。也有不取寿字而取别种形式的;但因多数为寿字,故统称为寿字香。这种香炉,大都分两层,上层底下盛香灰,寿字香末就塑在这层香灰上面。下层是盛香末以及工具的地方。工具共有四件:一是铜模,模中雕出弯弯曲曲一个寿字,从头至尾,一气连贯。二是铜片,乃和香炉同样大小的一片铜,寿字香点过以后欲重制时,先拿这铜片将香灰压平,然后重新塑制于香灰之上。三是铜瓢,形似小铲刀,用以取香末的。四是铜帚,用以括平香末,完成塑制的。这种香炉我家共有八九只之多。有方形的,有圆形的,有梅花形的,有如意形的。我每次到杭州上海,必赴旧货店找寻此物,找到了我家所未有的形式,便买回来。因此积聚了八九只之多。我的书案上,不断地供着这种香炉。看厌了,换一只。所点的香末,也分数种,常常调换,有檀香末,降香末,麝香末,以及福建香末,都是托药店定制的。我当时生活很普罗①,布衣,蔬食,不慕奢侈;独于点香一事,不惜费用。每月为香所费的,比吃饭贵得多!这正是一种癖好。为什么有这种癖好?我爱它有两种好处:第一是香的气味的美。香气使鼻子的嗅觉发生快感。美学者言,人的感觉,分高等下等两种,视觉与听觉,对精神发生关系的,称为高等感觉。味觉触觉等,对肉体发生关系的,称为下等感觉。其实这也不能绝对分别。只是视觉与听觉不须接触身体,隔着距离即可摄受,故认为高等耳。味觉与触觉必须接触身体,不能隔开距离,故认为下等耳。照这说法,嗅觉应该称为中等感觉。因为它可以隔着距离,凭香气的接触而摄受。欣赏艺术品,如看画,听乐,是用高等感觉的。吃饭穿衣,是用下等感觉的。其中间还有一种闻香,是用中等感觉的。因为它不接不离,若接若离,介乎高等与下等之间。我们爱好艺术的人,常常追求高等感觉的快美。所以欢喜看画,欢喜读书,欢喜听乐,欢喜看戏。但好画,好书,好戏,是不能常得的。所以高等感觉常被闲却。这是一件憾事。我所以欢喜点香,就是为了要利用中等感觉的快感来补充美欲的不满足。吃烟,也

---

① 普罗,英文 proletarian(无产阶级的)译音的简化,在这里是朴实的意思。

是与嗅觉发生关系的。但它必须通过嘴巴深入肺腑,而且有瘾,近于饮酒吃饭,与美欲相去太远。故吃烟不是完全属于中等感觉的。唯有点香,完全属于中等感觉,其品位还在吃饭穿衣之上。而仅次于看画,读书,听乐,看戏。古人对于这中等感觉,早已注意。所以"炉香","篆缕","沉水","金鸭"等字眼,屡见于诗词。我常觉得,古人的事不一定可取法。但烧香这件事,大可效仿。我效仿了多年,居然成了一种癖好。鼻子闻不到香气时,意懒懒的提不起笔来,展不开书来。

其次,我的爱点香,是为了香的烟缕的形象的美。我们所居的房屋中,所陈列的物件,都是静止的。好画满壁,好花满瓶,好书满架,都是不动的。久居在静止的房间内,有沉闷,单调之感。有的人爱养鸟,大概是欢喜它的动。窗前挂一个鸟笼,听听鸟的鸣声,看看鸟在樊笼内跳来跳去的动作,可以打破静的沉闷与单调。但我不爱这办法。把天空邀翔的动物禁锢在立方尺内,让它哀鸣挣扎,而认为乐事,到底不是好办法。与其养鸟,远不如点香。香烟缭绕,在空中画出万千种美妙的形状,实在是可以赏心悦目的。古人称之为"篆缕","篆烟",以其飘曳的形状颇像篆文。又有"心字香"之称。考据者说是古人的线香制成篆文心字的形,故名。但我以为不一定要线香制成心字形,香的烟气的形状,也常绕成篆文心字形状,一切香都不妨称为"心字香"。而且还有一种意义。香烟缭绕之形,象征着人心的思想。思想也是缥缈无定的东西,与烟气的随风飘荡,委婉曲折,十分相似。故静看炉烟,可助思想。或思入风云变态中,或想入非非,或成独笑,或做昼梦。烟缕有启发思想之功。龚定庵诗云:"瓶花贴妥炉烟定,觅我童心四十年。"炉烟的飘曳,可以教人怀旧,引人回忆,促人反省,助人收回失去的童心。

点香对我固有上述的好处,就成了我的癖好。但这是抗战以前,故国平居时的话。抗战军兴,我弃家西窜,流离迁徙,深入不毛。有时连香烟都缺乏,谈不到炉烟。有时连吃饭都成问题,谈不到点香。重庆的四年,生活比较安定;但是抗战末了,生灵涂炭未已,我哪有闲情逸致去点香呢?所以这癖好一直戒除了九年。去年秋天,我复员返沪。回到故乡石门湾去看看,故居缘缘堂不是焦土,而早已变成草地,昔日供炉烟的地方,已有很高的野生树木在欣欣向荣了。我到杭州来找住处。杭州住屋亦不易得,我先住在功德林的旅馆内。住了几天,找不到房子,就借住在和尚寺内。我一进和尚寺,就到梅花碑① 去找旧货店,想买一只香炉,恢复我旧时的癖好。岂知十年战乱之后,民生凋疲,此物自知无人顾问,都已消形灭迹,无处寻访了。好容易在一处旧货店内找到一只梅花形的寿字香。出一万块钱② 买了回来,供在寺内的案头。香末更难访到,我就向香烛铺去买檀香末,聊以代替。檀香末是粗粒的,实在不宜于点寿字香。但在十年战乱之后,能恢复我这小小的癖好,已经心满意足了。我得了这东西,好比失恋的人恢复了旧欢。我正想与它订白头之盟,从此永不分离。只是内乱方殷,民生还在涂炭,使我这炉烟的香气的美,与篆缕的形状的美,都大打折扣,不知何日方得全部恢复也。

三十六〔1947〕年三月三日于杭州

(原载1947年3月16日《论语》半月刊第125期"癖好专号")

---

① 梅花碑,是当时杭州旧货店集中的地方。
② 一万块钱,是当时的"法币"。

怀太虚法师

我和太虚法师是小同乡,同是浙江崇德县人。但我们相见很晚,是三十二三〔1943,1944〕年间在重庆的长安寺里第一次会面的。一见之后,我很亲近他,因为他虽然幼小离乡,而嘴上操着一口崇德土白,和我谈话,很是入木。我每次入城,必然去长安寺望望他。那时我常常感到未见面时的太虚法师,与见面后的太虚法师,竟判若两人。

未见面之前,我听别人的传说,甚是惊奇。有人说他是交际和尚,又有人说他是官僚和尚,还有人说他是出风头和尚。我不相信,亲去访问他。一见之后,果然证明了外间的传说都是误解。他是正信,慈悲,而又勇猛精进的,真正的和尚。我这话决不是随便说的。正信者,他对佛法有很正确的认识与信仰。慈悲者,他的态度中绝无贪嗔痴的痕迹。勇猛精进者,他对宏法事业有很大的热心。真正的和尚者,正信,慈悲,勇猛精进之外,又恪守僧戒,数十年如一日,俱足比丘的资格。我每次访问他之后,走出长安寺,下坡的时候,心中叹羡不置。我诧异:"崇德怎么会出这样的一个人?"

外间对他的误解,实在是他的对世间的勇猛精进所招来的。凡对于佛法,佛教,僧人有利的事业,他都关心;不避艰难,不怕麻烦,他都要尽心竭力去计划,维持,或发起。凡和社会发生关系,总难免有招摇,议论,或谣诼。太虚法师的受一部分人的误解,全是他的护法的热心所招来的。但他对于这些误解,绝不关心,始终勇猛精进,直到圆寂。

　　我在重庆与太虚法师最后的会面,是复员前几天在紫竹林素菜馆。那天我请客,邀在家、出家的七八位好友叙晤,作为对重庆的惜别。我不能忘记的,是我几乎教他开了酒戒。紫竹林的酒杯与茶杯是同样的。酒壶也就用茶壶。席上在家人都喝酒,而出家人之中也有一二人喝酒。我不知道太虚法师喝不喝酒,敬他一杯,看他是否同弘伞法师一样谢绝。大约他那时正和邻席的人谈得热心,没有注意我的敬酒,并不谢绝。我心中纳罕:"太虚法师不戒酒的!"既而献樽,太虚法师端起杯子,尽量吸一口,连忙吐出,微笑地说道:"原来是酒,我当是茶。"满座大笑起来。我倒觉得十分抱歉,我有侮蔑这位老法师的罪过。倘换了印光法师,我说不定要大受呵斥。但太虚法师微笑置之而已。太虚法师已经不在人间了,这点抱歉还存在我的心头。我只有祝他往生极乐,早证菩提。

　　　　　　　　　　　三十六〔1947〕年五月九日于杭州

（原载 1947 年 5 月 16 日《申报·自由谈》）

白　　象

白象是我家的爱猫,本来是我的次女林先家的爱猫,再本来是段老太太家的爱猫。

抗战初,段老太太带了白象逃难到大后方。胜利后,又带了它复员到上海,与我的次女林先及吾婿宋慕法邻居。不知为了什么原因,段老太太把白象和它的独子小白象寄交林先、慕法家,变成了他们的爱猫。我到上海,林先、慕法又把白象寄交我,关在一只无锡面筋的笼里,上火车,带回杭州,住在西湖边上的小屋里,变成了我家的爱猫。

白象真是可爱的猫!不但为了它浑身雪白,伟大如象,又为了它的眼睛一黄一蓝,叫做"日月眼"。它从太阳光里走来的时候,瞳孔细得几乎没有,两眼竟像话剧舞台上所装置的两只光色不同的电灯,见者无不惊奇赞叹。收电灯费的人看见了它,几乎忘记拿钞票;查户口的警察看见了它,也暂时不查了。

白象到我家后,慕法、林先常写信来,说段老太太已迁居他处,但常常来他们家访问小白象,目的是探问白象的近况。我的幼女一吟,同情于段老太太的离愁,常常给白象拍照,寄交林先转交段老太太,以慰其相思。同时对于白象,更增爱护。每天一吟读书回家,或她的大姐陈宝教课回家,一坐倒,白象就跳到她们的膝上,老实不客气地睡了。她们不忍拒绝,就坐着不动,向人要茶,要水,要换鞋,要报看。有时工人不在身边,我同老妻就当听差,送茶,送水,送鞋,送报。我们是间接服侍白象。

有一天，白象不见了。我们侦骑四出，遍寻不得。正在担忧，它偕同一只斑花猫，悄悄地回来了，大家惊喜。女工秀英说，这是招贤寺里的雄猫，说过笑起来。经过一个短促的休止符，大家都笑起来。原来它是到和尚寺里去找恋人去了，害得我们急死。

此后斑花猫常来，它也常去，大家不以为奇。我觉得白象更可爱了。因为它不像鲁迅先生的猫，恋爱时在屋顶上怪声怪气，吵得他不能读书写稿，而用长竹竿来打。后来它的肚皮渐渐大起来了。约摸两三个月之后，它的肚皮大得特别，竟像一只白象了。我们用一只旧箱子，把盖拿去，作为它的产床。有一天，它临盆了，一胎五子，三只雪白的，两只斑花的。大家称庆，连忙叫男工樟鸿到岳坟去买新鲜鱼来给它调将。女孩子们天天冲克宁奶粉给它吃。

小猫日长夜大，两星期之后，都会爬动。白象育儿耐苦得很，日夜躺卧，让五个孩子纠缠。它的身体庞大，在五只小猫看来，好比一个丘陵。它们恣意爬上爬下，好像西湖上的游客爬孤山一样。这光景真是好看！

不料有一天，一只小花猫死了。我的幼儿新枚，哭了一场，拿一条美丽牌香烟的匣子，当作棺材，给它成殓，葬在西湖边的草地中。余下的四只，就特别爱惜。我家有七个孩子，三个在外，四个在杭州，他们就把四只小猫分领，各认一只。长女陈宝领了花猫，三女宁馨、幼女一吟、幼儿新枚，各领一只白猫。这就好比乡下人把孩子过房给庙里的菩萨一样，有了"保佑"，"长命富贵"。大约因为他们不是菩萨，不能保佑；过一会，一只小白猫又死了。剩下三只，一花二白，都很健康，看看已能吃鱼吃饭，不必全靠吃奶了。白象的母氏劬劳，也渐渐减省。它不必日夜躺着喂奶，可以随时出去散步，或跳到女孩子们的膝上去睡觉了。女孩子们笑它："做了母亲还要别人抱？"它不理，管自睡在人家怀里。

白象的遗孤

有一天，白象不回来吃中饭。"难道又到和尚寺里去找恋人了？"大家疑问。等到天黑，终于不回来。秀英当夜到寺里去寻，不见。明天，又不回来。问题严重起来，我就写二张海报："寻猫：敝处走失日月眼大白猫一只。如有仁人君子觅得送还，奉酬法币十万元。储款以待，决不食言。××路××号谨启。"过了两天，有邻人来言，"前几天看见一大白猫死在地藏庵与复性书院之间的水沼里，恐怕是你们的。"我们闻耗奔丧，找不到尸体。问地藏庵里的警察，也说不知；又说，大概清道夫取去了。我们回家，大家沉默志哀，接着就讨论它的死因。有的说是它自己失脚落水，有的说是顽童推它下水，莫衷一是。后来新枚来报告,邻家的孩子曾经看见一只大白猫死在水沼上的大柳树根上。后来被人踢到水沼里。孩子不会说谎,此说大约可靠。且我听说,猫不肯死在家里,自知临命终了,必远行至无人处,然后辞世。故此说更觉可靠。我觉得这点"猫性",颇可赞美。这有壮士风,不愿死户牖下儿女之手中,而情愿战死沙场,马革裹尸。这又有高士风。不愿病死在床上,而情愿遁迹深山,不知所终。总之,白象确已不在"猫间"了!

　　白象失踪的第二天,林先从上海来杭。一到,先问白象。骤闻噩耗,惊惶失色。因为她原是受了段老太太之托,此番来杭将把白象带回上海,重归旧主的。相差一天,天缘何悭!然而天实为之,谓之何哉。所幸它还有三个遗孤,虽非日月眼,而壮健活泼,足以承继血统。为防损失,特把一匹小花猫寄交我的好友家。其余两匹小白猫,常在我的身边。每逢我架起了脚看报或吃酒的时候,它们爬到我的两只脚上,一高一低,一动一静,别人看见了都要笑。我倒已经习以为常,似觉一坐下来,脚上天生成有两只小猫的。

　　　　　　　　　　一九四七年五月二十七日于杭州作

（原连载于1947年5月30日、31日、6月1日《申报·自由谈》）

端阳忆旧

我写民间生活的漫画中,门上往往有一个王字。读者都不解其意。有的以为这门里的人家姓王。我在重庆的画展中,有人重订一幅这类的画,特别关照会场司订件的人,说:"请他画时在门上改写一个李字。因为我姓李。"这买画人把画当作自己家里看,其欣赏态度可谓特殊之极!而我的在门上写王字,也可说是悖事之至!因为这门上的王字原是端五日正午用雄黄酒写上的。我幼时看见我乡家家户户如此,所以我画如此。岂知这办法只限于某一地带;又只限于我幼时,现在大家懒得行古之道了。许多读者不懂这王字的意思,也是难怪的。

我幼时,即四十余年前,我乡端午节过得很隆重:我的大姐一月前头就制"老虎头",预备这一天给自家及亲戚家的儿童佩戴。染坊店里的伙计祁官,端午的早晨忙于制造蒲剑:向野塘采许多蒲叶来,选取最像宝剑的叶,加以剑柄,预备正午时和桃叶一并挂在每个人的床上。我的母亲呢,忙于"打蚊烟"和捉蜘蛛:向药店买一大包苍术白芷来,放在火炉里,教它发出香气,拿到每间房屋里去熏。同时,买许多鸡蛋来,在每个的顶上敲一个小洞,放进一只蜘蛛去,用纸把洞封好,把蛋放在打蚊烟的火炉里煨。煨熟了,打开蛋来,取去蜘蛛的尸体,把蛋给孩子们吃。到了正午,又把一包雄黄放在一大碗绍兴酒里,调匀了,叫祁官拿到每间屋的角落里去,用口来喷。喷剩的浓雄黄,用指蘸了,在每一扇门上写王字;又用指捞一点来塞在每个孩子肚脐眼里。

据说,老虎头,桃叶,蒲剑可以驱邪;蜘蛛煨蛋可以祛病;苍术白芷和雄黄可以驱除毒虫及毒气。至于门上的王字呢,据说是消毒药的储蓄;日后如有人被蜈蚣毒蛇等咬了,可向门上去捞取一点端午日午时所制的良药来,敷上患处,即可消毒止痛云。

世相无常,现在这种古道已经不可多见,端阳的面目全非昔比了。我独记惦门上这个王字。并非要当作DDT用,却是为了画中的门上的点缀。光裸裸的画一扇门,怪单调的;在门上画点东西呢,像是门牌,又不好看。唯有这个王字,既有装饰的效果,又有端阳的回想与纪念的意味。从前日本废除纸伞而流行"蝙蝠伞"(就是布制的洋伞)的时候,日本的画家大为惋惜。因为在直线形过多的市街风景中,圆线的纸伞大有对比作用,有时一幅市街风景画全靠一顶纸伞而生色;而蝙蝠伞的对比效果,是远不及纸伞的。现在我的心情,正与当时的日本画家相似。用实利的眼光看,这事近于削足适履。这原是"艺术的非人情"。

〔1947年〕

(原载1947年6月23日《申报·自由谈》)

湖畔夜饮

前天晚上,四位来西湖游春的朋友,在我的湖畔小屋里饮酒。酒阑人散,皓月当空。湖水如镜,花影满堤。我送客出门,舍不得这湖上的春月,也向湖畔散步去了。柳荫下一条石凳,空着等我去坐。我就坐了,想起小时在学校里唱的春月歌:"春夜有明月,都作欢喜相。每当灯火中,团团清辉上。人月交相庆,花月并生光。有酒不得饮,举杯献高堂。"觉得这歌词温柔敦厚,可爱得很! 又念现在的小学生,唱的歌粗浅俚鄙,没有福分唱这样的好歌,可惜得很! 回味那歌的最后两句,觉得我高堂俱亡,虽有美酒,无处可献,又感伤得很! 三个"得很"逼得我立起身来,缓步回家。不然,恐怕把老泪掉在湖堤上,要被月魄花灵所笑了。

回进家门,家中人说,我送客出门之后,有一上海客人来访,其人名叫 CT①,住在葛岭饭店。家中人告诉他,我在湖畔看月,他就向湖畔去找我了。这是半小时以前的事,此刻时钟已指十时半。我想,CT 找我不到,一定已经回旅馆去歇息了。当夜我就不去找他,管自睡觉了。第二天早晨,我到葛岭饭店去找他,他已经出门,茶役正在打扫他的房间。我留了一张名片,请他正午或晚上来我家共饮。正午,他没有来。晚上,他又没有来。料想他这上海人难得到杭州来,一见西湖,就整日寻花问柳,不回

---

① CT,指郑振铎。

丰子恺漫画选（1926年）

丰子恺漫画选（1926年）

旅馆,没有看见我留在旅馆里的名片。我就独酌,照例倾尽一斤。

黄昏八点钟,我正在酩酊之余,CT来了。阔别十年,身经浩劫,他反而胖了,反而年轻了。他说我也还是老样子,不过头发白些。"十年离乱后,长大一相逢,问姓惊初见,称名忆旧容。"这诗句虽好,我们可以不唱。略略几句寒暄之后,我问他吃夜饭没有。他说,他是在湖滨吃了夜饭,——也饮一斤酒,——不回旅馆,一直来看我的。我留在他旅馆里的名片,他根本没有看到。我肚里的一斤酒,在这位青年时代共我在上海豪饮的老朋友面前,立刻消解得干干净净,清清醒醒。我说:"我们再吃酒!"他说:"好,不要什么菜蔬。"窗外有些微雨,月色朦胧。西湖不像昨夜的开颜发艳,却有另一种轻颦浅笑,温润静穆的姿态。昨夜宜于到湖边步月,今夜宜于在灯前和老友共饮。"夜雨剪春韭",多么动人的诗句!可惜我没有家园,不曾种韭。即使我有园种韭,这晚上也不想去剪来和CT下酒。因为实际的韭菜,远不及诗中的韭菜的好吃。照诗句实行,是多么愚笨的事呀!

女仆端了一壶酒和四只盆子出来,酱鸭,酱肉,皮蛋和花生米,放在收音机旁的方桌上。我和CT就对坐饮酒。收音机上面的墙上,正好贴着一首我写的,数学家苏步青的诗:"草草杯盘共一欢,莫因柴米话辛酸。春风已绿门前草,且耐余寒放眼看。"有了这诗,酒味特别的好。我觉得世间最好的酒肴,莫如诗句。而数学家的诗句,滋味尤为纯正。因为我又觉得,别的事都可有专家,而诗不可有专家。因为做诗就是做人。人做得好的,诗也做得好。倘说做诗有专家,非专家不能做诗,就好比说做人有专家,非专家不能做人,岂不可笑?因此,有些"专家"的诗,我不爱读。因为他们往往爱用古典,蹈袭传统;咬文嚼字,卖弄玄虚;扭扭捏捏,装腔作势;甚至神经过敏,出神见鬼,而非专家的诗,倒是直直落落,明明白白,天真自然纯正朴茂,可爱得很。樽前有了苏步青的诗,桌上酱鸭,酱肉,皮蛋和花生米,味同嚼蜡;唾弃不足惜了!

　　我和CT共饮,另外还有一种美味的酒肴!就是话旧。阔别十年,身经浩劫。他沦陷在孤岛上,我奔走于万山中。可惊可喜,可歌可泣的话,越谈越多。谈到酒酣耳热的时候,话声都变了呼号叫啸,把睡在隔壁房间里的人都惊醒。谈到二十余年前他在宝山路商务印书馆当编辑,我在江湾立达学园教课时的事,他要看看我的子女阿宝,软软和瞻瞻——《子恺漫画》里的三个主角,幼时他都见过的。瞻瞻现在叫做丰华瞻,正在北平北大研究院,我叫不到,阿宝和软软现在叫丰陈宝和丰宁馨,已经大学毕业而在中学教课了,此刻正在厢房里和她们的弟妹们练习平剧〔京剧〕!我就喊她们来"参见"。CT用手在桌子旁边的地上比比,说:"我在江湾看见你们时,只有这么高。"她们笑了,我们也笑了。这种笑的滋味,半甜半苦,半喜半悲。所谓"人生的滋味",在这里可以浓烈地尝到。CT叫阿宝"大小姐",叫软软"三小姐"。我说:"《花生米不满足》、《瞻瞻新官人,软软新娘子,宝姐姐做媒人》、《阿宝两只脚,凳子四只脚》等画,都是你从我的墙壁上揭去,制了锌板在《文学周报》上发表的。你这老前辈对她们小孩子又有什么客气?依旧叫'阿宝'、'软软'好了。"大家都笑。人生的滋味,在这里又浓烈地尝到了。我们就默默地干了两杯。我见CT的豪饮,不减二十余年前。我回忆起了二十余年前的一件旧事,有一天,我在日升楼① 前,遇见CT。他拉住我的手说:"子恺,我们吃西菜去。"我说"好的"。他就同我向西走,走到新世界② 对面的晋隆西菜馆楼上,点了两客公司菜,外

---

① 日升楼,当时上海一家有名的茶馆,位于南京路浙江路口。
② 新世界,当时上海一个游乐场的名称。

加一瓶白兰地。吃完之后,仆欧①送帐单来。CT对我说:"你身上有钱吗?"我说"有!"摸出一张五元钞票来,把帐付了。于是一同下楼,各自回家——他回到闸北,我回到江湾。过了一天,CT到江湾来看我,摸出一张拾元钞票来,说:"前天要你付帐,今天我还你。"我惊奇而又发笑,说:"帐回过算了,何必还我?更何必加倍还我呢?"我定要把拾元钞票塞进他的西装袋里去,他定要拒绝。坐在旁边的立达同事刘薰宇,就过来抢了这张钞票去,说:"不要客气,拿到新江湾小店里去吃酒吧!"大家赞成。于是号召了七八个人,夏丏尊先生,匡互生,方光焘都在内,到新江湾的小酒店里去吃酒。吃完这张拾元钞票时,大家都已烂醉了。此情此景,憬然在目。如今夏先生和匡互生均已作古,刘薰宇远在贵阳,方光焘不知又在何处。只有CT仍旧在这里和我共饮。这岂非人世难得之事! 我们又浮两大白。

夜阑饮散,春雨绵绵。我留CT宿在我家,他一定要回旅馆。我给他一把伞,看他的高大的身子在湖畔柳荫下的细雨中渐渐地消失了。我想:"他明天不要拿两把伞来还我!"

三十七〔1948〕年三月二十八日夜于湖畔小屋

(原载1948年4月16日《论语》第151期)

---

① 仆欧,英文boy的译音,意即侍者。

敬　礼

像吃药一般喝了一大碗早已吃厌的牛奶，又吞了一把围棋子似的、洋钮扣似的肺病特效药。早上的麻烦已经对付过去。儿女都出门去办公或上课了，太太上街去了，劳动大姐在不知什么地方，屋子里很静。我独自关进书房里，坐在书桌面前。这是一天精神最好的时光。这是正好潜心工作的时光。

今天要译的一段原文，文章极好，译法甚难。但是昨天晚上预先看过，躺在床里预先计划过句子的构造，所以今天的工作并不很难，只要推敲各句里面的字眼，就可以使它变成中文。右手握着自来水笔，左手拿着香烟。书桌左角上并列着一杯茶和一只烟灰缸。眼睛看着笔端，热中于工作，左手常常误把香烟灰敲落在茶杯里，幸而没有把烟灰缸当作茶杯拿起来喝。茶里加了香烟灰，味道有些特别，然而并不讨厌。

译文告一段落，我放下自来水笔，坐在椅子里伸一伸腰，眼梢头觉得桌子上右手所靠的地方有一件小东西在那里蠢动。仔细一看，原来是一个受了伤的蚂蚁：它的脚已经不会走路，然而躯干无伤，有时翘起头来，有时翻转肚子来，有时鼓动着受伤的脚，企图爬走，然后一步一蹶，终于倒下来，全身乱抖，仿佛在绝望中挣扎。啊，这一定是我闯的祸！我热中于工作的时候，没有顾到右臂底下的蚂蚁。我写完了一行字，迅速地把笔移向第二行上端的时候，手臂像汽车一样突进，然而桌子上没有红绿灯和横道线，因此就把这蚂蚁碾伤了。它没有拉我去吃警察官司，然而我很对不起它,又没有办法送它进医院去救治,奈何,奈何!

然而反复一想,这不能完全怪我。谁教它走到我的工场里来,被机器碾伤呢?它应该怪它自己,我恕不负责。不过,一个不死不活的生物躺在我眼睛面前,心情实在非常不快。我想起了昨天所译的一段文章:"假定有百苦交加而不得其死的人;在没有生的价值的本人自不必说,在旁边看护他的亲人恐怕也会觉得杀了他反而慈悲吧。"(见夏目漱石著《旅宿》)我想:我伸出一根手指去,把这百苦交加而不得其死的蚂蚁一下子捻死,让它脱了苦,不是慈悲吗?然而我又想起了某医生的话:延长寿命,是医生的天职。又想起故乡的一句俗话:"好死勿抵恶活。"我就不肯行此慈悲。况且,这蚂蚁虽然受伤,还在顽强地挣扎,足见它只是局部残废,全体的生活力还很旺盛,用指头去捻死它,怎么使得下手呢?犹豫不决,耽搁了我的工作。最后决定:我只当不见,只当没有这回事。我把稿纸移向左些,管自继续做我的翻译工作。让这个自作孽的蚂蚁在我的桌子上挣扎,不关我事。

翻译工作到底重大,一个蚂蚁的性命到底藐小;我重新热中于工作之后,竟把这事件完全忘记了。我用心推敲,频频涂改,仔细地查字典,又不断地抽香烟。忙了一大阵之后,工作又告一段落,又是放下自来水笔,坐在椅子里伸一伸腰。眼梢头又觉得桌子右角上离开我两尺光景的地方有一件小东西在那里蠢动。望去似乎比蚂蚁大些,并且正在慢慢地不断地移动,移向桌子所靠着的窗下的墙壁方面去。我凑近去仔细察看。啊哟,不看则已,看了大吃一惊!原来是两个蚂蚁,一个就是那受伤者,另一个是救伤者,正在衔住了受伤者的身体而用力把他(排字同志注意,以后不用它字了)拖向墙壁方面去。然而这救伤者的身体不比受伤者大,他衔着和自己同样大小的一个受伤者而跑路,显然很吃力,所以常常停下来休息。有时衔住了他的肩部而走路,走了几步停下来,回过身去衔住了他的一只脚而走路;走了几步又停下来,衔住了另一只脚而继续前进。停下来的时候,两人碰一碰头,仿佛谈几句话。也许是受伤者告诉他这只脚痛,要他衔另一只脚;也许是救伤者问他伤势如何,拖得动否。受伤者有一两只脚伤势不重,还能在桌上支撑着前进,显然是体谅救伤者太吃力,所以勉力自动,以求减轻他的负担。因为这样艰难,所以他们进行的速度很缓,直到现在还离开墙壁半尺之远。这个救伤者以前我并没有看到。想来是埋头于翻译的期间,他跑出来找寻同伴,发现这个同伴受了伤躺在桌子上,就不惜劳力,不辞艰苦,不顾冒险,拼命地扶他回家去疗养。这样藐小的动物,而有这样深挚的友爱之情、这样慷慨的牺牲精神、这样伟大的互助精神,真使我大吃一惊!同时想起了我刚才看不起他,想捻死他,不理睬他,又觉得非常抱歉,非常惭愧!

  鲁迅先生曾经看见一个黄包车夫的身体大起来。我现在也如此:忽然看见桌子角上这两个蚂蚁大起来,大起来,大得同山一样,终于充塞于天地之间,高不可仰了。同时又觉得我自己的身体小起来,小起来,终于小得同蚂蚁一样了。我站起身来,向着这两个蚂蚁立正,举起右手,行一个敬礼。

一九五六年十二月十三日于上海作

(原载1956年12月26日上海《文汇报》)

爆炒米花

楼窗外面"砰"的一响,好像放炮,又好像轮胎爆裂。推窗一望,原来是"爆炒米花"。

这东西我小时候似乎不曾见过,不知是什么时候开始有的。这个名称我也不敢确定,因为那人的叫声中音乐的成分太多,字眼听不清楚。问问别人,都说"爆炒米花吧"。然而爆而又炒,语法欠佳,恐非正确。但这姑且不论,总之,这是用高热度把米粒放大的一种工作。这工作的工具是一个有柄的铁球,一只炭炉,一只风箱,一只麻袋和一张小凳。爆炒米花者把人家托他爆的米放进铁球里,密封起来,把铁球架在炭炉上;然后坐在小凳上了,右手扯风箱,左手握住铁球的柄,把它摇动,使铁球在炭炉上不绝地旋转,旋到相当的时候,他把铁球从炭炉上卸下,放进麻袋里,然后启封,——这时候发出"砰"的一响,同时米粒从铁球中迸出,落在麻袋里,颗颗同黄豆一般大了!爆炒米花者就拿起麻袋来,把这些米花倒在请托者拿来的篮子里,然后向他收取若干报酬。请托者大都笑嘻嘻地看看篮子里黄豆一般大的米花,带着孩子,拿着篮子回去了。这原是孩子们的闲食,是一种又滋养、又卫生、又经济的闲食。

我家的劳动大姐主张不用米粒,而用年糕来托他爆。把水磨年糕切成小拇指大的片子放在太阳里晒干,然后拿去托他爆。爆出来的真好看:小拇指大的年糕片,都变得同十支香烟篓子一般大了!爆的时候加入些糖,吃起来略带甜味,不但孩子们爱吃,大人们也都喜欢,因为它质地很松,容易消化,多吃些也不会伤胃。"空隆空隆"地嚼了好久,而实际上吃下去的不过小拇指大的一片年糕。

我吃的时候曾经作如是想:倘使不爆,要人吃小拇指大的几片硬年糕,恐怕不见得大家都要吃。因为硬年糕虽然营养丰富,但是质地太致密,不容易嚼碎,不容易消化。只有胃健的人,消化力强大的人,例如每餐"斗米十肉"的古代人,才能吃硬年糕;普通人大都是没有这胃口的吧。而同是这硬年糕,一经爆过,一经放松,普通人就也能吃,并且爱吃,即使是胃弱的人也消化得了。这一爆的作用就在于此。

想到这里,恍然若有所感。似乎觉得这东西象征着另一种东西。我回想起了三十年前,我初作《缘缘堂随笔》时的一件事。《缘缘堂随笔》结集成册,在开明书店出版了。那时候我已经辞去教师和编辑之职,从上海迁回故乡石门湾,住在老屋后面的平屋里。我故乡有一位前辈先生,姓杨名梦江,是我父亲的好友,我两三岁的时候,父亲教我认他为义父,我们就变成了亲戚。我迁回故乡的时候,我父亲早已故世,但我常常同这位义父往来。他是前清秀才,诗书满腹。有一次,我把新出版的《缘缘堂随笔》送他一册,请他指教。过了几天他来看我,谈到了这册随笔,我敬求批评。他对那时正在提倡的白话文向来抱反对态度,我料他的批评一定是否定的。果然,他起初就局部略微称赞几句,后来的结论说:"不过,这种文章,教我们做起来,每篇只要二十八个字——一首七绝;或者二十个字——一首五绝。"

我初听到这话,未能信受。继而一想,觉得大有道理！古人作文,的确言简意繁,辞约义丰,不像我们的白话文那么啰里啰苏。回想古人的七绝和五绝,的确每首都可以作为一篇随笔的题材。例如最周知的唐诗:"去年今日此门中,人面桃花相映红。人面不知何处去,桃花依旧笑东风。""少小离家老大回,乡音无改鬓毛衰。儿童相见不相识,笑问客从何处来?"这两个题材,倘使教我来表达,我得写每篇两三千字的两篇抒情随笔。"昨日入城市,归来泪满巾;遍身罗绮者,不是养蚕人。""长安买花者,一枝值万钱;道旁有饥人,一钱不肯捐。"这两个题材,倘教我来表达,我也许要写成——倘使我会写的话——两篇讽喻短篇小说呢! 于是我佩服这位老前辈的话,表示衷心地接受批评。

三十年前这位老前辈对我说的话,我一直保存在心中,不料今天同窗外的"爆炒米花"相结合了,我想:原来我的随笔都好比是爆过、放松过的年糕!

一九五七年一月二十日作于上海

(本文系作者生前未发表过的手稿,作者去世后载于1980年南京师范学院《文教资料简报》总第105、106期)

随笔漫画①

随笔的"随"和漫画的"漫",这两个字下得真轻松。看了这两个字,似乎觉得作这种文章和画这种绘画全不费力,可以"随便"写出,可以"漫然"下笔。其实决不可能。就写稿而言,我根据过去四十年的经验,深知创作——包括随笔——都很伤脑筋,比翻译伤脑筋得多。倘使用操舟来比方写稿,则创作好比把舵,翻译好比划桨。把舵必须掌握方向,瞻前顾后,识近察远;必须熟悉路径,什么地方应该右转弯,什么地方应该左转弯,什么时候应该急进,什么时候应该缓行;必须谨防触礁,必须避免冲突。划桨就不须这样操心,只要有气力,依照把舵人所指定的方向一桨一桨地划,总会把船划到目的地。我写稿时常常感到这比喻的恰当:倘是创作,即使是随笔,我也得预先胸有成竹,然后可以动笔。详言之,须得先有一个"烟士比里纯②",然后考虑适于表达这"烟士比里纯"的材料,然后经营这些材料的布置,计划这篇文章的段落和起讫。这准备工作需要相当的时间。准备完成之后,方才可以动笔。动笔的时候提心吊胆,思前想后,脑筋里仿佛有一根线盘旋着。直到脱稿之后,直到推敲完毕之后,这根线方才从脑筋里取出。但倘是翻译,我不须这么操心:把原书读了

---

① 本篇在1957年2月12日上海《文汇报》发表时,题名为《呓语》,后由作者删去开头和结尾部分,改为此名。
② 英文 inspiration 的译音,意即灵感。

一遍之后，就可动笔，逐句逐段逐节逐章地把外文改造为中文。考虑每句译法的时候不免也费脑筋。然而译成了一句，就可透一口气，不妨另外想些别的事情，然后继续处理第二句。其间只要顾到语气的连贯和畅达，却不必顾虑思想的进行。思想有作者负责，不须译者代劳。所以我做翻译工作的时候不怕旁边有人。我译成一句之后，不妨和旁人闲谈一下，作为休息，然后再译第二句。但创作的时候最怕旁边有人，最好关起门来，独自工作。因为这时候思想形成一根线索，最怕被人打断。一旦被打断了，以后必须苦苦地找寻断线的两端，重新把它们连接起来，方才可以继续工作。近来我少创作而多翻译，正是因为脑力不济而"避重就轻"。

这时候我想起了三十多年前的生活情况：屋子小，没有独立的书房。睡觉，吃饭，工作，同在一室。我坐在书桌旁边写稿，我的太太坐在食桌旁边做针线。我的写稿倘是翻译，我欢迎她坐在这里，工作告段落的时候可以同她闲谈一下，作为调剂。但倘是创作，我就讨厌她。因为她看见我搁笔不动，就用谈话来打断我的思想线索。但这也不能怪她，因为她不知道我写的是翻译还是创作；也许她还误认我的写稿工作同她的针线工作同一性状，可以边做边谈的。后来我就预先关照："今天你不要睬我。"同时把理由说明：我们石门湾水乡地方，操舟的人有一句成语，叫做"停船三里路"。意思是说：船在河中行驶的时候，倘使中途停一下，必须花去走三里路的时间。因为将要停船的时候必须预先放缓速度，慢慢地停下来。停过之后再开的时候，起初必须慢慢地走，逐渐地快起来，然后恢复原来的速度。这期间就少走了三里路。三里也许夸张一点，一两里是一定有的。我正在创作的时候你倘问我一句话，就好比叫正在行驶的船停一停，我得少写三行字。三行也许夸张一点，一两行是一定有的。我认为随笔不能随便写出，理由就如上述。

漫画同随笔一样,也不是可以"漫然"下笔的。我有一个脾气:希望一张画在看看之外又可以想想。我往往要求我的画兼有形象美和意义美。形象可以写生,意义却要找求。倘有机会看到了一种含有好意义的好形象,我便获得了一幅得意之作的题材。但是含有好意义的好形象不能常见,因此我的得意之作也不可多得。记得有一次,我在院子里闲步,偶然看见石灰脱落了的墙壁上的砖头缝里生出一枝小小的植物来,青青的茎弯弯地伸在空中,约有三四寸长,茎的头上顶着两瓣绿叶,鲜嫩袅娜,怪可爱的。我吃了一惊,同时如获至宝。因为这美丽的形象含有丰富深刻的意义,正是我作画的模特儿。用洋洋数万言来歌颂天地好生之德,远不及用寥寥数笔来画出这枝小植物来得动人。我就有了一幅得意之作,画题叫做"生机"。记得又有一次,我去访问一位当医生的朋友,走进他的书室,看见案上供着一瓶莲花,花瓶的样子很别致,仔细一看,原来是一尺来长的一个炮弹壳,我又吃一惊,同时又如获至宝。因为这别致的形象也含有丰富深刻的意义,也是我作画的模特儿。用慷慨激昂的演说来拥护和平,远不如默默地画出这瓶莲花来得动人。我又有了一幅得意之作,画题叫做"炮弹作花瓶……"。我的找求画材大都如此。倘使我所看到的形象没有丰富深刻的意义,无论形状色彩何等美丽,我也懒得描写;即使描写了,也不是我的得意之作。实在,我的作画不是作画,而仍是作文,不过不用言语而用形象罢了。既然作画等于作文,那么漫画就等于随笔。随笔不能随便写出,漫画当然也不得漫然下笔了。

一九五七年一月十八日于上海作

(原载1957年2月12日上海《文汇报》)

西 湖 春 游

我住在上海,离开杭州西湖很近,火车五六小时可到,每天火车有好几班。因此,我每年有游西湖的机会,而时间大都是春天。因为春天是西湖最美丽的季节。我很小的时候在家乡从乳母口中听到西湖的赞美歌:"西湖景致六条桥,间株杨柳间株桃。……"就觉得神往。长大后曾经在西湖旁边求学,在西湖上作客,经过数十寒暑,觉得西湖上的春天真正可爱,无怪远离西湖的穷乡僻壤的人都会唱西湖的赞美歌了。

然而西湖的最美丽的姿态,直到解放之后方才充分地表现出来。解放后每年春天到西湖,觉得它一年美丽一年,一年漂亮一年,一年可爱一年。到了解放第九年的春天,就是现在,它一定长得十分美丽,十分漂亮,十分可爱。可惜我刚从病院出来,不能随众人到西湖去游春;但在这里和读者作笔谈,亦是"画饼充饥",聊胜于无。

西湖的最美丽的姿态,为什么直到解放后才充分表现出来呢?这是因为旧时代的西湖,只能看表面(山水风景),不能想内容(人事社会)。换言之,旧时代西湖的美只是形式美丽,而内容是丑恶不堪设想的。

譬如说,你悠闲地坐在西湖船里,远望湖边楼台亭阁,或者精巧玲珑,或者金碧辉煌,掩映出没于杨柳桃花之中,青山绿水之间。这光景多么美丽,真好比"海上仙山"!然而你只能用眼睛来看,却切不可用嘴巴来问,或者用头脑来想。你倘使问船老大"这是什么建筑?""这是谁的别庄?"因而想起了它们的主人,那么你一定大感不快,你一定会叹气或愤怒,你眼前的"美"不但完全消失,竟变成了"丑"!因为这些楼台亭阁的所有者,不是军阀,就是财阀;建造这些楼台亭阁的钱,不是贪污来的,便是敲诈来的,剥削来的!于是你坐在船里远远地望去,就会隐约地看见这些楼台亭阁上都有血迹!隐约地听见这些楼台亭阁上都有被压迫者的呻吟声——这真是大杀风景!这样的西湖有什么美?这样的西湖不值得游!西湖游春,谁能仅用眼睛看看而完全不想呢?

旧时代的好人真可怜!他们为了要欣赏西湖的美,只得勉强屏除一切思想,而仅看西湖的表面,仿佛麻醉了自己,聊以满足自己的美欲。记得古人有诗句云:"小亭闲可坐,不必问谁家。"我初读这诗句时,认为这位诗人过于浪漫疏狂。后来仔细想想,觉得他也许怀着一片苦心:如果问起这小亭是谁家的,说不定这主人是个坏蛋,因而引起诗人的恶感,不屑坐他的亭子。旧时代的人欣赏西湖,就用这诗人的办法,不问谁家,但享美景。我小时候的音乐老师李叔同先生曾经为西湖作一首歌曲。且不说音乐,光就歌词而论,描写得真是美丽动人!让我抄录些在这里:

看明湖一碧,六桥锁烟水。
塔影参差,有画船自来去。
垂杨柳两行,绿染长堤。
飏晴风,又笛韵悠扬起。

看青山四围,高峰南北齐。
山色自空濛,有竹木媚幽姿。
探古洞烟霞,翠扑须眉。
霏暮雨,又钟声林外起。

大好湖山如此,独擅天然美。
明湖碧,又青山绿作堆。
漾晴光潋滟,带雨色幽奇。
靓妆比西子,尽浓淡总相宜。

  这歌曲全部,刊载在最近出版的《李叔同歌曲集》中。我小时候求学于杭州西湖边的师范学校时,曾经在李先生亲自指挥之下唱这歌曲的高音部(这歌曲是四部合唱)。当时我年幼无知,只觉得这歌词描写西湖景致,曲尽其美,唱起来比看图画更美,比实地游玩更美。现在重唱一遍,回味一下,才感到前人的一片苦心:李先生在这长长的歌曲中,几乎全部是描写风景,绝不提及人事。因为那时候西湖上盘踞着许多贪官污吏,市侩流氓;风景最好的地位都被这些人的私人公馆、别庄所占据。所以倘使提及人事,这西湖的美景势必完全消失,而变成种种丑恶的印象。所以李先生作这歌词的时候,掩住了耳朵,停止了思索,而单用眼睛来观看,仅仅描写眼睛所看见的部分。这样,六桥烟水、塔影垂杨、竹木幽姿、古洞烟霞、晴光雨色,就形成一种美丽的姿态,好比靓妆的西施活美人了。这仿佛是自己麻醉,自己欺骗。采用这种办法,虽然是李先生的一片苦心,但在今天看来,实在是不足为训的!

然而李先生在这歌曲中,不能说绝不提及人事。其中有两处不免与人事有关:即"有画船自来去","笛韵悠扬起"。坐在这画船里面的是何等样人?吹出这悠扬的笛声的是何等样人?这不可穷究了。李先生只能主观地假定坐在画船里的是一群同他一样风流潇洒的艺术家,吹笛的是同他一样知音善感的音乐家;或者坐在画船里的是一群天真烂漫的游客,吹笛的是一位冰清玉洁的美人。这样,才可以符合主观的意旨,才可以增加西湖的美丽。然而说起画船和笛,在我回忆中的印象很不好。记得有一次我和几个朋友买舟游湖。天朗气清,山明水秀,心情十分舒适。忽然邻近的一只船上吹起笛来,声音悠扬悦耳,使得我们满船的人都停止了说话而倾听笛韵。后来这只船载着笛声远去,消失在烟波云水之间了。我们都不胜惋惜。船老大告诉我们:这船里载着的是上海来的某阔少和本地的某闻人,他们都会弄

丰子恺漫画选（1934年）

丰子恺漫画选（1934年）

丝弦,都会唱戏,他们天天在湖上游玩……原来这些阔少和闻人,都是我们所"久闻大名"的。我听到这些人的"大名",觉得眼前这"独擅天然美"的"大好湖山"忽然减色;而那笛声忽然难听起来,丑恶起来,终于变成了恶魔的啸嗷声。这笛声亵渎了这"大好湖山",污辱了我的耳朵!我用手撩起些西湖水来洗一洗我的耳朵。——这是我回忆旧时代西湖上的"画船"和"笛韵"时所得的印象。

我疏忽了,李先生的西湖歌中涉及人事的,不止上述两处,还有一处呢,即"又钟声林外起"。打钟的是谁?在李先生的主观中大约是一位大慈大悲、大智大慧的高僧,或者面壁十年的苦行头陀,或者三戒具足的比丘。然而事实上恐怕不见得如此。在那时候,上述的那些高僧、头陀和比丘极少住在西湖上的寺院里。撞钟的可能是以做和尚为业的和尚,或者是公然不守清规的和尚。

李先生作那首西湖歌时,这些人事社会的内情是不想的,是不敢想的。因为一想就破坏西湖风景的美,一想就杀风景。李先生只得屏绝了思索和分辨,而仅用眼睛来看;不谈西湖的内容情状,而仅仅赞美西湖的表面形式。我同情李先生的苦心。我想,如果李先生迟生三十年,能够躬逢解放后的新时代,能够看到人民的西湖,那么他所作的西湖歌一定还要动人得多!

在这里我不免要讲几句题外的话:我记得资本主义社会的美学中,有一个术语叫做"绝缘",英文是 isolation。所谓绝缘,就是说看到一个物象的时候,断绝了这物象对外界(人事社会)的一切关系;而孤零零地欣赏这物象本身的姿态(形状色彩)。他们认为"美感"是由于"绝缘"而发生的。他们认为:看见一个物象时,倘使想起这物象的内容意义,想起这物象对人类社会的关系、作用和意义,就看不清楚物象本身的姿态,就看不到物象的"美"。必须完全不想物象对人类社会的关系、作用和意义,而仅用视觉来欣赏它的形状和色彩,这才能够从物象获得"美感"。——这种美学学说的由来,现在我明白了:只因为在旧社会中,追究起事物的内容意义来,大都是卑鄙龌龊、不堪闻问的,因此有些御用的学者就造出这种学说来,教人屏绝思索,不论好坏,不分皂白,一味欣赏事物的外表,聊以满足美欲,这实在是可笑、可怜的美学!

闲话少说,言归本题。旧时代的西湖春游,还有一种更切身的苦痛呢。上述那种苦痛还可以用主观强调、自己麻醉等方法来暂时避免,而另有一种苦痛则直接袭击过来,使你身心不安,伤情扫兴,游兴大打折扣。这便是西湖上的社会秩序的混乱。游西湖的主要交通工具是游船,即杭州人所谓"划子"。这种划子一向入诗、入词、入画,真是风雅不过的东西;从红尘万丈的都市里来的人,坐在这种划子里荡漾湖中,真有"春水船如天上坐"的胜概。于是划划子的人就奇货可居,即杭州人所谓"刨黄瓜儿"。你要坐划子游西湖,先得鼓起勇气来,同划划子的人作一场斗争,然后怀着余怒坐到划子里去"欣赏"西湖景致。划划子的人本来都是清白的劳动者,但因受当时环境的压迫和恶劣作风的影响,一时不得不如此以求生存了。上船之后,照例是在各名胜古迹地点停船:平湖秋月、中山公园、西泠印社、岳坟、三潭印月、雷峰夕照、刘庄、汪庄……这些名胜古迹的确是环肥燕瘦,各有其美,然而往往不能畅游,不能放心地欣赏。因为这些地方的管理者都特别"客气",一看到游客,立刻端出茶盘来;倘使看到派头阔绰的游客,就端出果盒来。这种"盛情",最初领受一二,也还可以;然而再而三,三而四,甚至而五、而六、而七……游客便受宠若惊,看见茶盘连忙逃走,不管后面传来奚落的、讥讽的叫声。若是陪着老年人游玩,处处要坐下来休息,而且逃不快,那就是他们所最欢迎的游客了,便是最倒霉的游客了。

游西湖要会斗争,会逃走——这是我数十年来的"宝贵"经验。直到最近几年,解放后几年,这"宝贵"经验忽然失却了效用。解放后有一年我到杭州,突然觉得西湖有些异样:湖滨栏杆旁边那些馋涎欲滴的划子手忽然不见了,讨价还价的斗争也没有了,只看见秩序井然的买票处和和颜悦色的舟子。名胜古迹中逐客的茶盘也不见了,到处明山秀水,任你逍遥盘桓。这一次我才十足地享受了西湖春游的快美之感!

"西子蒙不洁,则人皆掩鼻而过之。"解放前数十年间,我每逢游湖,就想起这两句话。路过湖滨的船埠头时,那种乌烟瘴气竟可使人"掩鼻"。解放之后,这西子"斋戒沐浴"过了。"大好湖山如此",不但"独擅天然美",又独擅"人事美",真可谓尽善尽美了!写到这里,我的心已经飞驰到六桥三竺之间,神游于山明水秀、桃红柳绿之乡,不能再写下去了。

一九五八年春日作

(原载 1958 年《旅行家》杂志第 4 期)

杭 州 写 生

我的老家在离开杭州约一百里的地方,然而我少年时代就到杭州读书,中年时代又在杭州作"寓公",因此杭州可说是我的第二故乡。

我从青年时代起就爱画画,特别喜欢画人物,画的时候一定要写生,写生的大部分是杭州的人物。我常常带了速写簿到湖滨去坐茶馆,一定要坐在靠窗的栏杆边,这才可以看了马路上的人物而写生。湖山喜雨台最常去,因为楼低路广,望到马路上同平视差不多。西园少去,因为楼高路狭,望下来看见的有些鸟瞰形,不宜于写生。茶楼上写生的主要好处,就是被写的人不得知,因而姿态很自然,可以入画。马路上的人,谁仰起头来看我呢?

为什么喜欢在茶馆楼上画呢?因为在路上画有种种不便:第一,被画的人看见我画他,他就戒备,姿态就不自然。如果其人是开通的,他就整一下衣服,装一个姿势,好像坐在照相馆里的镜头面前一样。那时画出来就像一尊菩萨,不是我所需要的画材。画好之后他还要走过来看,看见寥寥数笔就表示不满,仿佛损害了他的体面。如果其人是不开通的,看见我画他,他简直表示反对,或竟逃脱。因为那时(四五十年前)有一种迷信,说拍照伤人元气,使人倒霉。写生与拍照相似,也是这些顽固而愚昧的人所嫌忌的。当时我有一个画同志,到乡下去写生,据说曾经被夺去速写簿,并且赶出村子外,差一点儿没有被打。我没有碰到这种情况,然而类乎此的常常碰到。有一次我看见一老妇和一少妇坐在湖滨,姿态甚好,立刻摸出速写簿来写生。岂知被老妇瞥见,她一把拉住少妇就跑,同时嘴里喃喃地骂。少妇临去向我白一眼,并且"呸"的吐一口唾沫,仿佛我"调戏"了她。诸如此类……。

第二种不方便,是在地上写生时,往往有许多闲人围着我看画。起初一二个人,后来越聚越多,同看戏法一样。而这些人有时也竟把我当作变戏法:有的站在我面前,挡住视线;有的挤在我左右,碰我的手臂;有的评长说短,向我提意见;有的小孩子大叫"看画菩萨头!"(他们称画人物为画菩萨头。)这些时候我往往没有画完就走,因为被画的人,看见一堆人吵吵闹闹,他也跑过来看了!我走了,还有几个小孩子或闲人跟着我走,希望我再"表演",简直同看戏法一样。

为了有这种种不方便,所以我那时最喜欢在茶楼上写生。

延龄大马路①上车水马龙,行人如织,都是很好的写生模特儿!——这是我青年时代的事。

最近,我很少写生。主要原因之一,是眼力差了,老花眼看近处必须戴眼镜,看远处必须除去眼镜。写生时必须远处看一眼,近处看一眼,这就使眼镜戴也不好,不戴也不好。有些老花眼镜是两用的,上面是平光,下面是老光。然而老光只有小小一部分,只能看一小块,不能看全面,而画画必须顾到纸张全面。这种眼镜只宜于写字,不宜于画画。因此,我老来很少写生了。一定要写,只有把眼镜搁在眼睛底下鼻孔上面,好像滑稽画中的老头子。但这很不舒服,并且要当心眼镜落地。

然而我最近到杭州游玩时,往往故态复萌,有时不免要摸出笔记簿子来画几笔。这一半是过去习惯所使然,好像一到杭州就"返老还童"了。

使我吃惊的,是解放后在人民的西湖上写生,和从前在旧西湖上写生情形显然不同,上述的两种不方便大大地减少了。被画的人知道这是"写生",不讨厌我,女人决不吐唾沫。反之,他们有的肯迁就我,给我方便。有一次我坐在湖滨的石凳上,看见一个老舟子坐在船头上吸烟,姿态甚佳,我就对他写生。他衔着旱烟筒悠然地看山水,似乎没有发觉我在画他。忽然一个女小孩子跑来,大叫一声"爷爷!"那老舟子并不向她回顾,却哼喝她:"不要叫我!他在画我!"原来他早已发觉我画他了。这固然是一个特殊的例子,然而一般地说,人都开通了。这在写生者是一大方便。

围着看的人当然也有,然而态度和从前不同了。大都知道这是"写生",就不用看戏法的态度对待我了。大都肃静地站在我后面,低声地互相说话:"壁报上用的。""上海去登报的。"(他

---

① 延龄路,即今杭州延安路。

们从我同游的人身上看得出我们是上海来的。)有时几个青年还用"观摩"的态度看我作画,低声地说"内行"的话;倘有小孩子吵闹,他们代我阻止,给我方便。这些青年大概也会作画。现在作画的不一定是美术学校学生,一般机关团体里都有画家,壁报上和黑板报上不是常常有很好的画出现吗?

由此可知解放后人民知识都增加了,思想都进步了,态度都变好了。在"写生"这一件小事情中,也可以分明地看出。

一九五九年六月九日于上海记

黄 山 印 象

　　看山，普通总是仰起头来看的。然而黄山不同，常常要低下头去看。因为黄山是群山，登上一个高峰，就可俯瞰群山。这教人想起杜甫的诗句"会当凌绝顶，一览众山小！"而精神为之兴奋，胸襟为之开朗。我在黄山盘桓了十多天，登过紫云峰、立马峰、天都峰、玉屏峰、光明顶、狮子林、眉毛峰等山，常常爬到绝顶，有如苏东坡游赤壁的"履巉岩，披蒙茸，踞虎豹，登虬龙，攀栖鹘之危巢，俯冯夷之幽宫"。

　　在黄山中，不但要低头看山，还要面面看山。因为方向一改变，山的样子就不同，有时竟完全两样。例如从玉屏峰望天都峰，看见旁边一个峰顶上有一块石头很像一只松鼠，正在向天都峰跳过去的样子。这景致就叫"松鼠跳天都"。然而爬到天都峰上望去，这松鼠却变成了一双鞋子。又如手掌峰，从某角度望去竟像一个手掌，五根手指很分明。然而峰回路转，这手掌就变成了一个拳头。他如"罗汉拜观音"、"仙人下棋"、"喜鹊登梅"、"梦笔生花"、"鳌鱼驮金龟"等景致，也都随时改样，变幻无定。如果我是个好事者，不难替这些石山新造出几十个名目来，让导游人增加些讲解资料。然而我没有这种雅兴，却听到别人新起了两个很好的名目：有一次我们从西海门凭栏俯瞰，但见无数石山拔地而起，真像万笏朝天；其中有一个石山由许多方形石块堆积起来，竟同玩具中的积木一样，使人不相信是天生的，而疑心是人工的。导游人告诉我：有一个上海来的游客，替这石山起个名目,叫做"国际饭店"。我一看,果然很像上海南京路上的国际饭店。有人说这名目太俗气,欠古雅。我却觉得有一种现实的美感,比古雅更美。又有一次,我们登光明顶,望见东海(这海是指云海)上有一个高峰,腰间有一个缺口,缺口里有一块石头,很像一只蹲着的青蛙。气象台里有一个青年工作人员告诉我:他们自己替这景致起一个名目,叫做"青蛙跳东海"。我一看,果然很像一只青蛙将要跳到东海里去的样子。这名目起得很适当。

翻山过岭了好几天,最后逶迤下山,到云谷寺投宿。这云谷寺位在群山之间的一个谷中。由此再爬过一个眉毛峰,就可以回到黄山宾馆而结束游程了。我这天傍晚到达了云谷寺,发生了一种特殊的感觉,觉得心情和过去几天完全不同。起初想不出其所以然,后来仔细探索,方才明白原因:原来云谷寺位在较低的山谷中,开门见山,而这山高得很,用"万丈"、"插云"等语来形容似乎还嫌不够,简直可用"凌霄"、"逼天"等字眼。因此我看山必须仰起头来。古语云:"高山仰止",可见仰起头来看山是正常的,而低下头去看山是异常的。我一到云谷寺就发生一种特殊的感觉,便是因为在好几天异常之后突然恢复正常的原故。这时候我觉得异常固然可喜,但是正常更为可爱。我躺在云谷寺宿舍门前的藤椅里,卧看山景,但见一向异常地躺在我脚下的白云,现在正常地浮在我头上了,觉得很自然。它们无心出岫,随意来往;有时冉冉而降,似乎要闯进寺里来访问我的样子。我便想起某古人的诗句:"白云无事常来往,莫怪山僧不送迎。"好诗句啊!然而叫我做这山僧,一定闭门不纳,因为白云这东西是很潮湿的。

此外也许还有一个原因:云谷寺是旧式房子,三开间的楼屋。我们住在楼下左右两间里,中央一间作为客堂;廊下很宽,布设桌椅,可以随意起卧,品茗谈话,饮酒看山,比过去所住的文殊院、北海宾馆、黄山宾馆趣味好得多。文殊院是石造二层楼

會當凌絕頂一覽眾山小

屋,房间像轮船里的房舱或火车里的卧车:约一方丈大小的房间,中央开门,左右两床相对,中间靠窗设一小桌,每间都是如此。北海宾馆建筑宏壮,房间较大,但也是集体宿舍式的:中央一条走廊,两旁两排房间,间间相似。黄山宾馆建筑尤为富丽堂皇,同上海的国际饭店、锦江饭店等差不多。两宾馆都有同上海一样的卫生设备。这些房屋居住固然舒服,然而太刻板,太洋化;住得长久了,觉得仿佛关在笼子里。云谷寺就没有这种感觉,不像旅馆,却像人家家里,有亲切温暖之感和自然之趣。因此我一到云谷寺就发生一种特殊的感觉。云谷寺倘能添置卫生设备,采用些西式建筑的优点;两宾馆的建筑倘能采用中国方式,而加西洋设备,使外为中用,那才是我所理想的旅舍了。

这又使我回想起杭州的一家西菜馆的事,附说在此:此次我游黄山,道经杭州,曾经到一个西菜馆里去吃一餐午饭。这菜馆采用西式的分食办法,但不用刀叉而用中国的筷子。这办法好极。原来中国的合食是不好的办法,各人的唾液都可能由筷子带进菜碗里,拌匀了请大家吃。西洋的分食办法就没有这弊端,很应该采用。然而西洋的刀叉,中国人实在用不惯,我们还是用筷子便当。这西菜馆能采取中西之长,创造新办法,非常合理,很可赞佩。当时我看见座上多半是农民,就恍然大悟:农民最不惯用刀叉,这合理的新办法显然是农民教他们创造的。

一九六一年五月二十日于上海记

天童寺忆雪舟

春到江南,百花齐放。我动了游兴,就在三月中风和日暖的一天,乘轮船到宁波去作旅行写生了。

宁波是我旧游之地,然而一别已有二十多年,走入市区,但觉面目一新,完全不可复识了。从前的木造老江桥现在已变成钢架大桥,从前的小屋现已变成层楼,从前的石子路现已变成柏油马路……街上车水马龙,商店百货山积。二十多年不见,这老朋友已经返老还童了!

我是来作旅行写生的,希望看看风景,首先想起有名的天童寺。这千年古刹除风景优胜之外,对我还有一点吸引力;这是日本有名的画僧雪舟等杨驻锡之处,因此天童二字带着美术的香气。我看过宁波市区后,次日即驱车赴天童寺。

天童寺离市区约五十里,小汽车一小时即到。将近寺院,一路上长松夹道,荫蔽天日;松风之声,有如海潮。走进山门,但见殿宇巍峨,金碧辉煌;庄严七宝,香气氤氲。寺屋大小不下数百间,都布置得清楚齐整,了无纤尘。寺址在山坡上,层层而上,从最高的罗汉堂中可以望见寺院全景。我凭栏俯瞰,想象五百年前曾有一位日本高僧兼大画家住在这里,不知哪一个房间是他的起居坐卧作画之处。古人云:"登高望远,令人心悲。"我现在是登高怀古,不胜憧憬!

在寺吃素斋后,与同游诸人及僧众闲谈,始知此寺已有千余年历史,其间两次遭大火,一次遭山洪,因此文物损失殆尽,现在已经没有雪舟的纪念物了。但同游诸人都知道雪舟之名,因为一九五六年雪舟逝世四百五十年纪念,上海曾经开过雪舟遗作展览会,我曾经作文在报上介绍。我们就闲谈雪舟的往事。僧众听了,都很高兴,庆幸他们远古时具有这一段美术胜缘。我所知道的雪舟是这样:

雪舟姓小田,名等杨,是十五世纪日本有名画僧,是日本"宋元水墨画派"的代表作家。日本人所宗奉的中国水墨画家,是宋朝的马远与夏圭。雪舟要探访这画派的发源地,曾随日本的遣唐使来华,其时正是明朝宪宗年间。明朝宫廷办有画院,画家都封官职。明代名画家戴文进、倪端、李在、王谔等,都是画院里的人。李在是马远、夏圭的嫡派,雪舟一到北京,就拜李在为师,专心学习水墨画。他一方面临摹古画,一方面自己创作。经过若干时之后,他忽然悟到:作画不能专看古人及别人之作,必须师法大自然,从现实中汲取画材。于是离开北京,遍游中国名山大川。后来到了浙江宁波,看见这天童寺地势佳胜,风景优美,就在这寺里当了和尚。僧众尊崇他,称他为"天童第一座"。他在天童寺一面礼佛,一面研究绘画,若干时之后,画道大进。明宪宗闻知了,就召他进宫,请他为礼部院作壁画。这壁画

画得极好,见者无不赞叹。于是求雪舟作画的人越来越多,使得他应接不暇。他在中国住了约四年,然后回国。他在这四年间与中国人结了不少翰墨因缘。

我又想起了雪舟的两种逸话,乘兴也讲给大家听。

有一个中国人求雪舟一幅画,要求他画日本风景。雪舟就画日本田之浦地方的清见寺的风景,其中有个宝塔,亭亭独立,非常美观。后来雪舟返国,来到田之浦,一看,清见寺旁边并没有宝塔。大约是原来有塔,后来坍倒了。雪舟想起了在中国应嘱所写的那幅画,觉得不符现实,很不称心。他就自己拿出钱来,在清见寺旁边新造一个宝塔,使实景和他的画相符合。于此可见他作画非常注重反映现实。

雪舟十二三岁就做和尚。但他不喜诵经念佛,专爱描画。他的师父命令他诵经,他等师父去了,便把经书丢开,偷偷地拿出画具来描画。有一次他正在描画,师父忽然来了。师父大怒,拉住他的耳朵,到大殿里,用绳子把他绑在柱子上,不许他行动和吃饭。雪舟很苦痛,呜咽地哭泣,眼泪滴在面前的地上。滴得多了,形状约略像个动物。雪舟便用脚趾蘸眼泪作画,画一只老鼠。即将画成的时候,师父悄悄地走来了。他站在雪舟背后,看见地上一只老鼠正在咬雪舟的脚趾。仔细一看,原来是画。因为画得很好,师父以为是真的老鼠。这时候师父才认识了他的绘画天才,便释放他,从此任凭他自由学画。这便是这大画家发迹的第一步。

  我们谈了许多旧话之后,就由寺僧引导,攀登寺旁的玲珑岩,欣赏松涛。那里有老松千百株,郁郁苍苍,犹似一片绿海。松风之声,时起时伏,亦与海涛相似。有亭翼然,署曰"听涛",是我所手书的。寺僧告我,某树是宋代之物,某树是元代之物。我想:某些树一定是曾经见过雪舟,可惜它们不肯说话,不然,关于这位画僧我们可以得知更多的史实。

一九六三年三月于上海

(原载 1963 年 4 月 24 日香港《新晚报》)

眉

少年时初学西洋画，读一册英文书 Figure Drawing(《人体画法》)，看见其中说：成人的眼睛，都生在头的正中，但学者往往画得太高。因为他们以为眼睛下面有鼻有口能吃，能说，而眼睛上面只有眉毛，无有作用，所以把眼睛画得高些。这便画错了。

我看到"眉毛无有作用"这句话，想见中国人和西洋人对眉毛的看法大不相同。中国人重视眉毛，而西洋人则不甚注意。大约因为他们凹目凸鼻，眉毛很不显著；而中国人脸面平坦，眉清目秀故也。所以在西洋诗文中，极少谈到眉；而中国诗文中，眉是美妙的描写对象。不但诗文中，在口头语中，也常说到眉："眉来眼去"，"眉飞色舞"，"眉头一皱，计上心来"……

张敞画眉是关于眉的佳话。画眉有深有浅，故曰："妆罢低声问夫婿，画眉深浅入时无？"画眉又有各种形式，故曰"十样宫眉捧寿觞"，"淡扫蛾眉朝至尊"。眉以长为美，故曰："情高意真，眉长鬓青。""借问承恩者，双蛾几许长？"眉能传情，故曰"贪与萧郎眉语，不知舞错伊州。"诗人又把眉比作远山，故曰"水是眼波横，山是眉峰聚。"

可见画眉是女子妆扮时的一种重要工作。我小时曾看见有些女子，把原来的眉毛剃光，完全画出来。汉时童谣中说："城中好广眉，四方且半额。"可见画眉之道，由来久矣。鲁迅先生说："横眉冷对千夫指"，可知男子的眉也富有表情作用。

丰子恺漫画选（1934年）

丰子恺漫画选（1934年）

牛　女

七月七日之夜,牛郎织女鹊桥相会。这神话历史悠久,梁宗懔的《荆楚岁时记》中即有记载。织女这名词,由来更久,诗《小雅》中已见;《汉书》《天文志》中说此乃天帝的孙女,故名天孙。大约因此产生神话,说天帝将织女嫁与牛郎后,织女废织,牛郎废耕。天帝怒,将二人分置银河两岸,只许每年七月七日之夜相会一度。《荆楚岁时记》中说:"是夕人家妇女结彩缕穿针,陈设几筵酒脯瓜果于庭中以乞巧。"我小时候,吾乡还盛行此风俗。我家姊妹多,祭双星时,大家在眉月光中穿针,穿进者为乞得巧。我这男孩子也来效颦,天孙总是不肯给巧。这些虽是迷信的玩意,回想起来甚有趣味。古人云:"不为无益之事,何以遣有涯之生?"

七夕牛女鹊桥相会,长为诗人词客的好题材,古来佳作不计其数,各人别出心裁。有人说:"多情欲话经年别,哪有工夫送巧来!"有人翻案,说:"金风玉露一相逢,便胜却人间无数。"又说:"两情若是久长时,又岂在朝朝暮暮!"又有人揶揄他们,说:"笑问牵牛与织女,是谁先过鹊桥来?"又有人异想天开,说他们是夜夜相会的:"人间都道隔年期,岂天上方才隔夜。"有道是"山中方七日,世上已千年",则何妨说"天上方一日,世上已隔年"呢。但这些都是诗人弄笔,博人一笑。总之,牛女会少离多,常得世间旷夫怨女的同情。"天孙莫怅阻银河,汝尚有牵牛相忆"可谓沉痛之语。《古诗十九首》中也同情他们:"迢迢牵牛星,皎皎河汉女。纤纤出素手,扎扎弄机杼。终日不成章,泣涕零如雨。河汉清且浅,相去复几许。盈盈一水间,脉脉不得语。"可谓寄托深远。

食 肉

我从小不吃肉,猪牛羊肉一概不要吃,吃了要呕吐。三四岁以前,本来是要吃的,肥肉也要吃。但长大起来,就不要吃了。原因何在,不得而知。大约是生理关系,仿佛牛马羊不要吃荤,只要吃草。我母亲喜欢吃肉。她推己及人,担心我不吃肉身体不好,曾经将肥肉切成小粒,用豆腐皮包好,叫我吞下去。我遵命。但入胃不久,即觉异样,终于呕吐,连饭也吐光。母亲灰心了,于是我成了一个不食肉者,连鸡鸭也不要吃,只能吃鱼虾。

不食肉是很不方便的。出门作客,参加聚餐,席上总是肉类。有的人家,青菜用肉汤烧,鱼肚中嵌肉。这是最讲究的,却是和我为难。有一次我在一位老先生家便饭。席上鱼肉之外有青菜和豆腐。老先生知道我不吃肉,请我吃豆腐和青菜。但我一看,豆腐和青菜中都加些肉屑,我竟不能下箸。向主人讨些生豆腐,加些麻油酱油,津津有味地吃了一餐饱饭。旁人都说奇怪。谁谓荼苦,其甘如荠呀!

我曾在杭州第一师范做住宿生。饭厅里每桌七人,每餐四菜一汤,其中必有一碗肉。七块肉排列在上,底下是青菜。我应得的一块肉,总是送别人吃,六人轮流受用。因此同学们都喜欢和我同桌。有时星期日约同学出外聚餐,我总拉他们到功德林、素香斋。他们也说素菜好吃,然而嫌它营养不良。我入社会后,索性自称素食者,以免麻烦。其实鳜鱼、河蟹,我都爱吃。

遍观古往今来,中土外国,无不以肉为美味。"六十非肉不饱","晚食以当肉",足见人们对肉的珍视。我不吃肉,实在是"大逆不道"!但我"知故不改",却笑"食肉者鄙"。

酆都

我童年住在故乡浙江石门湾时,听人传说,遥远的四川酆都县,是阴阳交界之处。那里的商店柜子上都放一盆水。顾客拿钱(那时没有纸币,都是铜币和银币)来买物,店员将钱丢在水里,如果沉的,是人的真钱;如果浮的,是鬼的纸钱,就退还他。后来我大起来,在地图上看到确有酆都这地方,知道这明明是谣言。

抗日战争期间,我避寇居重庆,有一次乘轮东下,到酆都去游玩。入市一看,土地平旷,屋舍俨然,行人熙来攘往,市容富丽繁华,非但不像阴间,实比阳间更为阳间。尤其是那地方的人民,态度都很和气,对我这来宾殷勤招待。据他们说,此间气候甚佳,冬暖夏凉。团体机关,人事都很和谐,绝少有纠纷摩擦。天时、地利、人和,此间兼而有之,我颇想卜居于此。

我与当地诸君谈及外间的谣言,皆言可笑。但据说当地确有一森罗殿,即阎王殿,备极壮丽。当年香火甚盛,今则除极少数乡愚外,无有参拜者。仅有老道二三人居留其中,作为古迹看守而已。诸君问我要去参观否,我欣诺。彼等预先告我,入门时勿受泥塑木雕所惊。我跨进殿门,果有一活无常青面獠牙,两眼流血,手执破扇,向我扑将过来,其头离我身不及一尺。我进内,此活无常即起立,不复睬我。盖门内设有跷跷板,活无常装置在一端也。记得我乡某庙亦有此装置,吓死了一个乡下老太,就拆毁了。此间则还是当作古迹保存。其中列坐十殿阎王,雕塑非常精美,显然不是近代之物。当作佛教美术参观,颇有意味。殿内匾额对联甚多。我注意到两联,至今不忘。其一曰:"为恶必灭,若有不灭,祖宗之遗德,德尽必灭;为善必昌,若有不昌,祖宗之遗殃,殃尽必昌。"其二曰:"百善孝当先,论心不论事,论事天下无孝子;万恶淫为首,论事不论心,论心天下无完人。"前者提倡命定论,措词巧妙。后者勉人为善,说理精当。

癞六伯

癞六伯,是离石门湾五六里的六塔村里的一个农民。这六塔村很小,一共不过十几份人家,癞六伯是其中之一。我童年时候,看见他约有五十多岁,身材瘦小,头上有许多癞疮疤。因此人都叫他癞六伯。此人姓甚名谁,一向不传,也没有人去请教他。只知道他家中只有他一人,并无家属。既然称为"六伯",他上面一定还有五个兄或姐,但也一向不传。总之,癞六伯是孑然一身。

癞六伯孑然一身,自耕自食,自得其乐。他每日早上挽了一只篮步行上街,走到木场桥边,先到我家找奶奶,即我母亲。"奶奶,这几个鸡蛋是新鲜的,两支笋今天早上才掘起来,也很新鲜。"我母亲很欢迎他的东西,因为的确都很新鲜。但他不肯讨价,总说"随你给吧"。我母亲为难,叫店里的人代为定价。店里人说多少,癞六伯无不同意。但我母亲总是多给些,不肯欺负这老实人。于是癞六伯道谢而去。他先到街上"做生意",即卖东西。大约九点多钟,他就坐在对河的汤裕和酒店门前的饭桌上吃酒了。这汤裕和是一家酱园,但兼卖热酒。门前搭着一个大凉棚,凉棚底下,靠河口,设着好几张板桌。癞六伯就占据了一张,从容不迫地吃时酒。时酒,是一种白色的米酒,酒力不大,不过二十度,远非烧酒可比,价钱也很便宜,但颇能醉人。因为做酒的时候,酒缸底上用砒霜画一个"十"字,酒中含有极少量的砒霜。砒霜少量原是无害而有益的,它能养筋活血,使酒力遍达全身,因此这时酒颇能醉人,但也醒得很快,喝过之后一两个钟头,酒便完全醒了。农民大都爱吃时酒,就为了它价钱便宜,醉得很透,醒得很快。农民都要工作,长醉是不相宜的。我也爱吃这种酒,后来客居杭州上海,常常从故乡买时酒来喝。因为我要写作,宜饮此酒。李太白"但愿长醉不愿醒",我不愿。

且说癞六伯喝时酒,喝到饱和程度,还了酒钱,提着篮子起身回家了。此时他头上的癞疮疤变成通红,走步有些摇摇晃晃。走到桥上,便开始骂人了。他站在桥顶上,指手划脚地骂:"皇帝万万岁,小人日日醉!""你老子不怕!""你算有钱?千年田地八百主!""你老子一条裤子一根绳,皇帝看见让三分!"骂的内容大概就是这些,反复地骂到十来分钟。旁人久已看惯,不当一回事。癞六伯在桥上骂人,似乎是一种自然现象,仿佛鸡啼之类。我母亲听见了,就对陈妈妈说:"好烧饭了,癞六伯骂过了。"时间大约在十点钟光景,很准确的。

有一次,我到南沈浜亲戚家作客。下午出去散步,走过一爿小桥,一只狗声势汹汹地赶过来。我大吃一惊,想拾石子来抵抗,忽然一个人从屋后走出来,把狗赶走了。一看,这人正是癞六伯,这里原来是六塔村了。这屋子便是癞六伯的家。他邀我进去坐,一面告诉我:"这狗不怕。叫狗勿咬,咬狗勿叫。"我走进他家,看见环堵萧然,一床、一桌、两条板凳、一只行灶之外,别无长物。墙上有一个搁板,堆着许多东西,碗盏、茶壶、罐头,连衣服也堆在那里。他要在行灶上烧茶给我吃,我阻止了。他就向搁板上的罐头里摸出一把花生来请我吃:"乡下地方没有好东西,这花生是自己种的,燥倒还燥。"我看见墙上贴着几张花纸,即新年里买来的年画,有《马浪荡》、《大闹天宫》、《水没金山》等,倒很好看。他就开开后门来给我欣赏他的竹园。这里有许多枝竹,一群鸡,还种着些菜。我现在回想,癞六伯自耕自食,自得其乐,很可羡慕。但他毕竟孑然一身,孤苦伶仃,不免身世之感。

他的喝酒骂人,大约是泄愤的一种方法吧。

不久,亲戚家的五阿爹来找我了。癫六伯又抓一把花生来塞在我的袋里。我道谢告别,癫六伯送我过桥,喊走那只狗。他目送我回南沈浜。我去得很远了,他还在喊:"小阿官!明天再来玩!"

塘　栖

夏目漱石的小说《旅宿》(日文名《草枕》)中,有这样的一段文章:"像火车那样足以代表二十世纪的文明的东西,恐怕没有了。把几百个人装在同样的箱子里蓦然地拉走,毫不留情。被装进在箱子里的许多人,必须大家用同样的速度奔向同一车站,同样地熏沐蒸汽的恩泽。别人都说乘火车,我说是装进火车里。别人都说乘了火车走,我说被火车搬运。像火车那样蔑视个性的东西是没有的了。……"

我翻译这篇小说时,一面非笑这位夏目先生的顽固,一面体谅他的心情。在二十世纪中,这样重视个性,这样嫌恶物质文明的,恐怕没有了。有之,还有一个我,我自己也怀着和他同样的心情呢。从我乡石门湾到杭州,只要坐一小时轮船,乘一小时火车,就可到达。但我常常坐客船,走运河,在塘栖过夜,走它两三天,到横河桥上岸,再坐黄包车来到田家园的寓所。这寓所赛如我的"行宫",有一男仆经常照管着。我那时不务正业,全靠在家写作度日,虽不富裕,倒也开销得过。

客船是我们水乡一带地方特有的一种船。水乡地方,河流四通八达。这环境娇养了人,三五里路也要坐船,不肯步行。客船最讲究,船内装备极好。分为船梢、船舱、船头三部分,都有板壁隔开。船梢是摇船人工作之所,烧饭也在这里。船舱是客人坐的,船头上安置什物。舱内设一榻、一小桌,两旁开玻璃窗,窗下都有坐板。那张小桌平时摆在船舱角里,三只短脚搁在坐板上,一只长脚落地。倘有四人共饮,三只短脚可接长来,四脚落地,放在船舱中央。此桌约有二尺见方,叉麻雀也可以。舱内隔壁上都嵌着书画镜框,竟像一间小小的客堂。这种船真可称之为画船。这种画船雇用一天大约一元。(那时米价每石约二元半)我家在附近各埠都有亲戚,往来常坐客船。因此船家把我们当作老主顾。但普通只雇一天,不在船中宿夜。只有我到杭州,才包它好几天。

吃过早饭,把被褥用品送进船内,从容开船。凭窗闲眺两岸景色,自得其乐。中午,船家送出酒饭来。傍晚到达塘栖,我就上岸去吃酒了。塘栖是一个镇,其特色是家家门前建着凉棚,不怕天雨。有一句话,叫做"塘栖镇上落雨,淋勿着"。"淋"与"轮"发音相似,所以凡事轮不着,就说"塘栖镇上落雨"。且说塘栖的酒店,有一特色,即酒菜种类多而分量少。几十只小盆子罗列着,有荤有素,有干有湿,有甜有咸,随顾客选择。真正吃酒的人,才能赏识这种酒家。若是壮士、莽汉,像樊哙、鲁智深之流,不宜上这种酒家。他们狼吞虎嚼起来,一盆酒菜不够一口。必须是所谓酒徒,才可请进来。酒徒吃酒,不在菜多,但求味美。呷一口花雕,嚼一片嫩笋,其味无穷。这种人深得酒中三昧,所以称之为"徒"。迷于赌博的叫做赌徒,迷于吃酒的叫做酒徒。但爱酒毕竟和爱钱不同,故酒徒不宜与赌徒同列。和尚称为僧徒,与酒徒同列可也。我发了这许多议论,无非要表示我是个酒徒,故能赏识塘栖的酒家。我吃过一斤花雕,要酒家做碗素面,便醉饱了。算还了酒钞,便走出门,到淋勿着的塘栖街上去散步。塘栖枇杷是有名的。我买些白沙枇杷,回到船里,分些给船娘,然后自吃。

在船里吃枇杷是一件快适的事。吃枇杷要剥皮,要出核,把手弄脏,把桌子弄脏。吃好之后必须收拾桌子,洗手,实在麻烦。船里吃枇杷就没有这种麻烦。靠在船窗口吃,皮和核都丢在河里,吃好之后在河里洗手。坐船逢雨天,在别处是不快的,在塘栖却别有趣味。因为岸上淋勿着,绝不妨碍你上岸。况且有一种诗趣,使你想起古人的佳句:"人人尽说江南好,游人只合江南老。春水碧于天,画船听雨眠。""闲梦江南梅熟日,夜船吹笛雨潇潇。"古人赞美江南,不是信口乱道,确是亲身体会才说出来的。江南佳丽地,塘栖水乡是代表之一。我谢绝了二十世纪的文明产物的火车,不惜工本地坐客船到杭州,实在并非顽固。知我者,其唯夏目漱石乎?

(原载1983年1月26日《文汇报》)

中 举 人

我的父亲是清朝光绪年间最后一科的举人。他中举人时我只四岁,隐约记得一些,听人传说一些情况,写这篇笔记。话须得从头说起:

我家在明末清初就住在石门湾。上代已不可知,只晓得我的祖父名小康,行八,在这里开一爿染坊店,叫做丰同裕。这店到了抗日战争开始时才烧毁。祖父早死,祖母沈氏,生下一女一男,即我的姑母和父亲。祖母读书识字,常躺在鸦片灯边看《缀白裘》等书。打瞌睡时,往往烧破书角。我童年时还看到过这些烧残的书。她又爱好行乐。镇上演戏文时,她总到场,先叫人搬一只高椅子去,大家都认识这是丰八娘娘的椅子。她又请了会吹弹的人,在家里教我的姑母和父亲学唱戏。邻近沈家的四相公常在背后批评她:"丰八老太婆发昏了,教儿子女儿唱徽调。"因为那时唱戏是下等人的事。但我祖母听到了满不在乎。我后来读《浮生六记》,觉得我的祖母颇有些像那芸娘。

父亲名鐄,字斛泉,二十六七岁时就参与大比。大比者,就是考举人,三年一次,在杭州贡院中举行,时间总在秋天。那时没有火车,便坐船去。运河直通杭州,约八九十里。在船中一宿,次日便到。于是在贡院附近租一个"下处",等候进场。祖母临行叮嘱他:"斛泉,到了杭州,勿再埋头用功,先去玩玩西湖。胸襟开朗,文章自然生色。"但我父亲总是忧心悄悄,因为祖母一方面旷达,一方面非常好强。曾经对人说:"坟上不立旗杆,我是不去的。"那时定例:中了举人,祖坟上可以立两个旗杆。中了举人,不但家族亲戚都体面,连已死的祖宗也光荣。祖母定要立了旗杆才到坟上,就是定要我父亲在她生前中举人。我推想父亲当时的心情多么沉重,哪有兴致玩西湖呢?

每次考毕回家,在家静候福音。过了中秋消息沉沉,便确定这次没有考中,只得再在家里饮酒,看书,吸鸦片,进修三年,再去大比。这样地过了三次,即九年,祖母日渐年老,经常卧病。我推想当时父亲的心里多么焦灼!但到了他三十六岁那年,果然考中了。那时我年方四岁,妈妈抱了我挤在人丛中看他拜北阙,情景隐约在目。那时的情况是这样:

父亲考毕回家,天天闷闷不乐,早眠晏起,茶饭无心。祖母躺在床上,请医吃药。有一天,中秋过后,正是发榜的时候,染店里的管帐先生,即我的堂房伯伯,名叫亚卿,大家叫他"麻子三大伯"的,早晨到店,心血来潮,说要到南高桥头去等"报事船"。大家笑他发呆,他不顾管,径自去了。他的儿子名叫乐生,是个顽皮孩子,(关于此人,我另有记录。)跟了他去。父子两人在南高桥上站了一会,看见一只快船驶来,锣声喧喧不绝。他就问:"谁中了?"船上人说:"丰鐄,丰鐄!"乐生先逃,麻子三大伯跟着他跑。旁人不知就里,都说:"乐生又闯了祸了,他老子在抓他呢。"

麻子三大伯跑回来,闯进店里,口中大喊"斛泉中了!斛泉中了!"父亲正在蒙被而卧。麻子大伯喊到他床前,父亲讨厌他,回说:"你不要瞎说,是四哥,不是我!"四哥者,是我的一个堂伯,名叫丰锦,字浣江,那年和父亲一同去大比的。但过了不久,报事船已经转进后河,锣声敲到我家里来了。"丰鐄接诰封!丰鐄接诰封!"一大群人跟了进来。我父亲这才披衣起床,到楼下去盥洗。祖母闻讯,也扶病起床。

我家房子是向东的,于是在厅上向北设张桌子,点起香烛,等候新老爷来拜北阙。麻子三大伯跑到市里,看见团子、粽子就拿,拿回来招待报事人。那些卖团子、粽子的人,绝不同他计较。因为他们都想同新贵的人家结点缘。但后来总是付清价钱的。父亲戴了红缨帽,穿了外套走出来,向北三跪九叩,然后开诰封。祖母头上拔下一支金挖耳来,将诰封挑开,这金挖耳就归报事人获得。报事人取出"金花"来,插在父亲头上,又插在母亲和祖母头上。这金花是纸做的,轻巧得很。据说皇帝发下的时候,是真金的,经过人手,换了银花,再换了铜花,最后换了纸花。但不拘怎样,总之是光荣。表演这一套的时候,我家里挤满了人。因为数十年来石门湾不曾出过举人,所以这一次特别希奇。我年方四岁,由奶奶抱着,挤在人丛中看热闹,虽然莫明其妙,但到现在还保留着模糊的印象。

　　两个报事人留着,住在店楼上写"报单"。报单用红纸,写宋体字:"喜报贵府老爷丰镳高中庚子辛丑恩政并科第八十七名举人。"自己家里挂四张,亲戚每家送两张。这"恩政并科"便是最后一科,此后就废科举,办学堂了。本来,中了举人之后,再到北京"会试",便可中进士,做官。举人叫做金门槛,很不容易跨进;一跨进之后,会试就很容易,因为人数很少,大都录取。但我的父亲考中的是最后一科,所以不得会试,没有官做,只得在家里设塾授徒,坐冷板凳了。这是后话。且说写报单的人回去之后,我家就举行"开贺"。房子狭窄,把灶头拆掉,全部粉饰,挂灯,结彩。附近各县知事,以及远近亲友都来贺喜,并送贺仪。这贺仪倒是一笔收入。有些人要"高攀",特别送得重。客人进门时,外面放炮三声,里面乐人吹打。客人叩头,主人还礼。礼毕,请客吃"跑马桌"。跑马桌者,不拘什么时候,请他吃一桌酒。这样,免得大排筵席,倒是又简便又隆重的办法。开贺三天,祖母天天扶病下楼来看,病也似乎好了一点。父亲应酬辛劳,全靠鸦片借力。但祖母经过这番兴奋,终于病势日渐沉重起来。父亲连忙在祖坟上立旗杆。不多久,祖母病危了。弥留时问父亲"坟上旗杆立好了吗?"父亲回答:"立好了。"祖母含笑而逝。于是开吊,出丧,又是一番闹热,不亚于开贺的时候。大家说:"这老太太真好福气!"我还记得祖母躺在尸床上时,父亲拿一叠纸照在她紧闭的眼前,含泪说道:"妈,我还没有把文章给你看过。"其声呜咽,闻者下泪。后来我知道,这是父亲考中举人的文章的稿子。那时已不用八股文而用策论,题目是《汉宣帝信赏必罚,综核名实论》和《唐太宗盟突厥于便桥,宋真宗盟契丹于澶州论》。

父亲三十六岁中举人,四十二岁就死于肺病。这五六年中,他的生活实在很寂寥。每天除授徒外,只是饮酒看书吸鸦片。他不吃肥肉,难得吃些极精的火腿。秋天爱吃蟹,向市上买了许多,养在缸里,每天晚酌吃一只。逢到七夕、中秋、重阳佳节,我们姐妹四五人也都得吃。下午放学后,他总在附近沈子庄开的鸦片馆里度过。晚酌后,在家吸鸦片,直到更深,再吃夜饭。我的三个姐姐陪着他吃。吃的是一个皮蛋,一碗冬菜。皮蛋切成三份,父亲吃一份,姐姐们分食两份。我年幼早睡,是没有资格参与的。父亲的生活不得不如此清苦。因为染坊店收入有限,束脩更为微薄,加上两爿大商店(油车、当铺)的"出官"① 每年送一二百元外,别无进帐。父亲自己过着清苦的生活,他的族人和亲戚却沾光不少。凡是同他并辈的亲族,都称老爷奶奶,下一辈的都称少爷小姐。利用这地位而作威作福的,颇不乏人。我是嫡派的少爷。常来当差的褚老五,带了我上街去,街上的人都起敬,糕店送我糕,果店送我果,总是满载而归。但这一点荣华也难久居,我九岁上,父亲死去,我们就变成孤儿寡妇之家了。

---

① "出官",指商店借举人老爷之名而得到保障、因而付给的酬金。

丰子恺漫画选（1935—1937年）

丰子恺漫画选（1946年）

菊　林

我十三四岁在小学读书的时候,菊林是一个六岁的小和尚。如果此人现在活着而不还俗,则是一个六十多岁的老和尚了。

我们的西溪小学堂办在市梢的西竺庵里,借他们的祖师殿为校舍。我们入学,必须走进山门,通过大殿。因此和和尚们天天见面。西竺庵是个子孙庙,老和尚收徒弟,先进山门为大。菊林虽只六岁,却是先进山门,后来收的十三四岁的本诚,要叫他"师父"。这些小和尚,都是穷苦人家卖出来的,三块钱一岁。像菊林只能卖十八元。菊林年幼,生活全靠徒弟照管。"阿拉师父跌了一交!"本诚抱他起来。"阿拉师父撒尿出了!"本诚替他换裤子。"阿拉师父困着了!"本诚抱他到楼上去。

僧房的楼窗外挂着许多风肉。这些和尚都爱吃肉,而且堂堂皇皇地挂在窗口。他们除了做生意(即拜忏)时吃素之外,平日都吃荤。而且拜忏结束之时,最后一餐也吃荤。有一次我看见老和尚打菊林的屁股,为的是菊林偷肉吃。

西竺庵里常常拜忏,差不多每月举行一次,每次都有名目:大佛菩萨生日,观音菩萨生日,某祖师生日等等。届时邀请当地信佛的太太们来参加。太太们都很高兴,可以借佛游春。她们每人都送香金。富有的人家送的很重,贫家随缘乐助。每次拜忏,和尚的收入是可观的。和尚请太太们吃素斋,非常丰盛。太太们吃好之后,在碗底下放几个铜钱,叫做洗碗钱。菊林在这一天很出风头。他合掌向每位太太拜揖,口称"阿弥陀佛"。他的面孔像个皮球,声音喃喃呐呐,每个太太都怜爱他,给他糖果或铜板角子。她们调查这小和尚的身世,知道他一出世就父母双亡,阿哥阿嫂生活困难,把他卖做小和尚。菊林心地很好,每次拜忏的收入,铜板角子交给老和尚,糖果和他的徒弟分吃。

　　抗战胜利后我从重庆归来,去凭吊劫后的故乡,看见西竺庵一部分还在。我入内瞻眺,在廊柱石凳之间依稀仿佛地看见六岁的菊林向我合掌行礼。庵中的和尚不知去向,屋宇都被尘封。大概他们都在这浩劫中散而之四方矣。但不知菊林下落如何。

清　明

清明例行扫墓。扫墓照理是悲哀的事。所以古人说:"鸦啼雀噪昏乔木,清明寒食谁家哭。"又说:"佳节清明桃李笑,野田荒冢只生愁。"然而在我幼时,清明扫墓是一件无上的乐事。人们借佛游春,我们是"借墓游春"。我父亲有八首《扫墓竹枝词》:

别却春风又一年,梨花似雪柳如烟。
家人预理上坟事,五日前头折纸钱。

风柔日丽艳阳天,老幼人人笑口开。
三岁玉儿娇小甚,也教抱上画船来。

双双画桨荡轻波,一路春风笑语和。
望见坟前堤岸上,松阴更比去年多。

壶榼纷陈拜跪忙,闲来坐憩树阴凉。
村姑三五来窥看,中有谁家新嫁娘。

周围堤岸视桑麻,剪去枯藤只剩花。
更有儿童知算计,松球拾得去煎茶。

> 荆榛坡上试跻攀,极目云烟杳霭闲,
> 恰得村夫遥指处,如烟如雾是含山①。

> 纸灰扬起满林风,杯酒空浇奠已终。
> 却觅儿童归去也,红裳遥在菜花中。

> 解将锦缆趁斜晖,水上蜻蜓逐队飞。
> 赢受一番春色足,野花载得满船归。

这里的"三岁玉儿",就是现在执笔写此文的七十老翁。我的小名叫做"慈玉"。

清明三天,我们每天都去上坟。第一天,寒食,下午上"杨庄坟"。杨庄坟离镇五六里路,水路不通,必须步行。老幼都不去,我七八岁就参加。茂生大伯挑了一担祭品走在前面,大家跟他走,一路上采桃花,偷新蚕豆,不亦乐乎。到了坟上,大家息足,茂生大伯到附近农家去,借一只桌子和两只条凳来,于是陈设祭品,依次跪拜。拜过之后,自由玩耍。有的吃甜麦塌饼②,有的吃粽子,有的拔蚕豆梗来作笛子。蚕豆梗是方形的,在上面摘几个洞,作为笛孔。然后再摘一段豌豆梗来,装在这笛的一端,笛便做成。指按笛孔,口吹豌豆梗,发音竟也悠扬可听。可惜这种笛寿命不长。拿回家里,第二天就枯干,吹不响了。祭扫完毕,茂生大伯去还桌子凳子,照例送两个甜麦塌饼和一串粽子,作为酬谢。然后诸人一同在夕阳中回去。杨庄坟上只有一株大松树,临着一个池塘。父亲说这叫做"美人照镜"。现在,几十年不去,不知美人是否还在照镜。闭上眼睛,情景宛在目前。

正清明那天,上"大家坟"。这就是去上同族公共的祖坟。

---

① 含山是我乡附近唯一的一个山,山上有塔。——作者原注。
② 甜麦塌饼,作者故乡一带清明时节用米粉和麦芽做成的一种甜饼。

坟共有五六处,须用两只船,整整上一天。同族共有五家,轮流作主。白天上坟,晚上吃上坟酒。这笔费用由祭田开销。祖宗们心计长,恐怕子孙不肖,上不起坟,叫他们变成饿鬼。因此特置几亩祭田,租给农民。轮到谁家主持上坟,由谁家收租。雇船办酒之外,费用总有余裕。因此大家高兴作主。而小孩子尤其高兴,因为可以整天在乡下游玩,在草地上吃午饭。船里烧出来的饭菜,滋味特别好。因为,据老人们说,家里有灶君菩萨,把饭菜的好滋味先尝了去;而船里没有灶君菩萨,所以船里烧出来的饭菜滋味特别好。孩子们还有一件乐事,是抢鸡蛋吃。每到一个坟上,除对祖宗的一桌祭品以外,必定还有一只小匾,内设小鱼、小肉、鸡蛋、酒和香烛,是请地主吃的,叫做拜坟墓土地。孩子们中,谁先向坟墓土地叩头,谁先抢得鸡蛋。我难得抢到,觉得这鸡蛋的确比平常的好吃。上了一天坟回来,晚上是吃上坟酒。酒有四五桌,因为出嫁姑娘也都来吃。吃酒时,长辈总要训斥小辈,被训斥的,主要是乐谦、乐生和月生。因为乐谦盗卖坟树,乐生、月生作恶为非,上坟往往不到而吃上坟酒必到。

　　第三天上私房坟。我家的私房坟,又称为旗杆坟。去上的就是我们一家人,父母和我们姐弟数人。吃了早中饭,雇一只客船,慢吞吞地荡去。水路五六里,不久就到。祭扫期间,附近三竺庵里的和尚来问讯,送我们些春笋。我们也到这庵里去玩,看见竹林很大,身入其中,不见天日。我们终年住在那市井尘嚣中的低小狭窄的百年老屋里,一朝来到乡村田野,感觉异常新鲜,心情特别快适,好似遨游五湖四海。因此我们把清明扫墓当作无上的乐事。我的父亲孜孜兀兀地在穷乡僻壤的蓬门败屋之中度送短促的一生,我想起了感到无限的同情。

吃　　酒

酒,应该说饮,或喝。然而我们南方人都叫吃。古诗中有"吃茶",那么酒也不妨称吃。说起吃酒,我忘不了下述几种情境:

二十多岁时,我在日本结识了一个留学生,崇明人黄涵秋。此人爱吃酒,富有闲情逸致。我二人常常共饮。有一天风和日暖,我们乘小火车到江之岛去游玩。这岛临海的一面,有一片平地,芳草如茵,柳阴如盖,中间设着许多矮榻,榻上铺着红毡毯,和环境作成强烈的对比。我们两人踞坐一榻,就有束红带的女子来招待。"两瓶正宗,两个壶烧。"正宗是日本的黄酒,色香味都不亚于绍兴酒。壶烧是这里的名菜,日本名叫 tsuboyaki,是一种大螺蛳,名叫荣螺(sazae),约有拳头来大,壳上生许多刺,把刺修整一下,可以摆平,像三足鼎一样。把这大螺蛳烧杀,取出肉来切碎,再放进去,加入酱油等调味品,煮熟,就用这壳作为器皿,请客人吃。这器皿像一把壶,所以名为壶烧。其味甚鲜,确是侑酒佳品。用的筷子更佳:这双筷用纸袋套好,纸袋上印着"消毒割箸"四个字,袋上又插着一个牙签,预备吃过之后用的。从纸袋中拔出筷来,但见一半已割裂,一半还连接,让客人自己去裂开来。这木头是消毒过的,而且没有人用过,所以用时心地非常快适。用后就丢弃,价廉并不可惜。我赞美这种筷,认为是世界上最进步的用品。西洋人用刀叉,太笨重,要洗过方能再用;中国人用竹筷,也是洗过再用,很不卫生,即使是象牙筷也不卫生。日本人的消毒割箸,就同牙签一样,只用一次,真乃一大发明。他们还有一种牙刷,非常简单,到处杂货店发卖,价钱很便宜,也是只用一次就丢弃的。于此可见日本人很有小聪明。且说我和老黄在江之岛吃壶烧酒,三杯入口,万虑皆消。海鸟长鸣,天风振袖。但觉心旷神怡,仿佛身在仙境。老黄爱调笑,看见年青侍女,就和她搭讪,问年纪,问家乡,引起她身世之感,使她掉下泪来。于是临走多给小帐,约定何日重来。我们又仿佛身在小说中了。

又有一种情境,也忘不了。吃酒的对手还是老黄,地点却在上海城隍庙里。这里有一家素菜馆,叫做春风松月楼,百年老店。名闻遐迩。我和老黄都在上海当教师,每逢闲暇,便相约去吃素酒。我们的吃法很经济:两斤酒,两碗"过浇面",一碗冬菇,一碗十景。所谓过浇,就是浇头不浇在面上,而另盛在碗里,作为酒菜。等到酒吃好了,才要面底子来当饭吃。人们叫别了,常喊作"过桥面"。这里的冬菇非常肥鲜,十景也非常入味。浇头的分量不少,下酒之后,还有剩余,可以浇在面上。我们常常去吃,后来那堂倌熟悉了,看见我们进去,就叫"过桥客人来了,请坐请坐!"现在,老黄早已作古,这素菜馆也改头换面,不可复识了。

另有一种情境,则见于患难之中。那年日本侵略中国,石门湾沦陷,我们一家老幼九人逃到杭州,转桐庐,在城外河头上租屋而居。那屋主姓盛,兄弟四人。我们租住老三的屋子,隔壁就是老大,名叫宝函。他有一个孙子,名叫贞谦,约十七八岁,酷爱读书,常常来向我请教问题,因此宝函也和我要好,常常邀我到他家去坐。这老翁年约六十多岁,身体很健康,常常坐在一只小桌旁边的圆鼓凳上。我一到,他就请我坐在他对面的椅子上,站起身来,揭开鼓凳的盖,拿出一把大酒壶来,在桌上的杯子里满满地斟了两盅;又向鼓凳里摸出一把花生米来,就和我对酌。他的鼓凳里装着棉絮,酒壶裹在棉絮里,可以保暖,斟出来的两碗黄酒,热气腾腾。酒是自家酿的,色香味都上等。我们就用花生米下酒,一面闲谈。谈的大都是关于他的孙子贞谦的事。他只有这孙子,很疼爱他。说:"这小人一天到晚望书,身体不好……"望书即看书,是桐庐土白。我用空话安慰他,骗他酒吃。骗得太多,不好意思,我准备后来报谢他。但我们住在河头上不到一个月,杭州沦陷,我们匆匆离去,终于没有报谢他的酒惠。现在,这老翁不知是否在世,贞谦已入中年,情况不得而知。

最后一种情境,见于杭州西湖之畔。那时我僦居在里西湖招贤寺隔壁的小平屋里,对门就是孤山,所以朋友送我一副对联,叫做"居邻葛岭招贤寺,门对孤山放鹤亭"。家居多暇,则闲坐在湖边的石凳上,欣赏湖光山色。每见一中年男子,蹲在岸上,向湖边垂钓。他钓的不是鱼,而是虾。钓钩上装一粒饭米,挂在岸石边。一会儿拉起线来,就有很大的一只虾。其人把它关在一个瓶子里。于是再装上饭米,挂下去钓。钓得了三四只大虾,他就把瓶子藏入藤篮里,起身走了。我问他:"何不再钓几只?"他笑着回答说:"下酒够了。"我跟他去,见他走进岳坟旁边的一家酒店里,拣一座头坐下了。我就在他旁边的桌上坐下,叫酒保来一斤酒,一盆花生米。他也叫一斤酒,却不叫菜,取出瓶子来,用钓丝缚住了这三四只虾,拿到酒保烫酒的开水里去一浸,不久取出,虾已经变成红色了。他向酒保要一小碟酱油,就用虾下酒。我看他吃菜很省,一只虾要吃很久,由此可知此人是个酒徒。

此人常到我家门前的岸边来钓虾。我被他引起酒兴,也常跟他到岳坟去吃酒。彼此相熟了,但不问姓名。我们都独酌无伴,就相与交谈。他知道我住在这里,问我何不钓虾。我说我不爱此物。他就向我劝诱,尽力宣扬虾的滋味鲜美,营养丰富。又教我钓虾的窍门。他说:"虾这东西,爱躲在湖岸石边。你倘到湖心去钓,是永远钓不着的。这东西爱吃饭粒和蚯蚓。但蚯蚓腥臊,它吃了,你就吃它,等于你吃蚯蚓。所以我总用饭粒。你看,它现在死了,还抱着饭粒呢。"他提起一只大虾来给我看,我果然看见那虾还抱着半粒饭。他继续说:"这东西比鱼好得多。鱼,你钓了来,要剖,要洗,要用油盐酱醋来烧,多少麻烦。这虾就便当得多:只要到开水里一煮,就好吃了。不须花钱,而且新鲜得很。"他这钓虾论讲得头头是道,我真心赞叹。

这钓虾人常来我家门前钓虾,我也好几次跟他到岳坟吃酒,彼此熟识了,然而不曾通过姓名。有一次,夏天,我带了扇子去吃酒。他借看我的扇子,看到了我的名字,吃惊地叫道:"啊,我有眼不识泰山!"于是叙述他曾经读过我的随笔和漫画,说了许多仰慕的话。我也请教他姓名,知道他姓朱,名字现已忘记,是在湖滨旅馆门口摆刻字摊的。下午收了摊,常到里西湖来钓虾吃酒。此人自得其乐,甚可赞佩。可惜不久我就离开杭州,远游他方,不再遇见这钓虾的酒徒了。

写这篇琐记时,我久病初愈,酒戒又开。回想上述情景,酒兴顿添。正是"昔年多病厌芳樽,今日芳樽唯恐浅"。

四　轩　柱

　　我的故乡石门湾,是运河打弯的地方,又是春秋时候越国造石门的地方,故名石门湾。运河里面还有条支流,叫做后河。我家就在后河旁边。沿着运河都是商店,整天骚闹,只有男人们在活动;后河则较为清静,女人们也出场,就中有四个老太婆,最为出名,叫做四轩柱。

　　以我家为中心,左面两个轩柱,右面两个轩柱。先从左面说起。住在凉棚底下的一个老太婆叫做莫五娘娘。这莫五娘娘有三个儿子,大儿子叫莫福荃,在市内开一爿杂货店,生活裕如。中儿子叫莫明荃,是个游民,有人说他暗中做贼,但也不曾破过案。小儿子叫木铳阿三,是个戆大①,不会工作,只会吃饭。莫五娘娘打木铳阿三,是一出好戏,大家要看。莫五娘娘手里拿了一根棍子,要打木铳阿三。木铳阿三逃,莫五娘娘追。快要追上了,木铳阿三忽然回头,向莫五娘娘背后逃走。莫五娘娘回转身来再追,木铳阿三又忽然回头,向莫五娘娘背后逃走。这样地表演了三五遍,莫五娘娘吃不消了,坐在地上大哭。看的人大笑。此时木铳阿三逃之杳杳了。这个把戏,每个月总要表演一两次。有一天,我同豆腐店王囡囡坐在门口竹榻上闲谈。王囡囡说:"莫五娘娘长久不打木铳阿三了,好打了。"没有说完,果然看见木铳阿三从屋里逃出来,莫五娘娘拿了那根棍子追出来了。木

---

①　木铳和戆大都是指戆头戆脑的人。

铳阿三看见我们在笑,他心生一计,连忙逃过来抱住了王囡囡。我乘势逃开。莫五娘娘举起棍子来打木铳阿三,一半打在王囡囡身上。王囡囡大哭喊痛。他的祖母定四娘娘赶出来,大骂莫五娘娘:"这怪老太婆!我的孙子要你打?"就伸手去夺她手里的棒。莫五娘娘身躯肥大,周转不灵,被矫健灵活的定四娘娘一推,竟跌到了河里。木铳阿三毕竟有孝心,连忙下水去救,把娘像落汤鸡一样驮了起来,幸而是夏天,单衣薄裳的,没有受冻,只是受了些惊。莫五娘娘从此有好些时不出门。

第二个轩柱,便是定四娘娘。她自从把莫五娘娘打落水之后,名望更高,大家见她怕了。她推销生意的本领最大。上午,乡下来的航船停埠的时候,定四娘娘便大声推销货物。她熟悉人头,见农民大都叫得出:"张家大柏!今天的千张格外厚,多买点去。李家大伯,豆腐干是新鲜的,拿十块去!"就把货塞在他们的篮里。附近另有一家豆腐店,是陈老五开的,生意远不及王囡囡豆腐店,就因为缺少像定四娘娘的一个推销员。定四娘娘对附近的人家都熟悉,常常穿门入户,进去说三话四。我家是她的贴邻,她来得更勤。我家除母亲以外,大家不爱吃肉,桌上都是素菜。而定四娘娘来的时候,大都是吃饭时候。幸而她像《红楼梦》里的凤姐一样,人没有进来,声音先听到了。我母亲听到了她的声音,立刻到橱里去拿出一碗肉来,放在桌上,免得她说我们"吃得寡薄"。她一面看我们吃,一面同我母亲闲谈,报告她各种新闻:哪里吊死了一个人;哪里新开了一爿什么店;汪宏泰的酥糖比徐宝禄的好,徐家的重四两,汪家的有四两五;哪家的姑娘同哪家的儿子对了亲,分送的茶枣讲究得很,都装锡罐头;哪家的姑娘养了个私生子,等等。我母亲爱听她这种新闻,所以也很欢迎她。

第三个轩柱,是盆子三娘娘。她是包酒馆里永林阿四的祖母。他的已死的祖父叫做盆子三阿爹,因为他的性情很坦,像盆子一样①；于是他的妻子就也叫做盆子三娘娘。其实，三娘娘的性情并不坦，她很健谈。而且消息灵通，远胜于定四娘娘。定四娘娘报道消息，加的油盐酱醋较少；而盆子三娘娘的报道消息，加入多量的油盐酱醋，叫它变味走样。所以有人说："盆子三娘娘坐着讲，只能听一半；立着讲，一句也听不得。"她出门，看见一个人，只要是她所认识的，就和他谈。她从家里出门，到街上买物，不到一二百步路，她来往要走两三个钟头。因为到处勾留，一勾留就是几十分钟。她指手划脚地说："桐家桥头的草棚着了火了，烧杀了三个人！"后来一探听，原来一个人也没有烧杀，只是一个老头子烧掉了些胡子。"塘河里一只火轮船撞沉了一只米船，几十担米全部沉在河里！"其实是米船为了避开火轮船，在石埠子上撞了一下，船头里漏了水，打湿了几包米，拿到岸上来晒。她出门买物，一路上这样地讲过去，有时竟忘记了买物，空手回家。盆子三娘娘在后河一带确是一个有名人物。但自从她家打了一次官司，她的名望更大了。

事情是这样：她有一个孙子，年纪二十多岁，做医生的，名叫陆李王。因为他幼时为了要保证健康长寿，过继给含山寺里的菩萨太君娘娘，太君娘娘姓陆。他又过继给另外一个人，姓李。他自己姓王。把三个姓连起来，就叫他"陆李王"。这陆李王生得眉清目秀，皮肤雪白。有一个女子看上了他，和他私通。但陆李王早已娶妻，这私通是违法的。女子的父亲便去告官。官要逮捕陆李王。盆子三娘娘着急了，去同附近有名的沈四相公商量，送他些礼物。沈四相公就替她作证，说他们没有私通。但女的已经招认。于是县官逮捕沈四相公，把他关进三厢堂。（是秀才坐的牢监，比普通牢监舒服些。）盆子三娘娘更着急了，挽出她

---

① 坦，作者家乡方言，即慢的意思。盆子（即盘子）平坦的坦谐音。

丰子恺漫画选（1949年）

丰子恺漫画选（1958年）

包酒馆里的伙计阿二来，叫他去顶替沈四相公。允许他"养杀你①"。阿二上堂，被县官打了三百板子，腿打烂了。官司便结束。阿二就在这包酒馆里受供养，因为腿烂，人们叫他"烂膀②阿二"。这事件轰动了全石门湾。盆子三娘娘的名望由此增大。就有人把这事编成评弹，到处演唱卖钱。我家附近有一个乞丐模样的汉子，叫做"毒头③ 阿三"。他编的最出色，人们都爱听他唱。我还记得唱词中有几句："陆李王的面孔白来有看头，厚底鞋子寸半头，直罗④ 汗巾三转头，……"描写盆子三娘娘去请托沈四相公，唱道："水鸡⑤ 烧肉一碗头，拍拍胸脯点点头。……"全部都用"头"字，编得非常自然而动听。欧洲中世纪的游唱诗人（troubadour, minnesinger），想来也不过如此吧。毒头阿三唱时，要求把大门关好。因为盆子三娘娘看到了要打他。

　　第四个轩柱是何三娘娘。她家住在我家的染作场隔壁。她的丈夫叫做何老三。何三娘娘生得短小精悍，喉咙又尖又响，骂起人来像怪鸟叫。她养几只鸡，放在门口街路上。有时鸡蛋被人拾了去，她就要骂半天。有一次，她的一双弓鞋晒在门口阶沿石上，不见了。这回她骂得特别起劲："穿了这双鞋子，马上要困棺材！""偷我鞋子的人，世世代代做小娘（即妓女）！"何三娘娘的骂人，远近闻名。大家听惯了，便不当一回事，说一声"何三娘娘又在骂人了"，置之不理。有一次，何三娘娘正站在阶沿石上大骂其人，何老三喝醉了酒从街上回来，他的身子高大，力气又好，不问青红皂白，把这瘦小的何三娘娘一把抱住，走进门去。何三娘娘的两只小脚乱抖乱撑，大骂"杀千刀！"旁人哈哈大笑。

---

① 养杀你，意即供养你一辈子直到老死。
② 烂膀，意即烂腿。
③ 毒头，意即神经病或傻瓜。
④ 直罗，即有直的隐条的丝织品。
⑤ 水鸡，即甲鱼。

何三娘娘常常生病,生的病总是肚痛。这时候,何老三便上街去买一个猪头,扛在肩上,在街上走一转。看见人便说:"老太婆生病,今天谢菩萨。"谢菩萨又名拜三牲,就是买一个猪头,一条鱼,杀一只鸡,供起菩萨像来,点起香烛,请一个道士来拜祷。主人跟着道士跪拜,恭请菩萨醉饱之后快快离去,勿再同我们的何三娘娘为难。拜罢之后,须得请邻居和亲友吃"谢菩萨夜饭"。这些邻居和亲友,都是送过份子的。份子者,就是钱。婚丧大事,送的叫做"人情",有送数十元的,有送数元的,至少得送四角。至于谢菩萨,送的叫做"份子",大都是一角或至多两角。菩萨谢过之后,主人叫人去请送份子的人家来吃夜饭。然而大多数不来吃。所以谢菩萨大有好处。何老三掮了一个猪头到街上去走一转,目的就是要大家送份子。谢菩萨之风,在当时盛行。有人生病,郎中看不好,就谢菩萨。有好些人家,外面在吃谢菩萨夜饭,里面的病人断气了。再者,谢菩萨夜饭的猪头肉烧得半生不熟,吃的人回家去就生病,亦复不少。我家也曾谢过几次菩萨,是谁生病,记不清了。总之,要我跟着道士跪拜。我家幸而没有为谢菩萨而死人。我在这环境中,侥幸没有早死,竟能活到七十多岁,在这里写这篇随笔,也是一个奇迹。

阿　庆

我的故乡石门湾虽然是一个人口不满一万的小镇,但是附近村落甚多,每日上午,农民出街做买卖,非常热闹,两条大街上肩摩踵接,推一步走一步,真是一个商贾辐辏的市场。我家住在后河,是农民出入的大道之一。多数农民都是乘航船来的,只有卖柴的人,不便乘船,挑着一担柴步行入市。

卖柴,要称斤两,要找买主。农民自己不带秤,又不熟悉哪家要买柴。于是必须有一个"柴主人"。他肩上扛着一支大秤,给每担柴称好分量,然后介绍他去卖给哪一家。柴主人熟悉情况,知道哪家要硬柴,哪家要软柴,分配各得其所。卖得的钱,农民九五扣到手,其余百分之五是柴主人的佣钱。农民情愿九五扣到手,因为方便得多,他得了钱,就好扛着空扁担入市去买物或喝酒了。

我家一带的柴主人,名叫阿庆。此人姓什么,一向不传,人都叫他阿庆。阿庆是一个独身汉,住在大井头的一间小屋里,上午忙着称柴,所得佣钱,足够一人衣食,下午空下来,就拉胡琴。他不喝酒,不吸烟,唯一的嗜好是拉胡琴。他拉胡琴手法纯熟,各种京戏他都会拉。当时留声机还不普遍流行,就有一种人背一架有喇叭的留声机来卖唱,听一出戏,收几个钱。商店里的人下午空闲,出几个钱买些精神享乐,都不吝惜。这是不能独享的,许多人旁听,在出钱的人并无损失。阿庆便是旁听者之一。但他的旁听,不仅是享乐,竟是学习。他听了几遍之后,就会在胡琴上拉出来。足见他在音乐方面,天赋独厚。

夏天晚上,许多人坐在河沿上乘凉。皓月当空,万籁无声。阿庆就在此时大显身手。琴声宛转悠扬,引人入胜。浔阳江头的琵琶,恐怕不及阿庆的胡琴。因为琵琶是弹弦乐器,胡琴是摩擦弦乐器。摩擦弦乐器接近于肉声,容易动人。钢琴不及小提琴好听,就是为此。中国的胡琴,构造比小提琴简单得多。但阿庆演奏起来,效果不亚于小提琴,这完全是心灵手巧之故。有一个青年羡慕阿庆的演奏,请他教授。阿庆只能把内外两弦上的字眼——上尺工凡六五乙仕——教给他。此人按字眼拉奏乐曲,生硬乖异,不成腔调。他怪怨胡琴不好,拿阿庆的胡琴来拉奏,依旧不成腔调,只得废然而罢。记得西洋音乐史上有一段插话:有一个非常高明的小提琴家,在一只皮鞋底上装四根弦线,照样会奏出美妙的音乐。阿庆的胡琴并非特制,他的心手是特制的。

笔者曰:阿庆孑然一身,无家庭之乐。他的生活乐趣完全寄托在胡琴上。可见音乐感人之深,又可见精神生活有时可以代替物质生活。感悟佛法而出家为僧者,亦犹是也。

(原载1983年2月9日《文汇报》)

乐　生

　　乐生是我的远房堂兄。他的父亲叫亚卿，我们叫他亚卿三大伯，或麻子三大伯。亚卿曾在我们的染店里当管帐，乐生就在店里当学徒。因此我和乐生很熟悉，下午店里空了，乐生就陪我玩。

　　乐生的玩法，异想天开，与众不同，还带些恶毒性，但实际上并不怎么危害人。我对他有些向往，就因为爱好这种恶毒性。例如：他看到一条百脚①，诱它出来，用剪刀把它的两只钳剪去。百脚是以钳为武器的，如今被剪去了，就如缴了械，解除了武装，不可怕了。乐生便把它藏在衣袖里，任他在身上爬来爬去。他突然把百脚丢在别人身上，那人吓了一大跳。有几个小孩，竟被他吓得大哭。有一次，我母亲出来，在店门口坐坐。乐生乘其不备，把这条百脚放在她肩上了。我母亲见了，大吃一惊，乐生立刻走过去把百脚捉了，藏入袋里，使得我母亲又吃一惊。又有一次，他向他的父亲麻子三大伯讨零用钱，他父亲不给。他便拿出百脚来，丢在他臂上。麻子三大伯吓了一跳，连忙用手来掸，岂知那百脚落在他背脊上了，没有离身。他向门角落里拿起一根门闩，要打乐生。乐生在前面逃，他背着百脚拿着门闩在后面追，街上的人大笑。乐生转一个弯，不见了，麻子三大伯背着百脚拿着门闩站着喘气。有人替他掸脱了百脚。一只鸡看见了，

---

　　① 百脚，即蜈蚣。

跑过来啄了两三口,把百脚全部吞下去了。这鸡照旧仰起了头踱来踱去,若无其事。可知鸡的胃消化力很强。这百脚已无钳无毒。倘是有钳有毒的,它照样会消化,把毒当作营养品。记得我的大姐扎珠花,嫌珠子不圆,把它灌进鸡嘴巴里。过了一会,把鸡杀了,取出珠子来,已浑圆了。可见其消化力之强。闲话少讲。

乐生对于百脚,特别感到兴趣。上述的办法玩腻之后,他又另想办法。把一根竹,两头削尖,弯成弓形,钉住百脚的头和尾,两手一放,百脚就成了弓弦。这叫做百脚弓。他把百脚弓挂在墙上,到第三日,那百脚还不曾死,脚还在抖动。所以说:百足之虫,死而不僵。但这办法太残忍了。百脚原是害虫,应该杀死。但何必用这等残酷的刑罚呢。但这是我现在的想法,当时我也木知木觉。且说百脚干燥之后,居然非常坚韧,可作弓弦,用竹签子射箭,见者无不惊叹乐生这种杰作。

乐生另有一种杰作,实在恶毒得可以。有一天晚上,我同他两人在店堂里,他悄悄地拿出一包头发来,不知是从哪里弄来的,用剪刀剪得很细,像黑粉末。我问他做什么用,他说你明天自会知道。到了明天下午,店里空了,隔壁的道士先生顾芷塘来坐在店门口,和人谈闲天。乐生乘其不备,拿一把头发粉末来撒在他的后头骨下面的项颈里了。这顾芷塘的项颈生得很长,人们说他是吹笙的,笙是吸的,便把项颈吸得很长了。因为项颈长,所以衣领后头很宽,可容许多头发粉末。顾芷塘起先不觉得什么,后来觉得痒了,伸手去搔,越搔越痒。那些头发粉末落下去,粘在背脊上,顾芷塘只得撩起衣服来,弯进手臂去搔。同时自言自语:"背脊上痒得很,难道生虱子了?我家没有虱子的呀。"终于痒得熬不住,便回家去换衣裳了。

管帐先生何昌熙也着过这道儿。何昌熙坐在帐桌边写帐,乐生假作用鸡毛帚掸灰尘,把一把头发粉末撒在他项颈里了。

何昌熙是个大块头,一时不知不觉,后来牵动衣裳,越牵越痒,嘴里不住的骂人。乐生和我却在暗笑。丫头红英吃过不少次数。因为红英常常坐在店门口阶沿上剖鱼或洗衣服,乐生凭在柜台上,居高临下,撒下去正好落在项颈里。此外,乐生拿了这包宝贝上街去,谁吃他亏,不得而知了。这些都是顽皮孩子的恶作剧,算不得作恶为非,但他还有招摇撞骗行径呢。

上午,街上正闹的时候,乐生拿了一碗水在人丛中走。看到一个比较阔绰的人,有意去碰他一下,那碗水倒翻在地上了。乐生惊喊起来:"啊呀!我这两角洋钱烧酒被你碰翻了!奈末①我的爷要打杀我了!要你赔!要你赔!"他竟哭出眼泪来了。那人没奈何,只得赔他两角洋钱。

乐生早死。他的儿子叫舜华,听说在肉店经商,现在不知怎样,几十年没消息了。

---

① 奈末,江南一带方言,意即这下子。

宽　　盖

　　五十多年前，我约二十岁的时候，在杭州师范学校肄业。有一天我的图画音乐老师李叔同先生带我到玉泉去看一位程中和先生。此人在第二次革命时曾经当过师长，忽然看破红尘，放下屠刀，即将在虎跑寺出家为僧，暂住在玉泉作准备工作。李先生此时也已立志出家，是他的同志，因此去看望他。所以带我同去者，为了出家前后有些事要我帮助。程中和先生是安徽人，年约四十左右，面部扁平，口角常带笑容。这慈祥之相，不配当军人，正宜做和尚。不久他在虎跑出家，法名弘伞；李先生相继出家，法名弘一，两人是师弟兄。

　　弘一法师云游各地，不常在杭州。弘伞法师则做了虎跑寺的当家，但常住在虎跑下院招贤寺。有一时我在招贤寺旁租屋而居，与弘伞法师为邻。他常到我家坐谈，但我不须敬茶敬烟。因为他主动物质生活极度简化，每天上午吃十个实心馒头，一大碗盐汤，就整天不再吃饭吃茶。烟本来不吸。所以他来坐谈，真是清谈。我敬佩他这生活革命。设想他在俗时，一定不是如此清苦。一念之转，竟判若两人。可见其皈依三宝的信心是异常坚贞的。

　　抗战胜利后某日，弘伞法师因事到上海，寓居在城内关帝庙中。忽有一男子进来找他，跪下来抱住了他的脚，痛哭流涕，不知所云。弘伞法师拉他起来，质问情由，方知道此人名叫某某（我记不起来了），敌伪时代曾经当过特务，用手枪打死不少人，现在忏悔了，决心放下手枪,出家为僧,请求弘伞法师接引。弘伞法师自己也是拿过手枪的,看了他那痛哭流涕之状,十分同情,立刻给他摩顶受戒,取法名曰宽盖,带他回杭州,在虎跑寺修行。

这位宽盖法师非常能干。他到虎跑后,勤劳办事,使得寺内百废俱兴。弘伞法师十分得意,曾经向我夸奖此人,认为这是风尘中的奇迹,也是佛教界的胜缘。他非常信任他,就把虎跑寺的大权交给他,连自己的图章也交他保管。弘伞法师自己就常住在招贤寺,勤修梵行。宽盖不时来招贤寺向师父报告虎跑近况,弘伞法师曾带他来看我,所以我也认识他,但见此人身材高大,眼角倒竖,一脸横肉,和底下的僧衣颇不相称。好像是鲁智僧之流。

过了几时,宽盖法师来邀我到虎跑寺去吃斋,说是新近替师父在虎跑造了一间房子,请我和马一浮先生去参观。我如期而往,但见寺后山坡上竹林深处,建着一间红屋顶的小洋房。其中前为客室,后为卧房;铜床、沙发、镜台、屏帏,一应俱全。这不像僧房,竟是香闺。我口头赞美,心中纳罕。弘伞法师板起面孔说:"何必造这房子,我不需要。"宽盖答说:"师父赏光,这是弟子的一点孝心。"于是邀大家到外面的客堂去吃斋,素菜做得极好。

过了几时,忽然有一天杭州法院传弘伞,说有人控告他卖虎跑寺产田地若干亩,卖契上盖着他的图章,弘伞连忙找宽盖,宽盖正往上海去了。而法院传票接连而至。弘伞法师悄悄地逃出杭州,孤云野鹤一般不知去向了。后来听说他是逃到昆明,转赴缅甸去了。

不久,宽盖从上海带了一个女人来,供养在他替师父盖造的小洋房里。又带了一辆机器脚踏车来,常常载了那女人在西湖边上"辟拍辟拍"地兜圈子。有一次我到楼外楼吃饭,宽盖带了那女人也上来了。他向我招呼,满不在乎,我倒反而觉得难以为情。后来我离开杭州,此人的下场不得而知了。

元帅菩萨

石门湾南市梢有一座庙,叫做元帅庙。香火很盛。正月初一日烧头香的人,半夜里拿了香烛,站在庙门口等开门。据说烧得到头香,菩萨会保佑的。每年五月十四日,元帅菩萨迎会。排场非常盛大!长长的行列,开头是夜叉队,七八个人脸上涂青色,身穿青衣,手持钢叉,锵锵振响。随后是一盆炭火,由两人扛着,不时地浇上烧酒,发出青色的光,好似鬼火。随后是臂香队和肉身灯队。臂香者,一只锋利的铁钩挂在左臂的皮肉上,底下挂一只二十几斤重的锡香炉,皮肉居然不断。肉身灯者,一个赤膊的人,腰间前后左右插七八根竹子,每根竹子上挂一盏油灯,竹子的一端用钩子钉在人的身体上。据说这样做,是为了"报娘恩"。随后是犯人队。许多人穿着犯人衣服,背上插一白旗,上写"斩犯一名×××"①。再后面是拈香队,许多穿长衫的人士,捧着长香,踱着方步。然后是元帅菩萨的轿子,八人扛着,慢慢地走。后面是细乐队,香亭。众人望见菩萨轿子,大家合掌作揖。我五六岁时,看见菩萨,不懂得作揖,却喊道:"元帅菩萨的眼睛会动的!"大人们连忙掩住我的口,教我作揖。第二天,我生病了,眼睛转动。大家说这是昨天喊了那句话的原故。我的母亲连忙到元帅庙里去上香叩头,并且许愿。父亲请医生来看病,

---

① 按当时作者故乡的风习,认为生病是罪孽所致,因此病人有时在神前许愿:若得病愈,当在元帅会上扮作犯人以示赎罪。

医生说我是发惊风。吃了一颗丸药就好了。但店里的人大家说不是丸药之功,是母亲去许愿,菩萨原谅了之故。后来办了猪头三牲,去请菩萨。

为此,这元帅庙里香火极盛,每年收入甚丰。庙里有两个庙祝,贪得无厌,想出一个奸计来扩大做生意。某年迎会前一天,照例祭神。庙祝预先买嘱一流氓,教他在祭时大骂"菩萨无灵,泥塑木雕",同时取食神前的酒肉,然后假装肚痛,伏地求饶。如此,每月来领银洋若干元。流氓同意了,一切照办。岂知酒一下肚,立刻七孔流血,死在神前。原来庙祝已在酒中放入砒霜,有意毒死这流氓来大做广告。远近闻讯,都来看视,大家宣传菩萨的威灵。于是元帅庙的香火大盛,两个庙祝大发其财。后来为了分赃不均,两人争执起来,泄露了这阴谋,被官警捉去法办,两人都杀头。我后来在某笔记小说中看到一个故事,与此相似。有一农民入市归来,在一古墓前石凳上小坐休息。他把手中的两个馒头放在一个石翁仲的头上,以免蚂蚁侵食。临走时,忘记了这两个馒头。附近有两个老婆子,发见了这馒头,便大肆宣传,说石菩萨有灵,头上会生出馒头来。就在当地搭一草棚,摆设神案香烛,叩头礼拜。远近闻讯,都来拜祷。老婆子将香灰当作仙方,卖给病人。偶然病愈了,求仙方的人越来越多,老婆子大发其财。有一流氓看了垂涎,向老婆子敲竹杠。老婆子教他明日当众人来求仙方时,大骂石菩萨无灵,取食酒肉,然后假装肚痛,倒在神前。如此,每月分送银洋若干。流氓照办。岂知酒中有毒,流氓当场死在神前。此讯传出,石菩萨威名大震,仙方生意兴隆,老婆子大发其财。后来为了分赃不均,两个老婆子闹翻了,泄露阴谋,被官警捉去正法。元帅庙的事件,与此事完全相似,也可谓"智者所见皆同"。